Jane Fairweather

Romance au temps de la Régence

Anya Wylde

Jane Fairweather

Anya Wylde

Ce livre est dédié à Marcus et Daniel, les deux bonheurs de ma vie.

Chapitre 1

Jane Maryanne Fairweather tira sur la manche de sa robe d'intérieur afin de cacher la tache de peinture à l'huile vermillon et jaune de plomb-étain qui marquait son bras. Elle espérait que ses gants dissimulaient le reste.

Elle posa les yeux sur la fenêtre. C'était une belle journée d'été. Le genre de journée qui poussait certains fous furieux à se ruer dehors pour entreprendre toutes sortes d'activités physiques inutiles.

À l'autre bout de la pelouse, envahie de fleurs qui dodelinaient sous la brise, elle vit l'une de ces âmes dérangées, le jeune garçon de la trayeuse, courir autour d'un vieux chêne. Ses jambes étaient de vraies brindilles, et son nez rond et tacheté comme une petite pomme de terre.

Elle émit un claquement de langue, navrée pour l'espèce humaine. Tous ces mouvements brusques ne faisaient que déloger des parties importantes de leurs cerveaux. Voilà des activités qui ne méritaient pas d'être encouragées. Même leur roi s'était laissé prendre par cette folie ! Sa nounou l'avait sans nul doute poussé à jouer plutôt qu'à lire.

Quant au régent… elle frissonna ; le pauvre était victime de bien pire encore. La bêtise.

— Jane ! brailla sa mère. Dépêche-toi, Lord Hickenbottom t'attend !

Ses épaules s'avachirent. Qu'est-ce qui avait poussé ce satané type à venir la voir ? Un nouveau cri de sa mère la hâta vers le miroir pour se pincer les joues et coincer une longue boucle cuivrée derrière son oreille.

Elle passa un doigt sous son col, agacée par la dentelle.

— Mais je me dépêche !!

Un dernier coup d'œil à son reflet confirma qu'elle ressemblait, comme d'habitude, à une chouette blanche toute maigre. Des yeux trop grands pour son petit visage pâlot, une masse de vagues cuivrées empilée sur sa tête comme une couronne trop lourde à porter, et un corps maigrichon affublé d'une fine mousseline couleur beurre.

Elle quitta le jardin d'hiver à grands pas et fonça vers la cuisine. Quand elle apparut dans la pièce, ce fut avec un regard légèrement féroce.

Un vieux visage tout ridé qui ressemblait étrangement à un chou aux yeux doux lui sourit.

— Miss ?

— J'ai de la visite !

La cuisinière fit un large sourire.

— Il faut dire que vous étiez ravissante, hier soir, dans cette robe de bal rose. Je savais que vous plairiez à quelqu'un.

Jane balaya la pièce des yeux. Les domestiques s'affairaient à mettre des herbes séchées et des cornichons en bouteille, et le valet de pied gobait les mouches en piquant un somme près du feu, mais elle se rapprocha de sa complice et poursuivit en baissant la voix.

— Vous avez ce qu'il me faut ?

— Oui.

Et elle le lui tendit d'un geste discret. Jane empocha la tomate juteuse et gagna le petit salon. Son pas était désormais résolu, et un sourire espiègle étirait ses lèvres.

Elle trouva Lord Hickenbottom debout devant le pianoforte.

Elle l'observa un moment. Il portait des hauts-de-chausses, une chemise crème, un gilet fauve, et tenait un chapeau noir à liseré doré.

On aurait dit une jonquille desséchée en train de brunir. Elle réprima un frisson.

— Vous jouez, monsieur ?

— Pardonnez-moi ?

Elle détestait cela. Converser avec de parfaits inconnus.

— Vous jouez ? répéta-t-elle un peu plus fort.

— Un peu, oui.

Puis il s'inclina et avança vers elle. Elle esquissa un sourire nerveux et lui prit le bras. Ils s'assirent sur la méridienne.

Il enfonça alors la main dans sa poche et en sortit un bouton de rose rouge sombre.

— En voyant cette fleur, dit-il en caressant sa joue avec les pétales, j'ai pensé à vous. Jeune, fraîche et délicate.

Jane sourit, tourna la tête et arracha le bourgeon de sa tige d'un coup de dents.

La pomme d'Adam du lord se mit à s'agiter tandis qu'il regardait avec de grands yeux la tige nue n'arborant plus qu'une pauvre épine et deux feuilles.

Jane déglutit et lâcha un rot délicat.

— Merci. J'avais faim.

— Vous avez mangé la rose.

— J'ai mangé la rose.

— Vous l'avez mangée.

— En effet.

— Pourquoi ?

— Qu'étais-je donc censée en faire ?

— La mettre dans un vase ?

— Mais j'avais faim.

— Pourquoi ne pas manger un biscuit, dans ce cas ?

— Je le ferai, quand les domestiques en apporteront.

— Mais la rose ?

— Elle était délicieuse.

La paupière droite du lord se mit à palpiter de manière inquiétante.

Jane essuya ses lèvres avec un mouchoir en dentelle et lâcha un nouveau rot.

Le lord s'ébroua, comme pour mieux oublier cet incident, et décida de poursuivre.

— Ces aquarelles, dit-il en désignant les tableaux accrochés aux murs. C'est de vous ?

— Non, mentit-elle.

— Les femmes savent faire tellement de choses, insista-t-il en se rapprochant, puis il lui prit la main. Cousez-vous ?

Elle fit un large sourire.

— J'adore chasser.

— Chasser ? répéta-t-il, décontenancé. Vous tirez ?

Elle battit des cils.

— Je chasse les lapins. Je les attrape par la gorge et les jette au feu. J'adore ça.

— Oh.

— Et j'aime regarder le boucher.

— Pardon ? hoqueta-t-il.

— Le boucher. J'aime le regarder couper la viande, voir le sang goutter de son couteau bien aiguisé. Plus c'est petit, plus c'est bon.

Il lui lâcha la main.

— Il vous laisse le regarder ?

Elle s'humecta les lèvres et pressa la tomate, dans sa poche.

— C'est un vieil ami.

— Et votre mère tolère une telle amitié ?

Elle secoua la tête et coula un regard discret vers la tache rouge et humide qui était en train de se former sur sa robe, imbibée par le jus de la tomate.

— Même la cuisinière me laisse venir voir chaque fois qu'il y a un morceau de viande à dépecer.

— Bonté divine ! Est-ce… du sang ? hoqueta-t-il en bondissant de son siège.

— Oh.

Elle sortit la main de sa poche et laissa retomber sa manche. Les morceaux de tomate s'étaient mêlés à la peinture carmin et avaient maculé sa main. On aurait dit qu'elle venait de la plonger dans les entrailles d'une créature encore vivante.

— C'était Lord Thomas.

Il s'épongea le front à l'aide d'un mouchoir de soie verte.

— Je vous demande pardon ?

— Un pauvre écureuil endeuillé par la mort de sa femme. Je le gardais dans ma poche pour le consoler, mais votre présence m'a distraite, et je l'ai écrabouillé.

Il l'observa, mal à l'aise.

— Et comment sa femme est-elle morte, Miss Fairweather ?

— Je l'ai mangée. Un vrai régal, directement cueillie sur l'arbre.

— Crue ?

— Naturellement !

— Grand Dieu !

Elle fit courir un orteil sur le beau tapis persan.

— Du thé, monsieur ?

— Je dois y aller. Une affaire pressante qui m'était sortie de la tête. Peut-être une autre fois. Merci pour ce délicieux moment.

— Restez, je vous en prie ! dit-elle en lui saisissant le bras pour le forcer à se rassroir. La cuisinière nous a préparé de merveilleux gâteaux. Légers comme des nuages.

Aussitôt, Rose entra avec un plateau chargé de thé et de gâteaux.

Jane versa un peu de thé dans une tasse puis vida le pot de sucre entier dedans.

— Buvez, ordonna-t-elle en lui tendant la tasse.

— Je préférerais quelque chose de plus fort. Du brandy. Votre père en a peut-être dans son bureau. Je vais le lui dem…

Elle se mit à hurler comme un loup.

Il but.

Il vida sa tasse d'un coup, bondit de son siège et quitta la pièce à la hâte.

Jane le regarda s'échapper, et dès l'instant où il fut hors de son champ de vision, elle laissa éclater un rire de triomphe et se mit à tournoyer en s'enveloppant de ses bras. Encore un soupirant éconduit. L'affaire avait été facile, avec lui – elle s'arrêta alors en plein tourbillon, et son sourire s'évanouit.

Dehors, derrière la fenêtre, un buisson s'élevait. Un aucuba du Japon, ou était-ce un cornouiller ? Il arborait les fleurs des deux plantes. Voilà qui était curieux. Elle n'avait jamais vu ce buisson avant. En revanche, les deux yeux ronds et brillants qui l'observaient en crachant du feu à travers ses feuilles, eux, elle les avait déjà vus.

Le buisson bougea à nouveau, s'élevant comme une baleine en plein océan.

Elle déglutit.

Sa mère, camouflée au milieu des feuilles, avait tout entendu de sa discussion, ce qui expliquait son regard assassin.

— Il semblerait que ce soit à moi de prendre les choses en main ! déclara-t-elle alors en dégageant une limace d'une pichenette.

Chapitre 2

La douce et rassurante odeur d'huile de lin, mêlée aux vapeurs âcres de la térébenthine et de la peinture à l'huile, envahissait le jardin d'hiver. La trop légère brise qui s'infiltrait à travers les hautes fenêtres ouvertes ne parvenait pas à l'estomper.

Jane ajusta le chevalet en bois afin que les rayons du soleil tombent directement sur la toile. Elle la caressa du bout de ses doigts alertes. Le gesso était sec, et le croquis prêt.

Elle plongea son pinceau dans la malachite et fit tournoyer le pigment. Un cri surgit alors de quelque part dans la maison et la fit sursauter. Elle laissa tomber le pinceau, éclaboussant le sol de taches de peinture.

Tandis qu'elle épongeait le pigment vert, le manque intense de sa maison de Finnshire s'empara brutalement d'elle. Au moins la laissait-on en paix, là-bas.

Ses richissimes beaux-frères avaient tenu la main hésitante de son père pour le guider vers le bon choix d'investissements. Leur situation s'en voyant grandement améliorée, sa mère avait décidé d'acheter cette maison de ville.

Jane se renfrogna. Le champ bucolique surchargé de pâquerettes et de boutons d'or était remplacé par un jardin manucuré. Le chant des oiseaux était noyé sous les jacassements des domestiques et le tonnerre des carrioles.

Même la nourriture simple et délicieuse qu'ils avaient connue à la campagne était remplacée par une soupe blanchâtre, des plats étranges et du vin coupé à l'eau servis à des heures indues.

Si indues que Jane s'était endormie à table six fois, le mois dernier.

Même le soleil semblait différent, ici. Comme s'il essayait de se cacher derrière les nuages toute la journée, incapable de regarder la crasse qui jonchait les rues et le smog noir et étouffant suspendu dans les airs.

Et pourtant, Londres, tel un chiot errant sale, malodorant et insistant, la charmait peu à peu.

Elle avait vu tant de choses cette année, et plus elle en voyait, plus elle s'améliorait en tant qu'artiste. Elle n'avait plus envie de peindre des arbres et des montagnes. Ici, elle pouvait capturer le chaos de Gin Lane, l'atmosphère vibrante des bals et la tragédie des cœurs brisés.

Une partie d'elle se détachait de Finnshire, l'innocence de l'enfance qui se désintégrait peu à peu. Était-ce pour cela qu'elle désirait soudain retourner au village ? Pour tenter de se raccrocher à son paisible passé et ainsi éviter le tourbillon plein d'inconnues qui se dressait devant elle ?

Elle trempa un élégant pinceau en poil de martre rouge dans l'huile de noisette et l'ajouta au noir animal, sur sa palette. Puis elle appliqua la peinture sur la toile d'une main assurée.

— Un nouveau tableau, Jane ? lança Miss Georgiana Berry, sa meilleure amie, de la porte.

Jane ajouta une touche de bleu de Prusse et de blanc au noir, s'émerveillant une fois de plus de ce pigment de synthèse tout récemment créé. Elle se demandait s'il résisterait au passage du temps ou finirait par s'estomper.

— C'est un lampiste, intervint sa mère en entrant avant de désigner le tableau. Et toi, Jane, tu es aussi répugnante que lui.

Jane inclina la tête et esquissa un sourire, ravie de la fine couche de bleu-gris qui définissait le grain de peau de l'homme. Elle le trouvait très beau.

— Rosey ! hurla alors sa mère à l'intention de la femme de chambre. Veuillez préparer un bain.

Jane tira la langue, concentrée sur son tableau, et reprit le pinceau. Elle ajouta méticuleusement une touche de gris à la peau du lampiste. Ses doigts s'arrêtèrent alors, en suspens devant les yeux de l'homme.

Un sentiment étrange s'empara d'elle, tandis qu'elle l'observait. Son regard avait quelque chose d'hypnotique.

Ses tableaux lui avaient déjà provoqué différentes émotions, mais elle n'arrivait pas à définir celle-ci.

— On dirait que ses rides et ses crevasses portent la marque d'années entières de suie, s'émerveilla Georgie. J'aimerais tellement avoir ton talent.

— Tu as du talent, répliqua Jane en reposant le pinceau avant de s'essuyer les mains sur un chiffon.

— Un lampiste, marmonna sa mère en scrutant le tableau. C'est affreux. De la fumée et de la crasse. Une femme devrait peindre des arbres et des fleurs, pas des roturiers noirs de suie. Pas étonnant que l'on ne parvienne pas à te marier. Quatre saisons, et pas un seul prétendant sérieux. Entre ta dot et tes connexions, l'affaire aurait dû être pliée dès la première année…

— Maman, la coupa Jane en faisant volte-face. Laissez-moi travailler.

— Ce n'est pas du travail. C'est de la perte de temps. Tu as un bal à…

— Il n'a lieu que ce soir.

— Il faut te préparer.

— Mais c'est dans des heures ! Et puis, après les cinq cents bals auxquels j'ai déjà assisté, je pense pouvoir me préparer en moins d'une heure.

— Il t'en faudra quatre pour être présentable, répliqua sèchement sa mère. Rien que gratter la peinture prendra une bonne heure.

— Je n'ai pas envie de me marier, maman ! se défendit Jane.

— Avant, nous n'avions pas grand-chose, et pourtant, tes sœurs ont trouvé de beaux partis. Maintenant que la chance a tourné, je m'attendais à ce que tu sois plus rapide qu'elles, mais voilà que tu passes tes journées à prendre la poussière. La vie de vieille fille te pend au nez, tu sais. Tu as de moins en moins de visiteurs. Bientôt, plus personne ne voudra de toi.

— C'est Penelope qui n'avait rien.

Mrs Fairweather plissa les yeux.

— Je l'ai envoyée à Blackthorne.

— Vous ne pensiez pas qu'elle épouserait le duc. Vous n'aviez pas foi en elle.

— C'est tout de même grâce à moi. Cette fille se doit au moins d'aider ses sœurs, après tout ce que j'ai fait pour elle.

— Vous n'avez rien fait. Vous êtes toujours aussi cruelle, avec elle.

— Assez ! N'essaie pas de changer de sujet.

— C'est parce qu'elle ressemble à sa mère ?

Mrs Fairweather se renfrogna.

— Qu'est-ce qui te prend, enfin ?

— Et si tu tombais amoureuse ? s'empressa d'intervenir Georgie. C'est le plus beau sentiment du monde !

— Je ne tomberai pas amoureuse, répliqua Jane, dont le regard s'était embrasé. Je ne peux pas me permettre de tomber amoureuse. Des centaines de femmes aux talents extraordinaires se sont effacées tout simplement parce qu'elles se sont mariées. Et une grande majorité sont mortes en couche.

Mrs Fairweather posa les mains sur ses hanches.

— Tu as encore lu des livres peu recommandables...

Jane répliqua les dents serrées :

— Les hommes et la preuve de leur talent s'inscrivent dans les pages des livres, dans les sculptures, dans des milliers de tableaux... Tandis que les femmes... Qu'en est-il de notre talent ? De notre histoire ? De notre contribution au monde de l'art de la culture ?

— Jane. (La voix de sa mère était désormais glaciale.) Nous avons toutes eu des aspirations infantiles. Je voulais chanter et danser sur scène, plus jeune. Mais naturellement, aujourd'hui, je réalise à quel point c'était idiot. Lorsque tu auras gagné en sagesse, tu penseras la même chose de tes rêves. C'est le sang jeune dans tes veines qui brouille ton cerveau. Les femmes ne peuvent pas être peintres. Elles sont nées pour être des épouses et des mères.

— Je serai une artiste, et rien d'autre.

— Je ne perdrai pas plus de temps à débattre sur ce sujet ridicule. Va te laver.

Rosey et deux autres domestiques apparurent, armées de seaux d'eau. Elles jetèrent un drap dans le bain, placèrent une chaise au milieu et commencèrent à verser de l'eau chaude dans le baquet installé derrière un paravent.

Mrs Fairweather se tourna vers Georgie.

— Je compte sur toi pour veiller à ce qu'elle se lave. Fais ce qu'il faut pour retirer cette peinture. Au pire, jette-la de force dans le bain.

Les filles regardèrent Mrs Fairweather s'en aller à grands pas puis lâchèrent un soupir à l'unisson.

— Ta mère, commenta Georgie avant de chercher ses mots… ne veut que ton bien.

— Je sais.

Jane rangea la peinture et les pinceaux. Elle en avait terminé pour aujourd'hui ; il fallait attendre que la couche de gris sèche, désormais. Elle se détourna, frustrée. Elle détestait attendre que la peinture sèche. Ses doigts brûlaient de passer à la prochaine couche, à l'image, bien vivace, du résultat qu'elle avait déjà en tête.

— Tu as vraiment des idées étranges, commenta Georgie en versant de l'eau dans un bol plein de savon battu, qu'elle posa au niveau de la tête de la baignoire à pattes de lion. Convertir le jardin d'hiver en chambre et en salle de bain !

— Je passe le plus gros de mon temps ici. Je trouvais ça pratique.

— Mais… dormir dans le jardin d'hiver ?

Jane haussa les épaules.

— Ça ne change rien.

Elle passa derrière le paravent de Coromandel et, avec l'aide de Rosey, la femme de chambre, commença à se dévêtir.

— Mais c'est si loin de la maison principale ! Comment ta mère a-t-elle pu accepter une chose pareille ?

— C'est mon père qui est d'accord, pas elle.

— Il te gâte trop.

— Il est tout simplement plus raisonnable.

Georgie soupira.

— Un mari moitié moins aimant que lui t'irait déjà bien.

Le visage rouge de Jane apparut de derrière le paravent.

— Combien de fois vais-je...

— Son regard, la coupa Georgie. Il sent le péché à plein nez.

— Qui ça ? s'enquit Jane, perplexe.

— Le lampiste.

— Je savais que je les avais rendus trop beaux, répliqua Jane en courant vers son tableau.

Georgie poussa alors un cri.

— Mais... Tu es toute nue, et tu mets de l'eau partout ! Bon sang, Jane ! Et si quelqu'un entrait ? Va vite terminer ta toilette !

— Je crois bien ne jamais avoir rencontré quelqu'un avec un regard pareil, commenta Jane, toujours concentrée sur sa peinture.

— Nous ne sommes plus des enfants, Jane. Si ta mère te voit comme ça, elle va...

— Je vais quoi ?

— Maman !

Jane écarquilla les yeux avant de détaler derrière le paravent.

Mrs Fairweather l'observa en pinçant les lèvres.

— N'importe qui, dans le jardin, aurait pu te voir courir comme une démente, nue comme un ver. Tu as ignoré mes conseils, et malgré l'excellente école où nous t'avons envoyée, tu te comportes comme une rustre, sans manières ni valeurs. Tu sembles avoir, en plus de cela, perdu tout sens du raisonnable. Ton père a insisté pour que tu obtiennes ce jardin d'hiver. Et jusqu'ici, j'ai cédé à tous ses désirs. Mais c'est terminé.

Chapitre 3

Une fois de plus, la petite maison de ville londonienne grinçait et grondait tandis que les Fairweather et leurs domestiques s'agitaient en tous sens, un peu comme des sauterelles en pleine allégresse au cœur d'une rizière.

Le soleil commençait à décliner, et les domestiques entreprirent de tirer les rideaux partout dans la maison. Dans un bruissement, les lourdes draperies de soie les plongèrent une à une tous dans le noir. Les lampes à huile s'éveillèrent, et l'air fut empli du bruit du briquet à silex en acier qui venait embraser l'amadou. Les domestiques filèrent ensuite récupérer dans les cuisines des seaux d'eau fumante, des fleurs séchées, de l'encens, des lotions et des potions, et emmenèrent le tout dans le jardin d'hiver.

Là, Jane et Georgie se préparaient pour le bal. La pièce était jonchée de gants, de bas et de coiffes. Des perles, des broches et des colliers envahissaient le lit, tandis que les chaises croulaient sous différentes paires de chaussures de danse et de chaussons de satin.

Jane lança les chemises au sol et s'assit dessus pendant que Georgie retournait une boîte pleine de rubans, les envoyant valser les uns après les autres.

Jane regarda les bandes de tissu colorées pleuvoir et se mit à gémir.

— Il n'y a rien à faire. J'ai l'impression que quelque chose de terrible va arriver.

Georgie se laissa tomber sur la méridienne, ses boucles

rousses scintillant sous la lumière dorée.

— Je ne peux pas m'habiller dans un chaos pareil.

— Vous avez une heure. (La tête de Mrs Fairweather, pleine de papier à boucler, apparut dans la pièce.) Mets les rubis, Jane, et lève-toi !

Puis elle disparut sans attendre de réponse.

Jane soupira et se hissa du sol. Puis elle rejoignit sa peinture et inclina la tête.

— Je devrais ajouter des rides au coin des yeux.

— Arrête un peu avec ça, intervint Georgie en faisant claquer sa langue. Pour une fois, oublie ton tableau et amuse-toi un peu. Danse, profite du moment présent. La rose, Rosey ! ajouta-t-elle alors en s'époumonant.

— Tout de suite, Miss.

Jane dressa le bras tandis que Mary, sa femme de chambre, lui retirait sa robe d'intérieur. Son regard restait obstinément fixé sur le tableau. Elle frissonna dans sa chemise et se mit à frotter ses bras tout pâles.

— Votre mère demande à ce que vous buviez ceci, lui dit Mary en tendant une tasse de thé.

Jane but d'un air absent ; l'amertume du breuvage lui arracha une grimace.

— Les rubis, cracha-t-elle d'une voix furieuse. Maman veut que je porte les rubis avec la crêpe blanche. Ce sera affreux. Je porterai des perles dans mes cheveux, et rien d'autre.

— Ta mère ne veut que ton bien, même si ses goûts sont contestables, la consola Georgie.

— Elle voulait que je porte une robe en brocart jaune avec des fleurs couleur or pour le dîner de Lady Dunna, grogna Jane.

Georgie secoua la tête ; ses incroyables boucles auburn s'agitèrent pour mieux saisir la lumière.

— Votre soupe, annonça Rosey en apparaissant avec un plateau, puis elle pendit la robe rose à volants sur la colonne de lit et repartit aussi sec.

Jane s'assit devant sa coiffeuse et posa une main sur son estomac pour en calmer les nœuds.

— Je commence à avoir mal au ventre. Je suis pâle ? Je me sens patraque, d'un coup…

Georgie l'observa en inclinant la tête.

— Tu es superbe. Dommage que tu ne puisses pas te rendre au bal en chemise et les cheveux lâchés. C'est incroyable : tu te transformes en beauté quand tu es négligée, et moi, j'ai besoin de toute l'aide du monde pour ressembler à quelque chose !

Jane observa son reflet d'un air songeur. Ses yeux étaient marron et brillants sans aucun cosmétique. Une touche de fraises écrasées avait coloré ses lèvres, et ses joues étaient naturellement rougies par le soleil d'été. Le bout de chemise qui lui manquait révélait une épaule blanche et délicate sur laquelle contrastait une mèche sombre.

Elle faisait mignarde.

— J'ai l'air d'une folle, objecta Jane. Toi, tu es belle, comme d'habitude. C'est pour ça que Lord Plaskett a demandé ta main à peine une semaine après avoir fait ta connaissance.

Georgie, pleine de rondeurs, se retint à la colonne de lit pendant que sa femme de chambre laçait son corset.

— Tu as entendu, pour Lady Green ? décida-t-elle de changer de sujet.

— Non, qu'est-ce qui s'est passé ?

Georgie baissa la voix.

— Elle s'est enfuie avec son majordome.

— Bonté divine ! s'exclama Jane.

Mary prit une mèche de ses cheveux pour laisser la fumée de l'encens à la myrrhe et au bois de santal la traverser.

Georgie se pinça les joues et s'humecta les lèvres pour y ajouter un peu de couleur.

— Quant à Miss Darlington…

— Celle promise à Lord Drake ?

— Oui. On l'a surprise en train d'embrasser Lord Drake.

— Et alors ? Ils sont fiancés, non ?

— C'était l'aîné qu'elle embrassait.

— Tu veux dire… son père ?

— Non, son grand-père.

Jane s'étouffa de surprise, et Mary s'évanouit en laissant tomber le porte-encens.

— Moi qui les croyais fous amoureux…, commenta Jane en levant les yeux au ciel. Regarde autour de toi, Georgie. Tout ce tumulte juste pour moi. Cette folie furieuse pour que je trouve un homme dont je ne veux pas et l'épouse. Toute la maisonnée est sens dessus dessous pour essayer de nous préparer pour un bal ridicule. Je ne comprends pas.

— Laisse une chance à l'amour, répondit Georgie. C'est merveilleux, tu sais. Je meurs d'impatience d'être Lady Plaskett.

— Et si Lord Plaskett vient à mourir ? Tu mèneras une vie de célibataire, triste, hantée, seule et évitée de tous ? Tu ne seras peut-être même pas propriétaire de ta maison, et tu devras dépendre de la générosité de tes proches. Ne serait-ce pas mieux de gagner ta propre fortune ? De vivre tes rêves, de te faire un nom, de bâtir son succès ?

Georgiana dévisagea son amie d'un air sidéré.

Jane soupira.

— Excuse-moi, Georgie. Je ne sais pas ce qui m'a pris. Je suis préoccupée, ce soir. J'ai le pressentiment que quelque chose de terrible va se passer, et je suis incapable de m'en défaire.

— C'est un sentiment qui affecte toutes les femmes, Jane, et j'ai appris à accepter cette peur et à prendre tout le bonheur et les moments partagés avec lui. C'est ça, l'amour, quand vivre sans lui me paraît tout bonnement impossible.

— Tu es bien trop bonne, ma Georgie. Tu ne devrais pas me pardonner. Tu devrais partir d'ici en claquant la porte et ne plus jamais avoir envie de me revoir.

— Maman dit que nous passions déjà notre temps à gazouiller ensemble, bébés. Je n'ai pas l'intention d'arrêter, tout ça parce que tu as eu une petite colère et dit de vilaines choses. C'est terminé, tout ça.

— Voilà qui est sage, sourit Jane. Merci. Je t'aurais bien prise dans mes bras, mais l'encens que Mary a laissé tomber est en train de brûler ma chemise.

Georgie s'empressa de sortir les roses d'un vase et versa l'eau sur Jane en prenant soin d'éviter ses cheveux.

— Tu m'as sauvé la vie ! s'exclama Jane d'un air théâtral. Je sauverai la tienne, un jour.

— Qu'est-ce qui s'est passé ? J'ai entendu crier, intervint Mrs Fairweather.

Georgie désigna les femmes de chambre, gisant au sol.

— Les braises de l'encens ont mis le feu à la chemise de Jane. Et les femmes de chambre se sont évanouies.

— Cesse de perdre du temps, Jane ! Mets-lui une chaussure sous le nez et habille-toi, bon sang ! Tiens, j'ai reprisé ta robe. Elle avait un accroc. Il ne nous reste qu'une heure.

— Oui, maman. Je vais essayer de ne pas reprendre feu et de ne plus vous déranger.

— Je n'attends rien de moins de toi.

Chapitre 4

Jane entra d'un pas léger dans le manoir de Lord Moore, donna son manteau au domestique et enfila ses chaussures de danse. Elle portait une robe en mousseline blanche à dorures, légère et parsemée de minuscules fleurs bleues, et pour une fois, elle se sentait jolie.

On les annonça, et Georgie et elles profitèrent que ses parents saluent leur hôte pour s'éclipser.

— Lady Moore s'est surpassée, souffla Georgie.

Jane ne pouvait qu'acquiescer. Sur les murs, des miroirs décorés reflétaient trois cents bougies qui faisaient resplendir la salle de bal d'une lueur dorée. Tout semblait scintiller, des femmes portant des tissus brillants et des pierres précieuses à l'argenterie méticuleusement polie. Parmi les bougies trônaient de gros bouquets de fleurs qui allégeaient l'odeur de sueur et de tourte à la perdrix qui flottait dans la pièce.

Elles dansèrent un moment avant de gagner un coin isolé, près des grandes portes-fenêtres. Un valet de pied apparut devant elles, avec un plateau d'argent chargé de petits bols de punch à la romaine.

— Tu en veux un ? demanda Georgie à Jane tout en plongeant une cuillère dans la boisson givrée.

Jane secoua la tête et grimaça.

— Si seulement ils pouvaient se dépêcher de servir le dîner. Je veux rentrer à la maison, moi…

— Si je vois encore un bol de soupe blanche, je hurle, marmonna Georgiana. Oh, regarde, Lord Plaskett vient d'arriver.

— Je ne peux pas regarder ; je n'ai pas de lorgnette.

— Tu veux la mienne ?

— Non. Je veux boire quelque chose qui n'est ni du champagne ni du punch.

— Mes parents viennent également d'arriver. Mère aurait dû mettre un châle, et Père son manteau gris, pas le bleu paon ! se lamenta Georgie en rangeant sa lorgnette. Oh, Jane ! Tu es toute pâle ! Tu ne vas pas t'évanouir, rassure-moi ?

— Je ne m'évanouis jamais, répliqua Jane.

Georgiana l'observait d'un air soucieux.

— Je vais te chercher du vin. Assieds-toi.

Puis elle la poussa dans une chaise cachée derrière une épaisse tapisserie.

— Mais Lord Plaskett est là ! tenta de protester Jane. Il faut que tu ailles le saluer, d'abord !

— Bah, il ne m'en tiendra pas rigueur. Je reviens tout de suite avec du vin. Et je t'en supplie, Jane : quoi qu'il arrive, ne t'évanouis pas.

Jane était contente de pouvoir se reposer un peu. Il faisait une chaleur atroce, dans la pièce bondée. Sa chemise était trempée de sueur, et elle avait mal au ventre. Peut-être n'aurait-elle pas dû sauter la soupe. Quant au petit-déjeuner, elle avait oublié d'en prendre un, tout excitée à l'idée de se mettre à sa peinture.

Elle observa les invités un instant en priant pour que Georgie revienne vite. Les éventails étaient de sortie, et ils s'agitaient frénétiquement. Les jupes tournoyaient, les plumets rebondissaient, et les visages rougis dansaient les uns après les autres devant sa vision de plus en plus brouillée. De son poste, la musique produite par l'orchestre était assourdissante et trop aiguë.

Sa poitrine lui donnait l'impression de se comprimer, et son corps d'être entouré de bandelettes, comme une momie égyptienne qu'on aurait jetée dans un cercueil. Elle ferma les yeux et s'efforça, à coups de longues inspirations, de retrouver son sang-froid.

— Jane ! s'écria sa mère en apparaissant devant elle. Georgie m'a dit que tu te sentais mal.

— Ça ira mieux dans un instant.

Sa mère s'accroupit à côté d'elle.

— Va donc prendre l'air. Le balcon est tout près. Va, ma fille.

Jane était trop faible pour argumenter. Elle obtempéra donc et tituba vers les portes voûtées.

L'air frais lui fit l'effet d'une gifle bienfaitrice. Elle agrippa la rambarde, se pencha en avant et inhala l'air parfumé à la rose. Sa mère avait raison. Elle se sentait déjà mieux.

Lentement, ses membres se relâchèrent, et sa respiration retrouva un rythme normal. Jane glissa la main dans la poche cachée cousue dans sa jupe et attrapa son fusain dans un geste de réconfort.

Au bout d'un moment, elle se rendit compte qu'elle n'était pas seule. Du coin de l'œil, elle vit le rougeoiement d'un cigare. L'odeur des roses de Damas et celle d'un tabac onéreux jouaient avec la brise pour venir taquiner ses narines. Elle se tourna alors vers l'inconnu.

La lune pleine se dégagea de derrière le nuage pour illuminer le visage de l'homme.

Jane sentit son cœur s'arrêter.

Ce regard ! Les mêmes sourcils parfaitement arqués, les yeux, sombres et en forme d'amande, encadrés par de longs cils. Le lampiste de son tableau se tenait juste devant elle.

C'était impossible !

Elle le dévisagea. Il était beaucoup plus jeune que l'homme qu'elle avait peint, plus joli et plus musclé. Il n'y avait pas une trace de suie sur ses vêtements. Et pourtant, ses yeux étaient identiques.

Elle sentit sa tête se mettre à tourner, et la main de l'homme surgit pour lui agripper le bras et l'empêcher de tomber.

Un instant plus tard, elle s'arrachait à son étreinte.

— Pardonnez-moi, j'ai trébuché.

— Vous alliez défaillir.

Sa voix la submergea avec l'intensité d'un puissant brandy. Jane plaqua instinctivement les mains sur son ventre et recula d'un nouveau pas.

— Je ne suis pas du genre à défaillir.

— Pardonnez-moi, j'ai dû faire erreur, se reprit-il d'une voix plus douce.

Elle se raidit alors et fit une révérence.

— Je vais vous laisser.

Puis elle pivota sur ses talons et découvrit sa mère, les yeux écarquillés.

— Qu'est-ce qui se passe ? demanda Jane.

Sa mère tituba vers elle et lui agrippa l'épaule avant de s'écrier :

— Vous l'avez déshonorée, espèce de brute !

— Quoi ? Qui est déshonoré ? hoqueta Jane, perplexe.

— Toi ! s'exclama sa mère.

Georgie apparut en courant sur le balcon pour s'immobiliser.

— Mon Dieu !

— Mère dit que je suis déshonorée. Mais je le saurais, quand même ! hoqueta Jane en dévisageant d'un air perdu son amie.

— Ta robe, souffla alors Georgie d'une voix tremblante.

En baissant les yeux, Jane découvrit, bouche bée d'horreur, que la manche de sa robe avait été arrachée. Quand était-ce arrivé ? Comment était-ce arrivé ?

— Je ne suis absolument pas responsable, intervint l'homme. J'ignore comment sa robe a pu se retrouver dans cet état... Vous n'avez qu'à le lui demander. Parlez, voyons !

— Je ne le connais même pas, confirma Jane. Je voulais prendre l'air. Mère, vous m'avez vue il y a tout juste un instant !

— Vous avez abusé d'elle quand elle s'est évanouie.

— Je ne me suis pas évanouie.

— Elle ne s'est pas évanouie.

— Ma fille, si précieuse et délicate, déshonorée !

Jane se rendit compte que plusieurs personnes se tenaient sur le balcon, désormais.

— Je vous en prie, Mère, baissez la voix. Cela ne regarde personne. Il ne s'est rien passé, croyez-moi.

Les gens se mirent à parler, et Jane à trembler, sous la panique.

— Qui est déshonoré ? tonna une voix puissante qui coupa

court aux commérages.

Jane ferma les yeux et s'effondra au sol. C'était le duc de Blackthorne.

— Miss Jane Fairweather, répondit quelqu'un.

— Ma sœur ? s'écria Penelope, duchesse de Blackthorne. Impossible.

— Jane ? (Dorothy et Celine, ses autres sœurs, tombèrent à genoux à côté d'elle.) Est-ce vrai ?

— Non !

— Mais la manche…, souffla Dorothy en se mordant la lèvre.

— Oui, la manche, gémit Mrs Fairweather.

— La manche est en piteux état, confirma Penelope.

— Alors mettez-y du laudanum et laissez-moi rentrer à la maison ! s'écria Jane.

— Que s'est-il passé ? s'enquit le duc.

Jane prit une inspiration tremblante.

— Je me sentais mal, je suis sortie prendre l'air. J'ai trébuché, et cet homme m'a empêchée de tomber. C'est peut-être à ce moment-là que ma manche s'est détachée.

— Plus fort ! cria quelqu'un dans l'assemblée.

Jane baissa la tête et répéta d'une voix un peu plus forte.

— Une manche ne s'en va pas comme ça ! commenta Mrs Fairweather.

— C'est pourtant le cas de celle-ci, s'agaça Jane. Peut-être n'aime-t-elle pas sa robe ? Peut-être avait-elle envie de retourner danser à l'intérieur ?

Penelope intervint en posant une main sur son bras.

— Arrête. Tu ne fais qu'empirer les choses. Tu donnes l'impression d'être coupable.

Jane cacha son visage dans ses mains.

— Oh, Penny, je te jure qu'il ne s'est rien passé !

Ses sœurs l'observaient d'un air grave, et le silence qui suivit n'annonçait de toute évidence rien de bon.

Le duc de Blackthorne avança d'un pas.

— Savill, un duel au lever du jour. Nommez votre témoin.

Savill ? Jane plissa le front. Elle avait déjà entendu ce nom.

Sa confusion devait être visible, car Georgie s'empressa de lui murmurer à l'oreille :

— Richard Henry Bellmore, comte de Savill, et homme le plus fortuné d'Angleterre.

Jane sentit sa bouche s'assécher, et elle braqua le regard sur sa mère, dont les plumes d'autruche frissonnaient de plaisir. Lord Savill était le célibataire le plus prisé du pays, et il était plus riche que tous ses beaux-frères, y compris le duc de Blackthorne.

Elle songea aussitôt au thé qu'elle avait avalé. À la robe que sa mère avait récupérée pour la « repriser », à la soudaine urgence dans sa voix quand elle l'avait poussée à prendre l'air sur le balcon. À la manière dont elle lui avait sauté dessus et agrippé l'épaule, la même épaule où il manquait une manche, pour hurler d'une voix bien sonore que sa fille était déshonorée.

— Il s'agit de toute évidence d'un plan concocté par la mère et la fille, commenta Savill, qui semblait partager ses pensées. Quel manque d'originalité. Sachez toutefois que vos plans vont échouer.

Celine s'avança alors, les poings serrés.

— C'est une Fairweather, une fille belle avec une dot conséquente et d'excellentes connexions. Elle n'a certainement pas besoin de se rabaisser à ce genre de ruse pour piéger un homme.

— Belle ? (Lord Savill observa Jane, et ses lèvres se tordirent.) L'amour familial vous aveugle.

Le duc lui sauta à la gorge.

— Veuillez retirer cela tout de suite !

— C'est la vérité.

— Ne sois pas ridicule, intervint Penelope en tirant son mari. Laisse-le partir.

La voix de Lord Savill résonna alors, claire et assurée.

— Je n'épouserai pas cette fille, quoi qu'il arrive. Rendez-vous aux aurores, Blackthorne.

Une soudaine bourrasque d'air froid glaça les occupants du balcon, qui hoquetèrent tous de surprise. Un mauvais présage. Le vent du nord avait tourné au moment même où le duel avait été annoncé.

Les sœurs se tinrent les mains, mal à l'aise.

— C'est totalement ridicule ! s'écria Jane en attrapant la main de Penelope. Il ne s'est rien passé du tout !

— La manche, selon les gens, ma chérie, a plus d'importance que tes mots, souffla Penelope d'une voix résignée.

— Dans ce cas, les gens ne sont que des moutons sans cervelle ! rétorqua Jane.

— Des moutons sans cervelle très puissants, confirma Penelope. Tu vas sortir par l'arrière du manoir et rejoindre la carriole avec Miss Berry. Une fois à la maison, file directement te coucher. Nous trouverons une solution. Il est hors de question que je laisse deux hommes mettre leur vie en péril pour une telle idiotie.

— Je…, hésita Jane.

— Je t'en supplie. Tu es pâle à faire peur, ma chérie. Rentre à la maison. Je te le ferai savoir dès que nous aurons trouvé une solution, c'est promis.

Georgie la tirait par la main.

— Tu ne fais qu'empirer les choses en restant ici, Jane. Encore un mot de Lord Savill à ton sujet, et sa Grâce l'abat sur-le-champ.

— Tout ira bien, sourit Dorothy tandis que Celine l'embrassait pour lui souhaiter bonne nuit.

— C'est maman qui est derrière tout ça, souffla Jane à ses sœurs puis, les jambes tremblantes, elle quitta la scène.

Chapitre 5

Jane lança le coussin à travers la pièce. Il tomba un peu plus loin et manqua le mur de peu. Elle était malheureuse, et se faisait l'effet d'une pauvre lâche. C'était une pauvre lâche malheureuse, voilà.

Pourquoi était-elle partie comme une faiblarde petite souris ? Elle aurait dû rester et se battre comme une tigresse, mais chaque fois qu'elle avait peur, elle manquait de défaillir. Il lui avait fallu faire preuve d'une volonté de fer pour garder son sang-froid, devant tous ces gens.

— Bois ça, ordonna sa mère en entrant dans la pièce avec une tasse de liquide fumant. Ça te fera du bien.

— Pourquoi avez-vous fait cela ?

Sa mère ne fit même pas mine de ne pas comprendre.

— Que pouvais-je faire d'autre ? Je n'avais pas d'autre solution. Je souhaite te voir mariée, comme tes sœurs, devenir mère, et mener le reste de ton existence dans le bonheur conjugal. Mais tu t'obstines à ne rien vouloir de tout cela. Tous ces livres t'ont rempli la tête d'idées bien trop dangereuses. Les femmes ont besoin des hommes. Elles ont besoin de compagnie, de quelqu'un qui puisse prendre soin d'elles. Elles ont besoin d'une famille, ou une part d'elles-mêmes manquera d'être comblée.

— Maman, certaines femmes ont peut-être besoin d'un homme, mais ce n'est pas mon cas. Je n'éprouve pas le désir de me marier. Je ne veux pas d'enfants. Je ne veux pas dépendre d'un inconnu. Pourquoi refusez-vous de comprendre cela ?

— Mais… mourir seule ?

— Mourir seule ou avec quelqu'un à ses côtés… En quoi cela importe-t-il ? Au final, on est mort. Et cette situation que vous avez engendrée a mis en danger deux individus. Lord Savill n'acceptera jamais de m'épouser, et sa Grâce n'est pas non plus du genre à reculer. L'un d'eux pourrait périr au petit matin.

Sa mère plissa le front.

— Ils entendront probablement raison avant.

— Ce sont des hommes. Ils n'ont aucune raison.

— Je suis sûre que Penelope parviendra à les convaincre.

— Vous préféreriez peut-être que le duc soit blessé ?

Sa mère prit un air outré.

— Je ne traite peut-être pas Penelope comme ma propre fille, étant donné qu'elle ne l'est pas, mais je ne lui souhaiterai jamais de mal. Son mari et elle ont assez souvent aidé mes enfants, et je ne me permettrai jamais une chose aussi infâme après pareille bonté.

Jane haussa un sourcil sceptique. Sa mère agrippa la colonne de lit.

— Tes sœurs et toi êtes devenues des femmes merveilleuses. Vous êtes bonnes, aimantes et bien élevées. Je ne suis peut-être pas aussi distinguée, mais c'est moi qui vous ai inculqué ces valeurs.

Jane lui tourna le dos.

— Ce que vous avez fait est mal. Vous avez essayé de piéger un homme pour qu'il m'épouse et mis deux hommes en danger par la même occasion. Ce n'est pas ce genre de valeur que je veux recevoir, maman. Vous oubliez que nous sommes aussi les filles de nos pères.

— Bois, ma chérie. Nous parlerons demain matin. Quand tu auras tes propres enfants, tu comprendras pourquoi j'ai fait ça.

— Je n'aurai jamais d'enfants.

Mais ses paroles tombèrent dans l'oreille d'une sourde. Sa mère s'éloignait déjà, la laissant sangloter dans son oreiller.

∞ ∞ ∞

— Que le diable l'emporte !

Plus tard, alors que la plus grosse partie du pays s'était endormie, Jane se redressa dans son lit. Elle avait entendu un juron étouffé, et des marmonnements incompréhensibles.

— Fichu derrière !

Là, elle l'avait encore entendu. Son cœur s'emballa. Le bruit avait été tout proche.

Quelqu'un heurta un vase, qui tomba au sol dans un bruit sec.

Elle ouvrit la bouche pour hurler quand on y enfonça un bout de tissu, puis on couvrit ses yeux d'une autre bande d'étoffe. Un instant plus tard, elle était saucissonnée dans une courtepointe et soulevée du lit pour être balancée sur des épaules bien rembourrées et sortie de la maison.

La brise la ramena à ses sens, et la terreur s'empara d'elle.

Elle fut déposée sur l'herbe froide et humide, et ses orteils se recroquevillèrent de peur. Une main, au niveau de son coude, la poussa en avant tandis qu'un cheval, tout près, hennit doucement.

Elle fut alors à nouveau soulevée et déposée dans ce qui semblait être l'intérieur d'une carriole. L'homme qui l'avait portée s'installa en face d'elle et gratta l'habitacle.

On lui retira son bâillon. Elle se mit à hurler.

— Arrêtez, je vous en supplie !

— Jimmy ?

Il lui débanda les yeux avec un soupir.

Elle les écarquilla de surprise en réalisant qui se trouvait devant elle. Même avec le masque, cette créature rondelette aurait été reconnaissable entre mille. La vie confortable que Jimmy, le bandit de grand chemin, avait menée après s'être lié d'amitié avec sa sœur, Penelope, l'avait doté d'un physique proche d'une pomme bien juteuse. C'était pour sûr le seul bandit de grand chemin de toute l'Angleterre à bien manger.

— Oh, Jimmy ! Merci de m'avoir sauvée ! (Elle passa la tête par la fenêtre de la carriole.) Vous avez jeté ce bandit par la fenêtre ? Comment cette espèce de crétin sans cervelle a pu s'imaginer qu'il pouvait rentrer chez moi comme ça et m'enlever ?

— Eh bien…

Il se mit à fixer ses mains et les tourna comme s'il cherchait des réponses à sa question.

Elle s'enfonça dans son siège et ajusta la courtepointe autour de ses épaules.

— Et comment avez-vous su que je m'étais fait enlever ? lui sourit-elle. Je suis tellement heureuse de vous voir !

Il retira son gant de cuir et se mit à le mâchonner sans relâche, tout en prenant bien soin d'éviter son regard. Jane l'observa d'un air circonspect.

— Jimmy ?

— Hmm ?

— Pourquoi ne répondez-vous pas à mes questions ?

— Hmm mahmmmahh pffft, répondit-il, le gant toujours fourré dans la bouche.

Elle plissa les yeux.

— Jimmy ?

— Hmm ?

— Retirez ce gant de votre bouche.

Jimmy secoua la tête.

— Retirez ce gant immédiatement.

Jimmy, le célèbre bandit de grand chemin, connu pour piller les lords, terrifier les petits escrocs et éliminer tous ceux qui se mettaient en travers de son chemin, se mit à rougir avant d'obtempérer.

— Maintenant, expliquez-vous. Comment avez-vous su que je me faisais enlever ?

— Je ne savais pas, couina-t-il.

— Comment ça, vous ne saviez pas ? Vous venez de… Oh !

Ses yeux s'écarquillèrent d'horreur. Il ne l'avait pas sauvée. Le meilleur ami de sa sœur, ce berneur joufflu… c'était lui qui l'avait enlevée !

— C'était vous, rugit-elle. Vous m'avez enlevée, sale crapule !

Jimmy soupira et retira son masque.

Jane songea à chercher de quoi le frapper un bon coup sur la tête.

— Comment avez-vous pu faire ça ? Vous m'appeliez « ma puce » quand j'étais petite, et vous me régaliez de vos histoires de braquage. Comment avez-vous pu m'enlever ?

— Eh bah…

— Vous voulez bien arrêter de fixer votre fichu gant et vos grosses mains poilues ? Ce n'est pas magique, elles ne changeront pas, vous savez !

— Ce n'est pas sympa, répliqua-t-il, l'air blessé.

— Excusez-moi, je ne le pensais pas. Enfin, si, je le pensais ! Vous m'avez enlevée, je vous rappelle !

Il sortit une tasse et une bouteille de vin de sous l'assise, puis il en versa un peu et porta la tasse aux lèvres de Jane, qui but avec grand soif.

Ensuite, Jimmy se colla à son siège, visiblement prêt à se faire mitrailler de questions. Jane l'imita.

— Pourquoi ?

— Je ne peux pas te le dire. Tu veux un coussin ?

— Ma sœur sera furieuse, quand elle l'apprendra.

— J'ai du raisin, aussi. Et des violettes cristallisées, de l'ananas confit et un bout de pain avec du fromage.

— Jimmy, vous avez besoin d'argent ? C'est difficile pour l'un de vos enfants, en ce moment ? Qu'est-ce qui se passe ?

Les larmes montèrent aux yeux de l'homme.

— Je n'ai pas envie de faire ça. Mais c'est mieux ainsi. Tu me pardonneras en temps voulu.

— Où m'emmenez-vous ?

— J'ai un livre, La domestique boudeuse et le duc ronchon. Ça fait un tabac chez les dames. Je l'ai volé à un comte de…

— Je n'ai pas envie d'un satané livre. Ce que je veux, ce sont des réponses.

— Le voyage promet d'être long. Si tu ne veux pas lire, je peux te faire la danse du faucon ?

— Vous ne ferez rien du tout.

Jimmy se mit alors à battre des bras. De plus en plus vite.

Jane ferma les yeux. Elle adorait cette danse, petite, mais le moment était très mal choisi.

— Dénouez-moi les mains.

— La danse du serpent, peut-être ?

— Jimmy, si vous ne me détachez pas, je me verrai forcée de vous frapper.

— Une dame ne fait pas ce genre de chose.

Jane lui cogna la jambe.

Il secoua la tête, l'air déçu.

— Il va falloir apprendre à te battre. Une fois tout cela terminé, je t'entraînerai.

— Je vous en supplie, Jimmy, dites-moi pourquoi, l'implora-t-elle en laissant ses yeux s'embuer et ses lèvres trembler.

Jimmy parut contrarié pour la première fois depuis leur départ.

— Je suis désolé, mais il va falloir attendre pour les réponses.

— Oh, allez au diable ! s'écria Jane, puis elle ferma les yeux.

Étrangement, Jimmy ne lui faisait pas peur. Elle le connaissait trop bien pour ressentir autre chose que de l'agacement vis-à-vis de lui. Quelqu'un l'avait engagé pour cette mission, mais qui, et pourquoi ?

Les cahots de la carriole et le vin, qui – elle ne le réalisait que maintenant – avait été dilué avec du laudanum, commençaient à faire effet. Cette fois, c'était à elle qu'elle en voulait, pas à Jimmy. Elle avait déjà été droguée une fois. Comment avait-elle pu être assez bête pour se faire avoir une seconde fois ?

Sa tête tomba, et bientôt, elle dormait profondément. Elle se réveilla quand la carriole s'arrêta devant une auberge. Ils y passèrent la nuit, changèrent de montures et repartirent. Le lendemain matin, ils avaient pénétré l'Écosse et atteint Gretna Green.

Chapitre 6

La porte de la carriole s'ouvrit en grand, et la douce lumière du matin s'engouffra dans l'habitacle.

En voyant qui l'attendait, Jane se dérida.

— Penny ! Jimmy m'a enlevée !

— Bien joué ! répondit Penelope en embrassant les joues pleines de Jimmy avant de tendre la main pour aider sa sœur à descendre.

— Je ne descendrai pas, déclara celle-ci.

— Il le faut pourtant.

— J'ai été enlevée alors que je dormais en chemise. Je n'ai qu'une courtepointe autour de moi et pas de chaussons.

— Nous en avons pour toi. Allez, sors de là. Il n'y a que la famille. Ils comprendront.

— Eh bien moi, je ne comprends pas, marmonna Jane en frottant ses yeux ensommeillés. Celine, Dorothy… Mère ?

— Ah, voilà la mariée ! lança d'un ton moqueur la voix de Lord Savill.

Jane le vit alors, tout en droiture et en charme, vêtu de ce qui ressemblait à un peignoir en soie. Elle tituba, sous le choc. Ils étaient à Gretna Green, devant la vitrine d'un forgeron. Il l'avait appelée « la mariée »… Bonté divine ! Ils comptaient la marier !

La courtepointe tomba, et il fut devant elle en un clin d'œil. Il agrippa les extrémités et serra le tissu épais autour d'elle jusqu'à ce qu'elle ressemble à une grosse limace piégée dans un tapis.

— Qu'est-ce qui vous a pris de dire oui ? cracha Jane à Lord Savill.

— Votre sœur m'a fait chanter.

Jane le dévisagea, bouche bée.

— Quoi ? Comment ?

— Rien de bien original, dit-il en levant les yeux au ciel.

— Vous avez peut-être accepté, mais ce n'est pas mon cas, se renfrogna Jane. Rien ne pourra me forcer à vous épouser.

Lord Savill tapa des mains.

— Merveilleux, la mariée annule le mariage ! Je peux rentrer chez moi, maintenant ?

— Tu n'as pas le choix, intervint Georgie en apparaissant derrière elle.

Jane lui prit la main.

— Georgie ? Toute ma famille est ici ?

— Toutes les femmes, répondit Penelope. Les hommes attendent sur le lieu du duel.

— Ils sont au courant, pour ça ? demanda Jane.

— C'est un sujet délicat, répondit Celine d'un ton pincé. Les hommes auraient tout gâché.

— Je suis tellement heureuse que tu te maries, Jane ! se mit à sangloter Mrs Fairweather. Toutes mes filles enfin mariées et heureuses. Oh, je peux mourir, désormais !

— Je ne me marierai pas, Mère, et n'oubliez pas qu'il vous en reste une, de fille.

Sa mère haussa les épaules.

— Elle pourra rester à la maison et s'occuper de nous lorsque nous serons vieux.

Jane se redressa fièrement.

— Moi, je m'occuperai de vous. Rentrons, maintenant.

Sa mère secoua vivement la tête.

— Tu ne nous entendras jamais souffler nos dernières volontés, sur notre lit de mort, trop occupée que tu seras à penser à tes tableaux. Je préfère que tu te maries.

Georgie posa une main sur l'épaule de Jane.

— Si tu ne l'épouses pas, le duc ou Lord Savill finira blessé, voire tué.

Jane poussa un gémissement et se frotta les tempes.

— C'est injuste.

— Oh, je suis si heureuse ! s'écria Mrs Fairweather.

— Vous avez tout fomenté, Mère ! tonna Jane.

— Je le savais ! s'exclama Lord Savill.

— En effet, concéda Penelope, mais les gens n'y croiront jamais. Le seul moyen de te sauver du déshonneur, et moi du veuvage, est d'épouser cet homme.

— Penny !

Le chagrin et la trahison brillaient dans les yeux de Jane.

— Désolée, ma chérie, souffla Penny d'une voix tremblante. Mais tu dois le faire, pour toi et la famille. Tu ne peux mener une vie de disgrâce.

Le soleil apparut de derrière les nuages et dispersa la brume sur les collines verdoyantes. Le ciel était brossé de rose, et le paysage sauvage écossais scintillait sous ses nuances pastel.

Jane se tourna alors vers eux.

— Je ne veux pas me marier.

— C'est ridicule, répondit Penelope avant d'éclater en sanglots.

Dorothy déposa des chaussons devant Jane, qui s'empressa de les enfiler. Ils étaient trop grands.

Mrs Fairweather s'essuya les yeux.

— J'aurais aimé que tu portes une robe en lamé or et des rubis le jour de ton mariage, mais… (Elle jeta un bref regard à sa fille, enveloppée d'une courtepointe, et soupira.) Je ne peux rien faire. Au moins seras-tu mariée, et je pourrai mourir en paix.

Le forgeron, aussi appelé « prêtre de l'enclume », ici à Gretna Green, les poussa à avancer[1]. Puis il souffla sur ses mains et tapa des pieds d'un air impatient.

Il faisait particulièrement froid, ce matin-là, songea sombrement Jane. Un temps à l'image de son humeur. Elle avança alors d'un pas réticent. La main de sa mère, calée au creux de son dos, ne lui laissait pas d'autre choix.

Lord Savill se tourna pour la regarder tituber vers lui. Ses yeux noirs brûlaient de colère, et son joli visage était marqué par la morosité. Son peignoir de soie sombre ondulait sous la brise, lui rappelant les extraordinaires circonstances qui les avaient fait se rencontrer.

La douleur dans ses yeux faisait écho à la sienne, se rendit-elle alors compte. Ce moment brisait autant les rêves du comte que les siens.

À force de persuasion, de coups dans les côtes et de pincements, Jane déclara tout haut son intention d'épouser Lord Savill, qui l'imita.

Enfin, le prêtre les déclara unis par les liens sacrés du mariage.

Ses paroles, assenées avec empressement, sonnèrent comme des coups de feu. Jane chancela, manquant de se prendre les pieds dans la courtepointe. Penelope l'aida à rester debout puis l'enlaça.

Sa vie tout entière s'était vue bouleversée en un claquement de doigts. Quelques paroles prononcées devant une poignée de témoins avaient scellé son destin. Comment une chose pareille pouvait-elle avoir tant de pouvoir sur une vie humaine ?

Elle aurait voulu étrangler le type qui avait inventé le concept du mariage. Quelle folie s'était donc emparée du monde entier pour que les gens se plient à des lois si absurdes ?

Sa tête tournait tandis que les femmes de sa famille venaient la féliciter. Elles lui souhaitèrent une vie pleine de bonheur, et elle les enlaça de manière automatique.

Du bonheur, mes fesses. Elle avait l'impression d'avoir le crâne plombé d'un gros nuage. Elle ne voyait que l'obscurité, ne ressentait qu'une grosse boule d'indignation logée quelque part entre sa poitrine et son estomac.

Quelques instants plus tard, elle était assise devant un petit-déjeuner de fête, préparé en urgence par ses sœurs dans une auberge toute proche. Sa mère lui tendit un peignoir.

— Vous aviez ça depuis le début ! grogna Jane en s'empressant de l'enfiler. Et si vous étiez au courant de ce qui allait se passer, pourquoi ne pas avoir apporté de robe, à la place ?

— Tu dormais encore quand je suis partie, répondit sa mère. Je ne pouvais pas venir fouiller dans ta chambre au risque de te réveiller. Ce peignoir était jeté sur une chaise ; c'est tout ce que j'ai trouvé, sur le moment.

— Il est trop léger, marmonna Jane en s'enveloppant à nouveau de la courtepointe.

Elle se faisait l'impression d'être un porc-épic grincheux, et c'était probablement à ça qu'elle ressemblait. Un porc-épic glacé et grincheux enveloppé d'une grosse courtepointe à plumes d'oie.

— Redresse un peu le menton, ma fille, la tança Mrs Fairweather. On te croirait en route pour la guillotine.

Jane attrapa la main de sa mère.

— Maintenant que je suis mariée, je peux me cacher dans notre maison de Finnshire. Personne ne le saura. L'honneur de tous sera sauf. Je ne suis pas obligée d'aller vivre chez lui, n'est-ce pas ?

Mrs Fairweather répondit d'un air choqué.

— Retourner chez moi ? Certainement pas. Et nous ne voulons pas que le mariage soit annulé. Et puis, cet homme est ton mari, et chez lui, c'est chez toi, désormais.

— Mais, Mère…

— Inutile de gémir. Mange, maintenant. Vous partez bientôt pour Londres. Un long voyage vous attend.

Penelope se pencha pour lui souffler à l'oreille :

— Lord Savill n'a pas l'air enchanté. Je doute qu'il soit d'humeur à te déflorer ce soir.

Jane dévisagea sa sœur.

— Mais je n'ai pas envie d'être déflorée ! Jamais de la vie ! Quelle idée !

Penelope sourit et secoua la tête.

Après cela, tout le monde commença à se préparer pour le long trajet de retour. On partit chercher les sacs, on enveloppa les pains et les tourtes, puis on s'enlaça.

Jane prit Penelope dans les bras, refusant de la lâcher. Celine dut la tirer de force, un doigt après l'autre, seulement pour la voir aller s'accrocher à un réverbère. Une fois arrachée du réverbère, on la traîna jusqu'à la carriole de Lord Savill.

<h1 style="text-align:center">Chapitre 7</h1>

L'intérieur de la voiture était confortable, avec des sièges en cuir moelleux et des coussins noirs en velours. Mais son côté cocooning était gâché par les vagues de colère qui émanaient de Lord Savill.

Jane se roula en boule dans un coin, près de la fenêtre, toujours enveloppée de la courtepointe, et Lord Savill choisit de s'asseoir de l'autre côté, les jambes collées à la porte.

Son joli visage était fermé, et ses yeux remuaient frénétiquement. Elle n'osa pas parler de peur qu'il la jette hors de la voiture et l'abandonne sur la route.

La carriole s'ébranla ; ils étaient partis.

Au bout de plusieurs heures, sa nuque et ses épaules commençaient sérieusement à l'élancer. Ils s'arrêtèrent pour changer de montures et passer la nuit dans une auberge.

Elle se traîna dans The Thirsty Horse les yeux injectés de sang et sa courtepointe ramassant la poussière et les pelures de cacahuètes derrière elle. Le propriétaire et les serveuses la dévisagèrent, et elle se contenta de montrer les crocs en guise de salutation.

Lord Savill lui agrippa le bras et tenta de l'attirer dans l'escalier, en direction de l'une des chambres.

Elle observa les clients, Lord Savill, et esquissa un sourire triomphant. Ah, il ne voulait pas qu'on les voie !

Elle inspira un bon coup et se mit à tousser, à crachoter, à taper du pied. Elle cria même un peu et entama une chanson paillarde juste histoire de s'assurer d'avoir l'attention générale.

Avec un peu de chance, son nouveau mari la prendrait pour une folle, l'abandonnerait à son sort, et elle pourrait sauter dans une voiture pour enfin rentrer chez elle.

— La fièvre, se contenta de marmonner Lord Savill en guise d'explication avant de la jeter par-dessus son épaule.

Puis il la monta à l'étage, ouvrit d'un coup de pied la porte d'une chambre propre et austère et la lâcha sur le lit.

Il repartit aussitôt. Elle sonna la cloche, but une tasse de thé, mangea un bol de ragoût et attendit qu'il arrive.

Il n'arriva pas, et elle sombra dans un sommeil agité. Le lendemain matin, alors qu'elle pensait qu'il l'avait quittée, il apparut à la porte de sa chambre.

— Venez, ordonna-t-il.

Les jours suivants se déroulèrent de manière similaire. Leurs échanges se réduisaient au strict minimum, seulement quand cela était nécessaire. Il choisit de passer la plus grosse partie du voyage aux côtés du chauffeur, n'entrant dans la voiture que si le temps virait à la pluie.

En contrepartie, Jane faisait de son mieux pour se donner en spectacle à chaque auberge qu'ils visitaient. Elle prétendit qu'un cobra l'avait mordue et se tordit de douleur par terre, hurla à la mort en racontant le décès tragique de son soi-disant chaton baptisé Goobles, et pourchassa même une gentille vieille dame avec une fourchette.

Mais rien ne fonctionna.

Le quatrième jour, ils approchaient enfin de Londres, et le silence digne de Lord Savill commençait à profondément l'agacer. Elle lui jetait des regards noirs, se demandant s'il comptait partager sa couche. Il ne l'avait jamais rejointe durant toutes ces nuits passées à l'auberge, mais peut-être attendait-il d'être chez lui ?

Après tout, il avait beau la mépriser de tout son être, il lui fallait un héritier.

Son ventre se noua quand elle imagina son visage sombre la dominer au beau milieu de la nuit. Ses mains étaient soudain moites, et son cœur se mit à tambouriner, l'image refusant de quitter son esprit.

Ce silence commençait à la rendre malade, et elle allait sûrement exploser s'ils ne commençaient pas à parler très vite pour rompre le cours de ses pensées de plus en plus terrifiantes.

Elle s'éclaircit la gorge et toussota délicatement.

Il l'ignora.

Nouvel éclaircissement de gorge.

Il garda la tête résolument tournée vers la fenêtre.

Elle toussa de bon cœur, cette fois, et éternua.

Il la regarda enfin.

— J'espère sincèrement que vous êtes mourante.

Elle l'observa, soulagée. Enfin, il avait daigné parler.

— Je vais bien. (Au bout d'un moment, elle osa ajouter :) À quoi aimez-vous occuper votre temps, monsieur ?

Il tira sur son cigare et l'ignora de plus belle.

— Nous sommes mariés, désormais, poursuivit-elle courageusement. Peut-être devrions-nous mieux nous connaître ? Pour ma part, j'aime chasser.

Il plissa le front.

Elle s'humecta les lèvres et continua.

— J'aime attraper les lapins et les jeter au feu.

— Je vois.

— Je vais chez le boucher et je le regarde découper la viande. J'aime voir le sang dégouliner de son couteau.

— Vraiment ?

— Et je transporte des écureuils dans ma poche, mais parfois, je les écrabouille. Alors je les mange.

Il lâcha son cigare dans un geste d'effarement. Le cigare rebondit sur son genou, éparpillant des cendres sur la soie de son vêtement, avant de tomber au sol.

— Diable ! s'écria-t-il alors que le vêtement prenait feu, au niveau de son genou.

Jane s'empressa d'éteindre le cigare et jeta son châle sur le genou du comte afin d'étouffer le feu. Puis elle retira le tissu délicatement, et ses joues s'empourprèrent.

— Oh ! Votre vêtement a un trou, maintenant, et je peux voir votre genou. Il est rose.

— Il n'est pas rose, il est brûlé !

— Oh ! gémit-elle en se couvrant les yeux.

— Qu'est-ce qu'il y a, encore ?

— J'ai vu votre genou.

Le comte réprima un sourire.

— Est-ce que ça fait mal ? demanda-t-elle au bout d'un moment. Oh, oui, ça doit forcément faire mal ! Regardez, on dirait une carotte tout écorchée. J'ai peut-être du baume dans ma poche. C'est lord Adair, un ami de la famille, qui m'en a donné. C'est prodigieux.

Elle vida le contenu de sa poche sur le siège et farfouilla entre les boutons, les pinceaux, les rubans et les pièces.

— Quel bazar, commenta-t-il.

Elle l'ignora, ses doigts s'agitant au milieu de ses trésors.

— Voilà ! clama-t-elle d'un air victorieux. Mettez ça dessus.

— Je ne préfère pas.

— Mais ça doit faire mal, et ça va faire une cloque. Allez, ne soyez pas ridicule, dit-elle en plongeant les doigts dans le baume.

Il regarda sa main hésiter au-dessus de son genou un instant, puis retomber sur le siège.

— Vous êtes une menteuse.

— Pardon ? hoqueta-t-elle en le regardant d'un air perplexe.

Il la fusillait des yeux.

— Vous aimez chasser, tuer des pauvres bêtes, mais en même temps, vous vous sacrifiez pour éviter un duel, vous inquiétez quand quelqu'un que vous méprisez se fait mal, rougissez à la vue d'un genou dénudé. Qu'êtes-vous, Miss Fairweather ? Une âme tendre ou une sans-cœur ?

Elle plaqua la main sur sa gorge. Elle ignorait quoi répondre à cette question. Cette situation était bien trop complexe pour elle. Elle ne pouvait pas lui reprocher de se sentir blessé et trahi, et son petit discours n'avait certainement pas arrangé les choses. Pour la première fois, elle avait honte d'avoir menti. Elle baissa la tête.

— Pardonnez-moi. Je ne vous importunerai plus.

Au même instant, la carriole fit une embardée, et Jane tomba dans les bras du comte.

Le regard chargé de haine qu'il lui adressa la força à détaler à l'autre bout de la voiture.

Son expression se mua en dégoût, devant sa peur évidente, et Jane tenta de chasser les larmes qui menaçaient.

La voiture s'arrêta un instant, et elle regarda par la fenêtre, ravie d'avoir autre chose à faire que de batailler avec lui.

Un grand portail en fer forgé leur barrait le chemin. Le chauffeur sauta de la carriole pour aller ouvrir, et quelques instants plus tard, ils repartaient. Les sabots des chevaux résonnaient sur un chemin forgé au cœur d'une forêt, qui se mua peu à peu en joli jardin anglais.

Lord Savill se pencha alors en avant et déclara d'une voix glaciale :

— Bienvenue à Bellmore Abbey. Ma maison.

Jane sentit son cœur se serrer dans sa poitrine. Elle n'avait bêtement pas pensé une seule seconde à son nouveau foyer, ou à ses occupants. Elle s'était imaginé que le trajet serait plus long, qu'elle aurait plus de temps pour intégrer le bouleversement que venait de suivre son existence. Mais voilà qu'elle se retrouvait poussée par des mains invisibles vers un destin dont elle ne voulait pas.

Elle regarda à nouveau par la fenêtre. Bellmore Abbey était désormais en vue, trônant au milieu de parterres de fleurs et d'une pelouse manucurée, tel un prince stoïque. L'immense structure de pierre grise, avec ses murs épais et solides et sa hauteur incroyable, semblait prendre de haut les papillons et les roses aux longues tiges qui ondulaient à ses pieds.

Quand ils s'arrêtèrent devant la bâtisse, le comte descendit aussitôt et, sans même un regard en arrière, fonça à l'intérieur.

Jane suivit d'un pas traînant.

Chapitre 8

Jane franchit la porte noire haute de dix mètres pour se retrouver dans un énorme vestibule circulaire superbement décoré de tons gris sombre et vert profond et de stuc style baroque. Elle apprit plus tard que trois ailes de la maison partaient de cette même pièce, tandis que la quatrième se tenait derrière l'atrium.

Son estomac grogna, et ses pieds hésitèrent à avancer devant une telle immensité.

Un majordome en livrée bleu-gris arborant l'insigne de Bellmore sur les épaules apparut devant elle.

Elle inspira un bon coup, frotta ses paumes sur sa jupe et le suivit.

Il la guida vers la salle où Lord Savill épluchait les cartes de visite qu'il avait reçues.

Son regard passa brièvement sur elle avant de retourner à ses occupations.

Elle se mit à balancer sur ses pieds, profondément mal à l'aise.

Sa seule consolation était que Lord Savill semblait aussi troublé qu'elle. En effet, il tenait sa carte de visite à l'envers.

Une domestique armée d'une serpillière et d'un seau entra dans la pièce, vit le genou nu de Lord Savill et disparut au pas de course. Jane fut aussitôt intensément jalouse d'elle : cette fille avait un endroit où aller, des choses à faire, un moyen d'échapper à Lord Savill.

Jane s'avança alors.

— Mon genou… Je veux dire, mon seigneur ?

Les trous qu'arboraient ses hauts-de-chausses lui revinrent en mémoire, et il fila se cacher derrière le guéridon.

— Belcher, conduisez-la dans sa chambre, cracha-t-il.

Le majordome toussota discrètement à l'attention de Jane et lui fit signe de le suivre.

Elle aurait voulu se rebeller, hurler que rien de tout cela n'était sa faute, et pourtant, pas un mot ne sortit de sa gorge.

Le majordome l'éloigna de Lord Savill, lui fit traverser la cuisine, puis la cour, et gagna ce qui semblait être l'aile réservée aux invités, et qui disposait d'un nombre impressionnant de chambres.

L'homme ouvrit une porte au rez-de-chaussée, dans un coin sombre d'un couloir sans lumière.

Elle entra d'un pas hésitant.

La pièce était nue, à l'exception d'un lit, d'un pichet, d'une cuvette et d'une petite fenêtre. Elle n'avait même pas de bureau.

Elle remarqua une chaise poussiéreuse près de la fenêtre et partit s'y asseoir, avec toute la dignité qu'elle était capable d'invoquer. Alors, le dos bien droit, elle s'adressa au majordome.

— Merci, ce sera tout.

L'homme baissa les yeux, et une pointe de rouge vint colorer ses joues.

— Je vous fais préparer le thé, madame.

Madame. C'était la première fois que quelqu'un l'appelait ainsi. Elle demeura assise jusqu'à ce que les bruits de pas s'éteignent, puis elle bondit de sa chaise avec un cri et courut à la fenêtre.

Elle n'avait pas voulu demander à Mary, sa femme de chambre, de l'accompagner, étant donné que son mari vivait à Finnshire. Passer quelques mois à Londres loin de lui pendant la saison était une chose, mais lui demander d'abandonner sa famille pour de bon aurait été injuste. Elle posa le front sur la vitre, submergée par une violente vague de solitude.

Au loin, les arbres balançaient sous la brise. Quelques feuilles se détachaient pour tomber au sol. Peut-être les feuilles tombaient-elles aussi, à Finnshire ? Peut-être la brise avait-elle d'abord balayé son ancienne maison pour venir ensuite l'accueillir ici ? Elle ouvrit la fenêtre et inspira à pleins poumons, essayant de trouver la trace d'une odeur qui lui soit familière.

L'eau scintillante du lac artificiel n'avait rien à voir avec le ruisseau de là-bas, et même les roses paraissaient plus grosses et plus exotiques, ici. Les haies étaient taillées, les plantes domestiquées, et les arbres sculptés. Pas une seule fleur sauvage en vue.

Quant au soleil, elle fut surprise de le voir briller si fort. Vu son humeur, elle s'était attendue à des nuages noirs et un vent glacial.

Quelqu'un frappa à la porte. C'était une jeune domestique chargée d'un plateau d'argent.

— Votre thé, madame, annonça la jeune fille en s'inclinant.

Elle avait également apporté un pichet d'eau fraîche et des serviettes propres.

Jane ne voulait pas réclamer un bain. Sa fierté l'en empêchait. Elle se contenterait d'une toilette à l'eau froide à la cuvette.

Le thé chaud lui fit du bien. Elle bouda les petits gâteaux.

Elle venait tout juste de reposer sa tasse vide, légèrement revigorée, quand la porte s'ouvrit en grand.

— J'ai annoncé la nouvelle à ma famille, déclara Lord Savill en entrant dans la pièce. On ne peut pas dire qu'elle ait été bien prise.

Jane s'essuya la bouche d'une main tremblante et attendit qu'il poursuive.

Le comte serra les poings, comme si son silence l'irritait.

— Je me suis toujours demandé comment les sœurs Fairweather parvenaient à trouver de si bons partis, sans dot ni connexions. Désormais, je sais. Je dois saluer leur immense talent de piégeuses d'hommes.

Jane dressa la tête et le fusilla du regard.

— Laissez mes sœurs en dehors de cela. Elles n'ont rien à voir avec cette histoire. Ma mère est l'unique responsable.

— Ainsi, vous avez une langue. Je me demandais si vous l'aviez abandonnée à l'autel.

Jane fixa ses mains, posées sur ses genoux.

— Ma mère a eu tort d'agir ainsi.

— C'est votre sœur qui m'a forcé à vous épouser.

— Elle n'avait pas d'autre choix.

— Pas d'autre choix !

Il attrapa le pichet d'eau et le lança à travers la pièce. Il s'écrasa contre le mur, au-dessus du lit, et éclata en morceaux.

Jane sursauta en poussant un cri de terreur.

— Elle aurait pu vous envoyer en Europe ! rugit-il. Vous faire passer pour morte, ou vous cacher dans un joli petit village anglais. Mais non, elle a préféré gâcher ma vie !

— Je suis désolée, répondit-elle d'une voix tremblante. Ma mère a eu tort. Elle n'aurait jamais dû faire cela, mais mes sœurs et moi ne savions rien de son plan. Je vous le jure !

— Je ne vous crois pas.

— Je peux tout à fait me retirer dans un village, dit-elle en laissant tomber ses épaules.

— Et laisser les gens remettre mon honneur en question ? Je ne vous laisserai pas vivre dans une maison confortable pendant que l'on juge ma morale. Je préfère que vous souffriez autant que moi. Vous resterez chez moi et accomplirez vos tâches d'épouse. Je ferai quant à moi mes tâches d'époux, malgré la haine viscérale que je ressens à votre égard et à celui de votre famille.

Devant l'air choqué de Jane, il reprit en tordant les lèvres :

— En privé, nous demeurerons de parfaits étrangers.

— Vous pourriez dire que je suis morte, souffla-t-elle alors d'une voix presque inaudible.

— La duchesse souhaite que je reste six mois auprès de vous avant d'honorer sa promesse. Vous ne pouvez pas disparaître de ma vie avant.

— Qu'a-t-elle promis ?

— Vous êtes vraiment une comédienne remarquable, répliqua-t-il en riant. Je ne doute pas un instant que vous ayez consenti à toute cette histoire.

— Pourquoi consentirais-je à une vie de solitude ? J'ai abandonné mes amis et ma famille pour un parfait inconnu.

Pourquoi gâcherais-je volontairement ma vie ?

— Vous avez abandonné vos amis et votre famille pour l'argent et le pouvoir. Vous découvrirez que je ne suis pas si facile à berner. Quant aux vies gâchées, j'étais pour ma part promis à quelqu'un… Nous devions nous marier dans quelques mois.

Jane sentit les larmes gonfler ses yeux.

— Je vous hais, Miss Fairweather. J'aurais aimé ne jamais poser les yeux sur vous.

Elle n'osa pas lui dire que ce n'était plus ainsi qu'elle s'appelait.

<h1 style="text-align:center">Chapitre 9</h1>

Dès qu'il fut parti, elle se laissa tomber au sol. Son humeur l'avait terrorisée. Elle n'avait jamais rencontré d'homme aussi lunatique. Son père était quelqu'un de discret qui se retirait dans son bureau dès qu'il le pouvait et se tenait à l'écart de toute confrontation. Quant à ses beaux-frères, ils l'avaient toujours traitée avec affection et jovialité.

Elle posa les yeux sur le lit, et son cœur se serra davantage : des morceaux de porcelaine étaient éparpillés partout, et le matelas, la courtepointe et les draps étaient trempés. Viendrait-on lui proposer une nouvelle chambre ?

Son humeur sombre ne tarda pas à se refléter sur son environnement, quand la lumière commença à décliner et que le froid s'installa dans la pièce. La saison touchait à sa fin, et les nuits étaient à nouveau fraîches. Par ailleurs, cette chambre se situait au nord, et elle disposait de rideaux fins et d'un sol en pierre qui ne conservait pas la chaleur du jour.

Elle se leva et s'empressa de fermer la fenêtre. Elle eut rapidement un peu moins froid. Elle jeta un coup d'œil dans la cheminée et trouva un morceau de charbon, mais pas de bois. Même sa recherche de briquet fut vaine.

Le temps passa, et alors qu'elle s'imaginait devoir passer la nuit dans l'obscurité la plus totale, oubliée de tous, quelqu'un frappa.

Jane trotta vers la porte et l'ouvrit.

Une domestique se tenait devant elle, un plateau chargé de nourriture et d'une bougie à la main.

Jane le prit avec un soupir de soulagement et le déposa sur la table. Quand elle se retourna, la domestique était déjà partie. Elle passa la tête dans le couloir et appela, mais personne ne répondit.

Elle mangea son dîner sans appétit et but son petit verre de vin. Ensuite, elle enfila une fine robe de laine qu'elle avait trouvée dans une malle que sa mère avait préparée et sortit l'un de ses plus vieux châles avant de le disposer sur le sol. Une robe de mousseline pliée lui servirait d'oreiller. Elle devrait faire avec.

Sa fierté ne l'autorisait pas à aller réclamer l'aide de quelqu'un. Elle pouvait se débrouiller seule. Après tout, beaucoup de gens dormaient dans de bien pires conditions, et s'ils y parvenaient, elle y parviendrait aussi.

Pourtant, cela fut bien difficile. Le froid s'insinua très vite dans le fin tissu du châle, la poussant à abandonner l'idée de rester allongée. La bougie s'éteignit assez rapidement, la plongeant dans le noir total. Elle s'assit sous la fenêtre, où la lune projetait une faible lueur consolatrice. Elle tira alors les genoux contre sa poitrine et posa la tête dessus.

L'idée qu'elle soit peut-être la seule âme qui vive dans toute l'aile n'avait rien de rassurant.

Le froid, l'obscurité et les circonstances extrêmes des derniers jours commençaient à peser lourd sur Jane.

Une chouette hulula, et un animal poussa un grognement terrifiant. Jane agrippa son oreiller de fortune et le serra contre son cœur. Chaque ombre, chaque son lui paraissait étrange et terrifiant.

Elle entendit à nouveau le grognement. Elle ferma les yeux et plaqua les mains sur ses oreilles. Son corps se mit à trembler sous le manque de sommeil, la peur et le froid.

Sans qu'elle ne sache quand, elle finit par s'évanouir ou tomber de sommeil. Elle ignorait laquelle de ces deux options, mais elle se réveilla en sursaut en entendant son nom.

—Jane ? Fairweather ?

Elle ouvrit les yeux et découvrit Lord Savill, accroupi à côté d'elle.

Il posa les yeux sur le lit et le pichet cassé et lâcha un juron.

— Je ne lui ai pas donné cette chambre, Mère.

Une dame affublée d'une perruque poudrée à l'ancienne et aux traits doux et délicats apparut dans son champ de vision. Elle parla alors d'une voix chaude et profonde.

— C'est Angelica qui a demandé à Belcher de lui donner cette chambre. (Elle se pencha et toucha le front de Jane du dos de la main.) Pauvre petite. Es-tu venu la voir cette nuit ?

— Mère ? hoqueta-t-il en la dévisageant.

— Réponds, ordonna Lady Montgomery.

Il s'éclaircit la gorge.

— Je suis venu lui parler. Hier soir, je veux dire, pas cette nuit.

Sa mère le scruta du regard.

— Et tu l'as laissée ici ?

— Je n'ai pas réfléchi, répondit-il avec un haussement d'épaules.

Lady Montgomery l'attrapa par l'oreille, qu'elle tordit.

— Non, Mère, arrêtez ! Pas devant elle !

— Conduis-la dans la chambre adjacente à la tienne, Richard.

— Mais, aïe ! Lâchez- moi !

— Hors de question qu'elle passe un instant de plus dans cette pièce.

— Nous pouvons lui donner une meilleure chambre. Peut-être celle de l'aile familiale ?

— C'est ta femme, et tu la traiteras comme telle, déclara Lady Montgomery. Tu l'as épousée, après tout.

— On m'y a forcé.

— Les circonstances ne sont certes pas idéales, mais tu as fait une promesse. Tu l'as épousée, tu en es donc désormais responsable. Tu es un gentleman, Savill. Agis en conséquence. Regarde dans quel état se trouve cette pauvre fille.

— Elle fait semblant.

— Richard Henry Bellmore, aide ta femme à se lever et emmène-la dans ta chambre immédiatement. Assure-toi qu'une femme de chambre veille à son confort et ensuite, emmène-la petit-déjeuner.

Lord Savill serra les poings de rage. Il était deux fois plus grand que sa mère et dégageait un charisme impressionnant, mais il se plia en deux, glissa un bras dans le dos de Jane, l'autre sous ses jambes et, avec un soupir contrarié, la souleva.

Jane écarquilla les yeux de stupeur.

— Je peux marcher, couina-t-elle, sans savoir comment assumer ce soudain rapprochement physique.

— J'obéis à ma mère, répondit-il en la dévisageant d'un air songeur, et non rageur, pour une fois.

Elle détourna les yeux, mal à l'aise à l'idée d'être l'objet d'un tel examen.

Fidèle à sa parole, il la porta jusqu'à sa chambre, comme si elle était aussi légère qu'un oreiller en plumes d'oie.

Il la jeta alors sur son lit avec beaucoup moins de grâce, maintenant que sa mère n'était plus dans les parages.

— Je vous envoie quelqu'un. Votre chambre est là-bas, dit-il en désignant la porte. Mère attend de moi que je vous escorte au petit-déjeuner. Faites vite.

Jane descendit du lit à la vitesse de l'éclair et observa les lieux. La chambre du comte disposait de trois imposantes cheminées, d'un plafond orné de peintures et de placards en bois de santal. Son lit à baldaquin, énorme, était en acajou poli rouge sombre. Les rideaux, bleu de Prusse, étaient retenus par une corde en argent pour révéler des arbres verdoyants et un lac scintillant. Devant la fenêtre, des fauteuils en velours et un canapé orné de quelques coussins vert olive faisant écho aux arbres.

En entrant dans la chambre qui lui était allouée, Jane manqua de défaillir à nouveau, mais de ravissement cette fois. La pièce était grande, peut-être même plus grande que celle du comte, et magnifique. Le lit, fraîchement préparé, disposait de draps doux, blancs et ornés de dentelle. Les rideaux bleu barbeau aux minuscules motifs de fleurs de lys étaient noués par des embrasses à perles qui révélaient la même vue splendide sur le lac et les arbres centenaires.

Elle disposait elle aussi d'un coin salon devant la fenêtre, même si les fauteuils et la méridienne étaient faits de brocart et non de cuir, et elle avait beaucoup plus de coussins. Quelqu'un avait placé des brins de lavande partout dans la chambre, ainsi que des roses blanches qui flottaient dans des bols en cuivre.

Elle ouvrit l'une des deux portes de la pièce et se retrouva dans une salle de bain tout en marbre avec des éléments or et ivoire, une baignoire à pattes de lion et un petit placard rempli de serviettes et d'herbes séchées.

L'autre porte donnait dans le dressing, tout aussi resplendissant. Alors que la partie nuit était lumineuse, aérée et élégante, cette pièce croulait sous une opulence assumée. Chaque mur disposait d'un miroir reflétant l'incroyable chandelier en cristal qui pendait au plafond, la coiffeuse était ornée de gravures et incrustée de pierres précieuses, le lave-mains et le pichet étaient en argent poli, et même les placards étaient peints à la main de fleurs sauvages.

Jane retourna dans sa chambre et se laissa tomber dans un fauteuil, devant la fenêtre. Sa tête commençait à tourner, et la fatigue à peser sur son corps.

Tout était somptueux, autour d'elle, et pourtant, elle aurait aimé être chez elle. Elle aurait pu dormir toute la journée. Sa mère lui aurait apporté son petit-déjeuner au lit, l'aurait coiffée et aurait déposé un baiser sur son front. Elle aurait pu gémir, se plaindre et réclamer un énorme pichet de café à la cuisinière ainsi que des roulés nageant dans le beurre.

Cette familiarité et ce confort lui manquaient.

Bientôt, deux domestiques apparurent avec des seaux d'eau chaude pour remplir la baignoire. Une autre portait la malle contenant ses tenues d'intérieur ainsi que ses chemises.

Se rappelant l'air menaçant de Lord Savill, Jane se força à prendre un bain et à se changer. Elle opta pour une robe toute simple en mousseline, couleur crème, avec des liserés de satin bleu. N'ayant pas le temps de se coiffer, elle noua ses cheveux en un chignon.

Une fois de plus, Lady Montgomery accompagnait Lord Savill, quand il vint la chercher. Jane les suivit docilement tout en s'abreuvant du luxe de la propriété.

Elle agrippa la rambarde en empruntant l'immense escalier. Son mari avait choisi de se tenir le plus loin possible d'elle. Elle se concentrait sur ses pas, qu'elle s'efforçait de faire lents et réguliers, mais en entrant dans la pièce où les attendait le petit-déjeuner, elle manqua de défaillir.

Lord Savill la rattrapa par la taille, et Jane lui saisit le bras en poussant un couinement.

— Ce n'est pas un tour de votre imagination, dit-il en tordant les lèvres. C'est bien un guépard qui est assis à côté de mon père.

— Je ne comprends pas…

— C'est un animal de compagnie. Il est totalement apprivoisé. Mon père l'a trouvé tout petit, abandonné par un cirque, et il l'a ramené à la maison. Depuis, il fait partie de la famille.

Jane sentit son cœur s'emballer de terreur, à la vue du fauve.

À côté de lui était assis Lord Montgomery, un homme grand et brun qui ressemblait vaguement à son fils. Il sourit en apercevant Jane.

— Ah, une souris est venue prendre le thé. Ou s'agit-il d'un en-cas pour Mr Williams ?

Jane se rapprocha de Lord Savill.

Il lui saisit doucement le coude et l'attira vers la table d'appoint qui croulait sous la nourriture.

— Ma mère m'a demandé d'être courtois avec vous, marmonna-t-il, ce que je serai devant les domestiques, la famille et les gens. Mais en privé, je vous interdis de m'adresser la parole.

Son ton acerbe permit à Jane de sortir plus ou moins de sa transe, et elle s'écarta vivement de lui.

Elle n'osa pas riposter qu'elle lui avait à peine adressé la parole depuis leur rencontre, et qu'elle n'espérait aucun changement de ce côté-là.

Elle balaya la nourriture d'un œil tout en gardant l'autre sur le félin. Trois tranches de pain attendaient dans la panière, et elle prit celle qui avait trop cuit, partant du principe que Lord Savill voudrait les tranches correctes.

Le guépard, qui l'observait d'un air concentré, se lécha les babines, ce qui lui arracha un frisson d'effroi.

Lord Savill lui toucha le coude, et elle sursauta.

— Miss Fairweather, annonça-t-il d'un ton moqueur avant de la guider vers la table et de désigner une chaise à côté d'une femme qu'elle n'avait pas encore vue.

— Angelica Croft, la présenta Lady Montgomery. Ma fille.

Lady Croft avait des lèvres pincées, un menton pointu, les yeux tirés et une masse de boucles blond foncé qui lui donnait l'air grande et imposante.

Jane lui sourit avant de se glisser dans la chaise qu'on lui avait désignée. Lady Croft l'ignora superbement.

Jane baissa les yeux, qu'elle posa sur ses mains, prête à fondre en larmes.

Le valet de pied et les domestiques entrèrent, armés d'une panière de tartines bien chaudes, de thé, de café et de chocolat.

Jane opta pour le café puis fixa sa tranche carbonisée en se demandant si celle-ci émettrait un bruit insupportable, lorsqu'elle croquerait dedans.

Lady Montgomery rompit enfin le silence.

— Les circonstances dans lesquelles s'est déroulé ce mariage ne sont pas idéales, mais ce qui est fait est fait. J'aimerais que Lady Savill soit traitée avec les égards qui lui sont dus. Elle est la femme de Richard, nous ne pouvons rien y changer, alors acceptons-le. Je sais que nous sommes tous déçus et amers, mais avec le temps, j'espère qu'elle se montrera digne de notre nom. Angelica, Richard, je vous ai élevés dans le respect et la bienveillance. Hier soir, vous m'avez tous deux profondément déçue.

— Mais, Mère…, tenta de se défendre Lord Savill.

Lady Montgomery dressa une main pour le faire taire.

— Traiter quelqu'un de manière si inhumaine est proprement honteux. Peut-être ai-je failli dans mon rôle de mère…

Lady Croft baissa la tête, piteuse, et Lord Savill planta son couteau dans un œuf dur.

— Pouvons-nous tous essayer d'être courtois ?

— Oui, Mère, répondirent-ils à l'unisson.

Lord Montgomery finit par lever la tête.

— Bienvenue dans la famille, dit-il en souriant avant de servir une tasse de thé à son guépard.

Jane lui rendit un sourire timide. Au moins quelqu'un se réjouissait-il de sa présence, même s'il s'agissait d'un fou.

Chapitre 10

Après le petit-déjeuner, Lord Savill la raccompagna à l'étage.

— Je dois vous parler, déclara-t-il en ouvrant violemment la porte de sa propre chambre.

Un simple coup d'œil à son expression fermée fit deviner à Jane que cette conversation n'aurait une fois de plus rien de plaisant. Elle étouffa un soupir résigné et entra.

Il croisa les bras et s'adossa à la porte.

— Après une année à Londres, je déménagerai dans notre maison de campagne. En attendant, je vous suggère de trouver une occupation qui vous tienne hors de mon chemin.

Jane le regarda droit dans les yeux, récupéra le pichet d'eau et l'envoya valser à travers la pièce. L'objet percuta le mur juste au-dessus du lit du comte et éclata en morceaux. Elle regarda alors l'eau s'étaler sur le mur et le matelas d'un air satisfait.

Lord Savill la dévisagea d'un air ahuri.

— Fermez la bouche, monsieur. Je n'ai pas envie qu'on me tienne responsable, si vous veniez à gober une mouche.

— Comment osez-vous…

Elle dressa une main.

— Je vous l'ai déjà dit, Lord Savill, je ne suis pas à l'origine de cette situation. Je me suis excusée au nom de ma mère, mais il est totalement injuste de reprocher à un enfant le péché de ses parents. Vous auriez pu refuser ce mariage et maintenir le duel contre le duc. Vous avez choisi qu'on vous force la main. Vous désiriez quelque chose plus fort encore que votre célibat, et vous en avez payé le prix. Moi, je ne tire rien de ce mariage.

— Vous êtes désormais l'une des femmes les plus fortunées d'Angleterre. Vous tirez beaucoup de ce mariage, ma chère.

— Ce n'est pas ce que je désire, et si vous me connaissiez, vous le sauriez, vous aussi.

Il éclata de rire. Jane inspira un bon coup et continua.

— Quant à l'odieuse façon dont vous m'avez traitée, je ne vous pardonnerai jamais. Vous m'avez prise au dépourvu, mais à l'avenir, n'oubliez pas que je suis une Fairweather, et que je ne me laisserai plus traiter ainsi. Je vous conseille de faire attention, ou je m'assurerai que Penny refuse de vous donner ce que vous désirez tant.

Il fut près d'elle en un éclair et lui agrippa le bras.

— Je suis votre époux ; je pourrais détruire votre vie, si vous vous rebelliez.

Sa proximité soudaine la choqua. Son visage était à quelques millimètres du sien, et son souffle chaud caressait ses joues.

Avec toute sa force, elle s'écarta de lui jusqu'à ce que son dos vienne se planter dans la colonne de lit, puis elle reprit d'une voix tremblante :

— Vous ne m'avez pas appelée autrement que Miss Fairweather jusqu'ici. Vous vous sentez dupé, vous ne voulez rien avoir à faire avec moi, vous n'acceptez pas ce mariage, ce qui signifie que vous n'êtes pas mon époux, et je refuse de vous traiter comme tel. Vous ne pouvez pas changer notre relation sur un simple coup de tête, monsieur.

Il l'observa en plissant les yeux.

— Alors cette prétendue timidité était un leurre. Vous êtes aussi fourbe que je le pensais.

— Vous me faites mal.

Il laissa retomber sa main et s'écarta d'un pas. Puis son regard se posa sur le bras de Jane, là où ses doigts lui avaient marqué la peau : des traces rouges ressortaient sur sa peau pâle. Il déglutit, et elle devina des excuses sur le bout de sa langue, mais ce fut autre chose qui sortit.

— Il vaut mieux que nous nous tenions à distance l'un de

l'autre. Après tout, Bellmore Hall dispose de deux cents pièces.

Elle fit un hochement de tête.

— Nous sommes au moins d'accord sur ce point. Nous sommes tous les deux déçus par ce mariage. Il vaut en effet mieux que nous nous évitions autant que possible.

Elle posa alors les doigts sur les marques qu'il avait causées. Elle se demanda un instant s'il fallait exiger des excuses, puis elle abandonna l'idée. Ils s'étaient suffisamment disputés comme cela, et vu comment il s'était comporté, elle doutait qu'il soit du genre à s'excuser facilement. Alors, après une brève révérence, elle prit la direction de la chambre adjacente.

— Je suis désolé de vous avoir fait mal, souffla-t-il dans son dos.

Elle se figea un instant, puis se tourna lentement vers lui.

Les yeux du comte étaient comme deux tourbillons noirs dont elle était incapable de se détacher.

— Ça n'arrivera plus, ajouta-t-il en désignant son bras.

— Vous ne m'avez pas fait mal, dit-elle, incapable de mentir. Votre poigne…, ajouta-t-elle en s'éclaircissant la gorge. Votre poigne était douce. J'ai la peau qui marque facilement.

Il hocha la tête, et un éclair d'émotion indéchiffrable traversa ses traits.

— J'espère que nous n'aurons pas l'occasion de nous reparler dans les deux semaines à venir.

— Je l'espère moi aussi de tout cœur, répliqua-t-elle.

Elle avait commencé à s'adoucir après ses excuses, mais il venait de lui rappeler à quel point il était haïssable. Elle tourna la tête et partit dans sa chambre à grands pas.

Jane s'habilla rapidement avec l'aide d'une femme de chambre. Elle portait une robe de marche vert olive qui lui enserrait la taille, des bottines marron et des gants assortis. Elle attrapa son carnet, son fusain et se dirigea vers la porte.

Dessiner un peu lui permettrait de calmer la tension qui semblait lui enserrer la nuque telle une créature indésirable.

Elle ouvrit la porte de sa chambre et tomba nez à nez avec Lord Savill, qui sortait lui aussi. Il l'ignora et s'éloigna.

Elle décida de prendre la direction opposée et descendit au petit trot l'escalier principal. En bas des marches, elle tomba à nouveau sur Lord Savill.

Ils se fusillèrent du regard.

Le comte fit alors un pas vers elle.

— Je croyais que nous avions convenu de nous éviter ?

— C'est ce que je m'efforce de faire.

Il l'observa d'un air sceptique, mais elle garda son sang-froid.

— Je comptais aller dessiner dans le jardin.

Il hocha la tête d'un air satisfait.

— Je serai dans mon bureau pour le reste de la journée.

— Attendez ! Richard, Lady Savill ! s'exclama Lady Croft. Étiez-vous en train de roucouler ?

— Roucouler ? répéta le comte, perplexe.

— C'est ce que font les jeunes mariés.

— Je ne suis pas un fichu oiseau, cracha-t-il à sa sœur.

Jane salua la nouvelle venue.

— Lady Croft, je…

— En parlant de jeunes mariés, la coupa-t-elle, le duc de Blackthorne a organisé un bal en votre honneur.

Jane et Lord Savill échangèrent un regard dont l'horreur était à la même mesure. Ils avaient oublié que la saison n'était pas encore finie, et qu'ils seraient conviés à de nombreux événements.

— Merci, finit par dire Jane d'une voix timide et pleine de crainte.

— Quoi ? fit Lady Croft en lui jetant un regard agacé.

Jane s'empourpra et se répéta.

Lady Croft se tourna alors vers son frère.

— Vous allez devoir y aller.

— Tu peux leur dire que nous acceptons, confirma-t-il.

— Ce n'est plus à moi de répondre à tes invitations, mais à ta femme, répliqua-t-elle sèchement.

Jane déglutit péniblement.

— Je m'en occuperai.

Le silence s'installa un instant, tandis que toutes sortes

d'émotions complexes tournoyaient au-dessus de leurs têtes telle une tornade en pleine progression. Enfin, ils pivotèrent tous en même temps et partirent dans différentes directions.

∞ ∞ ∞

— Ce jardin regorge d'arbres en fleurs, et pourtant, vous avez choisi un vieil arbre noueux et tout tordu.

— Lady Montgomery, souffla Jane en bondissant sur ses pieds. Je ne vous ai pas entendue approcher.

— Rasseyez-vous, mon enfant, et poursuivez ce que vous êtes en train de faire. Je trouve votre façon de dessiner fascinante. En seulement quelques traits, vous avez parfaitement réussi à capturer l'essence du paysage.

— Merci.

Lady Montgomery la rejoignit sur l'herbe chauffée par le soleil.

— Je me fiche de salir mes jupes.

— Oh, désolée, je n'ai pas fait attention à mes vêtements, s'excusa Jane.

Lady Montgomery esquissa un sourire.

— Une jeune fille qui préfère s'allonger par terre et dessiner plutôt que de faire attention à ses vêtements… Je commence un peu plus à vous comprendre.

— Vous… Vous vouliez me parler de quelque chose ?

Elle hocha la tête.

— Vous faites désormais partie de cette famille. J'ai parlé à mes enfants et leur ai demandé de vous traiter comme telle, mais en retour, vous devez remplir vos tâches en tant que Lady Savill. Je vous aiderai là où je le pourrai, ainsi qu'Angelica.

— Je suis prête à apprendre.

— C'est très bien. Vous allez devoir assister à beaucoup d'événements, et j'aimerais que la vérité au sujet de votre mariage demeure secrète. Pour le bien de notre famille, je vous saurais gré de faire comme si tout allait bien.

Jane cassa son fusain en deux. De toute évidence, Lady Montgomery était consciente de la situation entre elle et Lord Savill.

Lady Montgomery poursuivit d'une voix douce.

— Je sais ce que cela fait de tout quitter pour épouser un parfait inconnu. La solitude et la peur que vous ressentez n'ont rien d'extraordinaire ; elles sont toutefois terrifiantes. Mais le temps apaisera les choses, et vous finirez par nous considérer comme votre famille, et Bellmore Hall comme votre maison.

Les yeux de Jane se brouillèrent de larmes. Elle était à court de mots. Lady Montgomery débordait de gentillesse et de douceur, et ses traits enfantins la rendaient profondément attachante.

Il était impossible que cette femme ait un gramme de méchanceté en elle. Elle était si bienveillante que Jane n'arrivait pas à comprendre comment elle avait pu enfanter une créature aussi horrible que Lord Savill.

Comme par magie, celui-ci apparut à quelques mètres de là, avançant tout droit vers elles.

— Mère ! tonna-t-il en observant d'un air réprobateur Lady Montgomery.

Jane détourna les yeux et fit mine d'étudier l'arbre. Sa tête tournait légèrement, et son corps était pris d'une étrange sensation, en sa présence.

— Vous allez tomber malade, grommela-t-il en déposant un châle blanc et léger sur les épaules émaciées de sa mère, puis il l'enveloppa et déposa un baiser sur son front.

— Je ne suis sortie que quelques minutes, le rassura Lady Montgomery d'une voix douce. Je voulais discuter un peu.

— Cela fait un bon moment que vous discutez. Je vous vois, de mon bureau, dit-il d'une voix sévère. Et vous, ajouta-t-il en se tournant vers Jane. Vous auriez dû lui demander de retourner à l'intérieur. Mais au lieu de cela, vous l'avez forcée à s'asseoir à côté de vous, sur le sol glacial, pour mieux la manipuler.

— Ça suffit ! tonna Lady Montgomery. Elle n'a rien fait de la sorte. Pardonnez mon fils, Lady Savill. Il semble avoir oublié ses bonnes manières. Je ferai de mon mieux pour les retrouver et les lui inculquer à nouveau.

— Je vous en prie, appelez-moi Jane.

Lord Savill aida sa mère à se relever, puis il se tourna vers Jane.

— Vous ne pourrez pas jouer éternellement la comédie. Bientôt, votre mue viendra, et votre véritable nature sera connue de tous.

— Je ne suis pas un fichu oiseau, répliqua Jane, en reprenant ses paroles.

Il fit un pas vers elle ; Lady Montgomery lui planta la pointe de son ombrelle dans la chaussure pour l'empêcher d'aller plus loin.

— Puis-je faire quoi que ce soit pour rendre votre vie ici plus facile ? demanda-t-elle à Jane avec un sourire. Vous offrir quelque chose qui puisse vous rappeler votre ancienne maison ?

Jane hocha la tête, les yeux soudain pleins d'espoir.

— Pourrais-je avoir une pièce, n'importe laquelle, pour peindre ?

— Peindre ?

— Je… J'utilise de la peinture à l'huile, pas de l'aquarelle, et cela nécessite une pièce ouverte et aérée. Je peignais dans ma chambre, chez moi, mais ça m'embêterait de tacher vos meubles. Ils vous ont sûrement coûté cher, et…

— Taisez-vous, voyons, rit Lady Montgomery. Vous êtes Lady Savill. Toute la demeure est à vous, idiote. Vous pouvez transformer la cuisine en atelier et le petit salon en cuisine, si cela vous chante.

— Elle ne fera rien de la sorte, intervint sèchement Lord Savill.

— Rentre, lui ordonna sa mère en désignant la maison. Immédiatement.

Il lâcha un hoquet de frustration et pivota sur ses talons. Lady Montgomery se tourna alors à nouveau vers Jane.

— Richard vous fera visiter la maison, tout à l'heure, afin que vous puissiez choisir la pièce qui vous conviendra.

Lord Savill se crispa et lui jeta un regard noir.

Jane étouffa un soupir de frustration. Rester à distance l'un de l'autre s'avérait beaucoup plus difficile que ce qu'elle s'était imaginé.

— Rendez-vous dans mon bureau à sept heures, Miss Fairweather, lâcha-t-il d'une voix résignée. Je vous ferai visiter.

Sa mère ne fit aucun commentaire sur le nom qu'il avait choisi d'utiliser. Au lieu de cela, elle prit son bras et l'escorta vers la maison, laissant Jane terminer son dessin.

Chapitre 11

Jane avait l'impression qu'une bête s'était faufilée dans son oreille pour lui marteler le crâne à coups de bâtons.

Les mouvements pressés de sa femme de chambre, qui l'aidait à s'habiller, n'arrangeaient pas sa migraine, ni la puissante odeur d'essence de rose qu'elle avait renversée sur le tapis.

Jane enfila les bas de soie à rayures blanches et roses et noua des jarretelles au-dessus de ses genoux, pressée de sortir de cette pièce. La chemise et le jupon furent suivis d'une robe de soirée crème et rose en soie sauvage.

Elle tourna le dos à sa femme de chambre afin que celle-ci puisse nouer son corset. Le tissu s'étira sur sa poitrine, l'écrasant presque.

— Pas si serré, souffla-t-elle.

La femme de chambre dressa un regard terrifié vers elle, mais Jane la rassura d'un sourire.

— J'ai un peu mal à la tête. Mes cheveux…

La femme de chambre s'adoucit et noua ses cheveux en un chignon bas en s'assurant qu'ils ne tirent pas sur son crâne.

Jane s'observa dans le miroir. Ses yeux tombaient de fatigue, ses lèvres étaient pincées, et son visage blanc comme un linge.

Elle lissa sa robe et sortit d'un pas urgent. Sept heures venaient tout juste de sonner quand elle gagna le bureau situé dans l'aile familiale. Au moins Lord Savill n'aurait-il pas le plaisir de lui reprocher son retard.

Elle s'apprêtait à frapper quand des voix fortes stoppèrent son geste.

Lord Savill parlait.

— Je pensais que vous seriez dévastée, Frances.

— Au contraire, c'est mieux ainsi.

La voix qui lui avait répondu était basse, rauque et très clairement féminine.

— Je ne comprends pas.

— Le régent m'a remarquée.

— Je vois.

— Ne boudez pas, mon amour. Le régent n'a rien de charmant, ou n'est peut-être pas aussi riche que vous, mais il sera bientôt couronné. Être la maîtresse d'un roi…

— Sortez d'ici.

— Mais je pourrais faire tellement pour vous…

— Je ne veux pas de votre aide. Sortez, Lady Villiers, avant que je ne dise quelque chose qui pourrait vous blesser.

Jane hoqueta et pivota sur ses talons. Son coude cogna alors l'armure, qui tomba au sol dans un grand bruit.

Lord Savill apparut à la porte et la fusilla d'un regard qui transpirait de haine.

— Vous écoutiez à la porte, l'accusa-t-il.

Elle lâcha un couinement et, avant qu'il ne puisse continuer, prit la fuite.

— Arrêtez ! tonna-t-il, et il s'élança derrière elle.

Elle fonça tout droit dans la bibliothèque, au bout du couloir. Quand il fut dangereusement proche, elle lui jeta l'épais rideau au visage et détala à nouveau. Elle dévala l'escalier qui menait à la cuisine, passa par la porte de derrière puis retourna à l'intérieur, sans qu'il ne cesse de la poursuivre.

Son cœur battait la chamade quand elle se retrouva dans une pièce remplie de peintures, de statues et de toutes sortes de curiosités. Elle attrapa une vieille statuette de Vénus en ivoire et se tourna vers lui.

— Coûte-t-elle cher ? demanda-t-elle.

— Vous n'avez pas idée, cracha-t-il.

— Alors, attrapez-la !

Puis elle la lança en l'air et partit en courant, sans attendre de voir s'il était parvenu à sauver l'œuvre d'art ou non.

Elle ouvrit la porte de sa chambre et la claqua derrière elle. Le dos collé au bois, elle s'efforça alors de calmer les battements affolés de son cœur, sa poitrine se soulevant frénétiquement sous sa robe.

Il entra par la porte qui reliait les deux chambres.

Elle lâcha un hoquet de surprise et s'apprêtait à fuir à nouveau, mais il plaqua la main sur le mur, juste à côté d'elle, l'emprisonnant enfin.

— Je vous ai dit de vous arrêter, siffla-t-il.

Jane fut terrifiée par la rage qui brûlait dans ses yeux, et avec un couinement, elle passa sous son bras.

Les doigts du comte frôlèrent sa paume alors qu'il essayait de la rattraper, mais la peur avait donné des ailes à Jane, et elle bondit sur le lit avant de lui jeter un oreiller en plein visage. L'oreiller explosa dans un nuage de plumes.

— Arrêtez cette folie ! cria-t-il.

Elle secoua fiévreusement la tête et s'échappa à nouveau, cette fois en empruntant l'escalier principal.

— Vous ne pourrez pas fuir à l'infini !

— Je courrai jusqu'à ce que vous vous fatiguiez ! rétorqua-t-elle.

— Vous vous fatiguerez avant moi.

— Jamais ! Vous êtes beaucoup plus vieux que moi.

— J'ai quelques années de plus, mais je suis encore jeune.

Elle ouvrit la bouche pour lancer une énième répartie, mais elle se figea soudain sur place.

Lord et Lady Montgomery se tenaient devant elle, l'air horrifiés.

Lord Savill arriva quelques secondes plus tard, à bout de souffle.

— Que se passe-t-il, ici ? demanda Lady Montgomery.

— Y a-t-il le feu quelque part ? s'inquiéta Lord Montgomery.

Jane secoua la tête, s'efforçant de retrouver son souffle.

— Tu as des plumes dans les cheveux, observa Lady

Montgomery en en récupérant une dans la tignasse sombre de son fils.

— Je l'ai surprise en train d'écouter à la porte, accusa alors Lord Savill.

Jane se hérissa.

— C'est faux. Vous m'avez demandé de vous retrouver dans votre bureau à sept heures. Je suis arrivée à l'heure dite. Ce n'est pas ma faute si vous avez oublié et étiez en pleine conversation privée.

— À qui parlais-tu ? s'enquit Lady Montgomery.

— À Lady Villiers, répondit-il d'un air réticent.

Lady Montgomery lâcha un hoquet de stupeur.

— Ici ? Alors que tu viens de te marier ?

— Je lui annonçais la nouvelle.

— J'imagine qu'elle l'a bien prise.

— Comment le savez-vous ?

— Je suis ta mère.

Il ferma la bouche et détourna les yeux.

— J'ai faim, intervint Lord Montgomery après s'être éclairci la gorge.

Lady Montgomery posa la main sous le coude de son époux.

— Le dîner sera prêt dans une heure.

Lord Savill souleva alors Jane du sol, ce qui lui fit pousser un nouveau couinement.

— Avant cela, j'aimerais toucher deux mots à ma femme.

Jane sentit ses joues brûler.

— Posez-moi ! siffla-t-elle.

— Sois gentil, le prévint Lady Montgomery avant de s'éloigner aux côtés de son époux.

Lord Savill gagna la bibliothèque d'un pas déterminé. Une fois sur place, il reposa Jane et s'adossa à la porte afin de lui barrer toute sortie de secours. Elle agrippa sa jupe et se mit à tordre le tissu.

— Laissez-moi partir. Je n'avais pas l'intention de vous écouter.

— Vous auriez pu signaler votre présence.

— Je suis partie dès l'instant où j'ai compris qu'il s'agissait d'une conversation privée.

— Menteuse.

Jane sentit ses yeux s'embuer.

— Je ne mens pas.

— Les femmes de votre genre sont de vraies lâches. Soit elles prennent la fuite, soit elles pleurnichent dans leur coin.

— Ce n'est pas vrai.

— Vous auriez pu vous opposer à ce mariage. Au lieu de cela, comme une bonne petite fille obéissante, vous avez décidé de suivre le plan de votre mère. Vous auriez pu vous rebeller.

— Je n'avais pas envie d'être responsable des conséquences d'un duel. Je n'avais pas envie que le duc ou vous-même soyez blessés. Si j'avais su l'être abject que vous étiez, je me serais proposée de remplacer le duc afin de pouvoir vous abattre moi-même. Quant au fait de me rebeller, cela fait des années que je résiste aux multiples tentatives de ma mère pour me marier.

— Au contraire, je pense que devant votre incapacité à piéger un homme, vous avez décidé de tomber plus bas encore.

— Assez. Vous n'avez aucun droit de juger de mon caractère. Vous ne savez rien de moi.

— Tiens, encore des larmes. Elles ne me font ni chaud ni froid.

— J'ai dit « Assez », monsieur. Je refuse d'entendre un mot de plus. Ce n'est pas ma faute si votre relation est détruite. Elle préfère le régent, et cela n'a rien à voir avec notre mariage.

— Comment osez-vous !

— Si vous pouvez être cruel et blessant avec vos paroles, je peux l'être aussi.

Il l'attrapa par la nuque et la tira vers lui.

— Excusez-vous tout de suite.

— Jamais, cracha-t-elle, haletante.

— J'ai dit « Excusez-vous » !

— Non et non !

Il la dévisageait, plein de haine, mais refusant de se laisser impressionner, Jane soutint son regard jusqu'à ce qu'il se décide à la lâcher.

— Sortez, lui ordonna-t-il, et cette fois, elle fut plus qu'heureuse d'obéir.

Chapitre 12

Ce fut la gouvernante, une vieille dame joviale et volubile, qui lui fit visiter Bellmore Hall. Jane enchaînait les pièces, fascinée par le coût et la réflexion apportés à la décoration de chacune d'elles.

L'aile familiale était dominée par des meubles d'influence égyptienne et grecque en bois de noisetier, de rose et de santal. Les murs étaient ornés d'huiles et de tapisseries magnifiques, et les tapis étaient épais et incroyablement moelleux sous ses chaussons.

La nursery était figée dans le temps, et elle put imaginer sans effort Lord Savill et sa sœur s'amuser, enfants, avec les jouets de bois et les marionnettes.

Le salon familial, avec ses six cheminées, ses épais rideaux de velours vert et ses imposants meubles en acajou, était sa pièce préférée. Immense, elle disposait d'un pianoforte, d'une bibliothèque pleine de livres usés, et d'une vitrine remplie de flacons dorés et de tabatières.

Un meuble rotatif proposant différentes sortes d'alcool trônait dans un coin, à côté d'un appâtant ensemble de fauteuils et de canapés. Les murs étaient ornés de peintures de dieux mythologiques et de créatures féériques représentés au cœur de forêts sombres et inquiétantes, et au plafond, trois chandeliers projetaient un jeu d'ombre et de lumière à travers toute la pièce.

Tout n'était évidemment pas parfait. Certaines pièces de l'aile réservée aux invités avaient été négligées, et l'humidité avait commencé à tacher le papier peint, en plus de l'odeur de moisissure qui y planait. Jane ouvrit les fenêtres en grand afin d'aérer un peu et nota qu'il faudrait en parler à Lady Montgomery quand elle la reverrait.

Sa guide ouvrit un nouveau petit salon en lui faisant signe d'entrer.

— Pour l'institutrice, annonça-t-elle, puis elle se mit à glousser.

Jane rougit et s'empressa d'entrer.

La gouvernante écarta les rideaux pour laisser le soleil illuminer le bureau, le lit et les deux fauteuils ornés de somptueux coussins écarlates.

— On dit, souffla-t-elle en baissant la voix, qu'il existe un passage secret sous la maison. Il y a cent ans, on l'utilisait fréquemment, mais l'entrée a fini par être oubliée. La famille l'empruntait pour aller à l'église afin d'éviter d'être vue du public.

Jane réprima un reniflement. Les hommes devaient surtout s'en servir pour aller voir des prostituées, oui ! Ce genre de passages secrets étaient souvent créés pour des desseins plus sombres.

Elle gagna la fenêtre. Cette pièce donnait sur le jardin oriental, qui était envahi de plantes et d'étranges sculptures exotiques. Au centre trônait une structure en dôme recouverte de rosiers grimpants blancs. Elle semblait scintiller sous la lumière dorée du soleil couchant, et Jane en tomba instantanément amoureuse.

— Qu'est-ce que c'est ? demanda-t-elle en la désignant.

— Le kiosque de l'est, madame. Personne ne l'utilise.

— C'est l'endroit idéal pour peindre. Il y a tellement de lumière…

— Je vais demander à ce que le kiosque vous soit rendu le plus confortable possible, dans ce cas.

— Vous pouvez faire ça maintenant ? J'ai très envie de peindre !

— Tout de suite, confirma la femme avec un hochement de tête.

Fidèle à sa parole, une heure plus tard, la gouvernante annonça que le kiosque était prêt. Jane remarqua à peine les marches de pierre fraîchement récurées, le parfum de lavande et les fenêtres rutilantes. Ses pieds volèrent presque vers la toile blanche qui l'attendait au milieu de la pièce. Les mains tremblantes, elle attrapa le fusain et se mit à dessiner.

Ses épaules se relâchèrent, son esprit s'apaisa, et elle finit par oublier où elle se trouvait. Quand la lumière commença à décliner, elle posa le pinceau et s'étira.

— Le dîner est prêt.

Elle poussa un petit cri et fit volte-face pour découvrir Lady Croft en train de l'observer, à la porte.

Jane passa une main nerveuse dans ses cheveux, y laissant une grosse traînée de bleu.

— Vous… vous êtes là depuis longtemps ?

— Assez, oui. Vous êtes douée, grommela Lady Croft.

— Merci.

— Mais le choix de votre sujet reste discutable.

Jane se tourna vers son tableau. Elle avait peint la vitrine d'une boutique de gin devant laquelle des hommes de tous horizons faisaient la queue. Parmi eux se trouvait une femme d'apparence frêle, les épaules enveloppées d'un châle élimé. Elle serrait un sac de pièces et tentait de se frayer un chemin vers l'entrée.

Lady Croft inclina la tête.

— Cette femme cherche-t-elle à acheter de quoi boire pour elle, pour un enfant malade ou pour un mari violent ?

— Elle gère la boutique avec son mari.

— Une femme courageuse, alors.

— Elle l'est, oui.

— Elle n'existe donc pas que dans votre imagination ?

— En effet. Je l'ai déjà rencontrée, une fois.

— Comment ?

— Dorothy m'avait emmenée sur Gin Lane. Nous nous étions déguisées en pauvres femmes. Je voulais voir à quoi ressemblait la vie dans ce genre d'endroit. Je voulais capturer son essence sur la toile, pour la montrer ensuite à tous ces gens distingués qui ne vont jamais au-delà de Mayfair. J'espérais pouvoir remuer leur cœur et leur esprit et les encourager à faire le bien.

— Vous me rappelez mon feu mari.

— J'ai vu son buste dans la pièce pleine de statues. Il était très beau. Comment est-il mort ?

— La guerre.

— Vous devez être fière de lui.

Lady Croft baissa la tête.

— Vous feriez mieux de retirer cette peinture et de vous changer. Votre robe est toute tachée.

— Lady Croft ?

— Oui ?

— J'ai également vu des statues vous représentant, vous et votre mère…

— Un caprice de mon frère. C'est lui qui a tenu à les faire faire. Il pense que si les hommes de la maison méritent quelque chose, les femmes ont droit au même traitement.

— Elles sont magnifiques.

— Venez, Mr Williams se balade à l'extérieur. Je vais vous escorter jusqu'à votre chambre.

Jane nettoya ses pinceaux et se hâta derrière sa belle-sœur.

Deux jours plus tard, Jane aurait plus que tout aimé pouvoir se rendre au kiosque. Mais au lieu de cela, son cœur battait une fois de plus à tout rompre, et une boule de terreur lui nouait l'estomac.

— Qu'est-ce qui vous arrive, enfin ?

Jane sortit un œil de sous le lit pour découvrir Lord Savill. Il lui prit le bras et la força à sortir.

— Pourquoi vous cachez-vous ? Et pourquoi n'êtes-vous pas encore habillée ?

— Je n'irai pas.

— Quoi ?

— Je n'irai pas.

— Mais la duchesse est votre sœur, et c'est elle qui a organisé ce bal !

Jane croisa les bras et détourna les yeux.

— Miss Fairweather, regardez-moi.

Elle l'ignora. Il lui agrippa alors le menton et la força à se tourner vers lui.

— J'ai dit : « Regardez-moi. »

— Pourquoi ?

— Pourquoi ne voulez-vous pas y aller ?

— Tous ces regards…

— Vous vous êtes déjà rendue à de nombreux bals, commenta-t-il, confus.

— Oui, mais jamais personne ne me remarquait, jusqu'ici. Cette fois, le bal est en mon honneur. Tout le monde va nous regarder.

Le regard du comte s'assombrit.

— Je vois. Vous essayez une fois de plus de me prouver que vous détestez être le centre d'attention. Vous ne m'avez pas épousé pour mon argent, étant donné que vous ne supportez pas que l'on vous regarde…

Jane angoissait suffisamment pour cette histoire de bal ; elle n'avait pas besoin de subir ses sarcasmes par-dessus le marché. Elle se dressa de toute sa hauteur et planta les yeux dans les siens.

— J'ai abandonné ma maison, mes rêves, ma vie, ma famille et mes amis pour vivre avec un parfait inconnu dans une maison qui n'est pas la mienne et dans laquelle je ne serai jamais la bienvenue. Pouvez-vous me donner une raison pour laquelle j'aurais fait une chose aussi insensée ?

— La même que pour la plupart des escrocs. La richesse et le pouvoir.

— Je suis financièrement indépendante.

Il éclata de rire, mais elle préféra l'ignorer.

— Je n'ai pas besoin d'un homme ou de son argent. Je vends mes propres tableaux, et je gagne largement de quoi mener une vie confortable.

— Et combien rapportent vos forêts aquarellées ? répliqua-t-il avec un sourire suffisant. Comment puis-je acquérir l'une de vos œuvres ?

— Vous en possédez déjà une. Elle est accrochée au-dessus de la cheminée, dans le vestibule.

Le sourire quitta les lèvres du comte.

— Le tableau du vestibule ? Vous êtes l'insaisissable J. Fair…

— Jane Fairweather, pour vous servir.

Chapitre 13

Pour la première fois depuis leur rencontre, le comte avait l'air perdu. Il la dévisageait, comme pour mieux intégrer ce qu'elle venait de lui dire.

Le tableau accroché au-dessus de la cheminée n'était pas une forêt à l'aquarelle, mais une peinture à l'huile saisissante représentant Héphaïstos. Il était assis au sol, en train de créer un trône d'or à partir de flammes émanant de sa bouche, et ce qui l'avait le plus frappée, c'était que la scène se déroulait sous l'eau. Les magistraux coups de pinceau dépeignaient un soleil liquide, des flammes rageuses brûlant sous de douces vagues, tandis que le trône aux délicats motifs d'anges et de démons scintillait d'une lumière surnaturelle.

— Je ne vous crois pas.

Jane tendit le bras, et il lui prit la main sans réfléchir. Elle sentit la chaleur de ses doigts imprégner sa peau et inspira profondément.

— Suivez-moi.

Il la laissa le guider à l'extérieur. L'une des dernières pluies d'été tombait drue, dehors. Jane ne le remarqua pas et fonça tout droit vers le kiosque.

Une fois à l'intérieur, elle gagna les toiles recouvertes de draps blancs, dans le coin. Elle tira sur le linge d'un air assuré, le visage irradiant de fierté. Elle se sentait à sa place, ici.

Le voile de timidité tomba pour révéler un esprit brillant doué d'une merveilleuse imagination. Elle mettait son cœur et son âme dans ses tableaux, et ses puissants coups de pinceau dépeignaient une compréhension profonde de la nature humaine.

Ce n'était pas une folle en quête de fortune, mais une femme avec suffisamment de talent pour menacer le système patriarcal.

Elle se tenait là, devant lui, ruisselant d'eau, sa robe d'intérieur collée à elle comme une seconde peau, totalement inconsciente du fait qu'elle ressemblait précisément aux œuvres qu'elle venait de lui révéler. Ses cheveux tombaient en vagues dans son dos, et les gouttes de pluie qui s'y trouvaient piégées brillaient comme de minuscules étoiles. Sa peau pâle scintillait, et sa robe de mousseline brodée de fils dorés moulait sa silhouette à la perfection.

Jane posa les yeux sur lui pour découvrir qu'il la dévisageait.

Elle s'éclaircit la gorge et désigna la première toile, qui dépeignait une maison toute simple dominée par des nuages noirs.

— J'ai peint celui-ci quand j'avais six ans. J'étais malade, et ma mère m'avait acheté un peu de peinture pour me tenir occupée. Je suis restée confinée pendant des mois. J'ai peint le pré quand j'avais douze ans, et celui-ci représente le premier bal auquel j'ai assisté. J'en ai vendu certains, et j'en ai gardé d'autres auxquels je suis profondément attachée. Cette pile, côté face contre le mur, ce sont ceux que je déteste.

— Mais… Comment êtes-vous parvenue à une telle maîtrise ? Les femmes, aussi accomplies soient-elles, ne reçoivent ni apprentissage ni éducation académique !

— Mon beau-frère, le duc, a décidé de m'aider, devant mon envie d'apprendre. Un jour, il m'a surprise en train de dessiner un oiseau en plein vol. J'avais déjà déchiré vingt feuilles, et cela faisait des heures que je me tuais à la tâche. Il avait entendu parler d'un jeune artiste prometteur qui avait besoin de travailler et qui avait suivi la formation d'un maître. Il s'avéra être un excellent professeur.

Lord Savill dressa le bras pour toucher l'une des toiles. C'était le lampiste.

Jane sentit son ventre se nouer, et elle s'empressa de lui

bloquer la vue.

— Vous êtes une artiste renommée, dit-il en semblant penser tout haut. J'ai payé un bon prix pour le tableau que je possède… et si vous êtes bien J. Fair, alors pourquoi ce besoin de piéger un homme ? La moitié des coureurs de dot vous auraient épousée pour l'argent, et l'autre pour la célébrité.

— Je n'ai rien prévu de tout cela. Je n'ai jamais eu l'intention d'épouser qui que ce soit. Je veux peindre, c'est tout. Ma mère a décidé d'user de ce stratagème tout simplement parce qu'elle ne savait plus quoi faire pour me marier.

Après un long moment en suspens, le comte arracha son regard de Jane.

— Je vois. Votre identité ne change toutefois rien au fait que j'ai été dupé par votre famille.

Elle déglutit et baissa la tête. Il avait le droit d'être en colère. Après tout, elle en voulait elle aussi beaucoup à sa mère.

Il tourna sur ses talons et longea lentement le kiosque parsemé de ses œuvres d'art, s'arrêtant de temps à autre. Était-ce pour mieux les admirer, ou pour y trouver des défauts ?

Ce fut le rugissement de Mr Williams, devant la porte du kiosque, qui le ramena brutalement au présent.

Il laissa entrer le guépard, et Jane regarda dans un mélange de peur et de terreur le superbe animal s'ébrouer.

Elle s'approcha alors de Lord Savill et glissa sa main dans la sienne.

— Nous devons bientôt partir pour le bal, lâcha-t-il d'une voix bourrue.

Elle lui jeta un regard implorant.

— Je ne veux pas y aller.

Le guépard commença à se frotter contre ses jambes, et son poids la poussa dans les bras de Lord Savill.

Elle étouffa un cri de terreur. Si Mr Williams décidait de lui grignoter le bras ce soir, rien ne l'arrêterait.

Lord Savill s'éclaircit alors la gorge.

— Il semble s'être pris d'affection pour vous.

Elle lui agrippa le col et s'approcha encore de lui. Son corps était collé au sien, mais ses yeux toujours fixés sur l'animal.

— Homme ou animal, je n'ai pas envie qu'on se prenne d'affection pour moi.

— Laisse-la tranquille, ordonna Lord Savill en caressant la bête, qui obéit dans un ronronnement, comme s'il ne s'agissait de rien d'autre qu'un gentil petit chat pesant soixante kilos.

Lady Croft entra dans le kiosque avec un sourire suffisant.

— On roucoule encore ?

Jane et Lord Savill se détachèrent à la vitesse de l'éclair. Le comte se racla la gorge d'un air gêné.

— Mr Williams lui a fait peur.

— Ah oui ? Alors où est-il donc ? lança Lady Croft en balayant les lieux d'un geste théâtral.

Jane commença à bégayer une explication, mais Lady Croft la coupa en dressant une main.

— Vous devez ouvrir le bal du duc, très chère. Vous devriez déjà être habillée.

Jane jeta un regard éperdu à Lord Savill. Lady Croft se tourna alors vers son frère.

— Mère m'a envoyé vous dire que la voiture est prête à nous conduire à Blackthorne. Je vais l'informer de votre retard. Si cela contrarie le duc, ajouta-t-elle avec un haussement d'épaules, nous saurons qui blâmer.

Une fois partie, Lord Savill se tourna vers Jane.

— Je ne vous laisserai pas fuir vos responsabilités. Votre famille vous a peut-être tout laissé passer, mais il est temps de grandir. Si je ne vous trouve pas prête dans une demi-heure, je me chargerai moi-même de vous dévêtir, de frotter cette peinture et de vous habiller.

Jane domina sa colère et demanda d'une voix doucereuse :

— Vous avez l'habitude de dévêtir les femmes, monsieur ?

— Ne testez pas ma patience, ou vous risquez de le découvrir bien assez tôt.

Les cheveux de Jane étaient enroulés sur le côté et tombaient sur sa poitrine en longues mèches cuivrées parsemées de saphirs. Elle portait une robe bleu de Prusse avec un corset en satin et une jupe brodée d'or. Bella l'aidait à lacer son corset quand Lord Savill entra dans la pièce.

La femme de chambre poussa un petit cri et sortit au pas de course.

— Ma robe ! s'exclama Jane, mais Bella avait déjà disparu.

Elle se tourna vers le comte, les mains jointes dans son dos pour maintenir la robe en place. Elle était rouge de honte, et les larmes n'étaient pas loin.

— Je vous en prie, sortez. Je suis prête dans un instant.

Il l'ignora et l'observa d'un air curieux, plutôt que furieux. Puis il marcha vers elle et la fit pivoter.

Jane sentit son cœur s'affoler, et ses yeux terrifiés observèrent le comte dans le miroir.

Il noua son corset d'un geste rapide et détaché, puis il attrapa un pashmina couleur fauve sur le dos d'un fauteuil et la poussa vers la porte.

Son attitude avait temporairement rendu Jane muette, mais une fois à l'intérieur de la voiture, ses poumons se remplirent à nouveau.

— Je suis malade, gémit-elle.

Il leva les yeux au ciel.

— Nous nous montrons un peu, et nous rentrons.

— Je crois que je vais défaillir.

— J'ai des sels.

— Londres empeste. Je ne supporte pas cette odeur. Je devrais partir à la campagne.

— Tenez, dit-il en lui tendant son diffuseur de parfum.

— Je ne veux pas y aller.

Il se pencha vers elle jusqu'à ce que leurs visages ne soient plus qu'à quelques centimètres l'un de l'autre.

Jane déglutit.

— Plus un mot, lui ordonna-t-il, et elle hocha docilement la tête.

Mais elle ne put se retenir bien longtemps.

— J'ai faim.

— Vous pourrez manger au bal.

— J'ai soif.

— Chercheriez-vous à me contrarier ?

— Est-ce que ça fonctionne ?

Il ferma les yeux et rejeta la tête en arrière.

Jane le dévisagea, perplexe. Comment osait-il la traîner de force au bal, puis fermer les yeux pour prendre un peu de repos quand son estomac à elle grognait ?

Elle prit le bout de son châle, le roula entre ses doigts et se pencha vers le comte pour lui chatouiller le nez avec.

Il ouvrit brusquement les yeux et lui attrapa la main avant qu'elle n'ait le temps de se reculer.

— Je repoussais une araignée, mentit-elle.

— Je vois.

— Elle était petite. Vous avez dû la sentir.

— Non.

— Eh bien, elle était pourtant là.

— Une dame ne devrait pas mentir.

Elle devint rouge tomate, et elle s'apprêtait à nier quand il se pencha vers elle pour repousser de sa main libre une boucle de son visage.

Jane se figea ; la chaleur de son contact se prolongea sur sa joue même après qu'il eut retiré sa main.

La lune et les lampes à gaz qui ponctuaient la rue créaient un jeu de lumière enchanteur dans la voiture, et le regard du comte semblait plus profond et plus captivant que d'habitude.

Sa bouche parfaite, son nez aristocratique et ses yeux de lampiste la fascinaient. Elle se mit à le contempler, comme hypnotisée, tandis que la carriole poursuivait sa route vers le bal.

Les lèvres du comte s'ourlèrent en un sourire amusé, et son sourcil se dressa pour former un dôme parfait.

Jane se mit à battre des cils, et son corps se contracta, comme en attente de quelque chose. Bientôt, elle eut du mal à respirer, comme si un lutin avait décidé de s'asseoir sur sa poitrine, et sa tête se mit à tourner.

— L'araignée, dit-il d'une voix rauque, a dû changer de proie.

— Quelle araignée ? souffla Jane en clignant des yeux.

Il esquissa un sourire et lui lâcha la main.

— Nous sommes arrivés.

— Quoi ?

— Le bal. Nous y sommes.

Chapitre 14

Le manoir de Blackthorne scintillait gaiement pour accueillir ses invités. La lueur de la lune, mêlée aux lampes à huile et aux nombreuses bougies, atténuait la façade abrupte de la bâtisse. Les vieilles pierres donnaient ainsi l'impression d'avoir perdu la fougue de leur jeunesse pour mieux s'adoucir avec l'âge.

Des centaines de roses blanches, de jasmin de nuit et de lys parfumaient l'air, se mêlant à l'odeur d'herbe fraîchement coupée, parvenant pour une fois à triompher sur l'infecte odeur de transpiration humaine. La brise semblait différente, elle aussi. Elle avait ce quelque chose d'entêtant qui vient avec les premiers signes de l'automne, et l'homme qui se tenait à côté de Jane ne faisait que renforcer l'étrange exaltation qui lui nouait le ventre. Ils étaient là suffisamment tôt pour ne pas avoir à attendre trop longtemps pour faire leur entrée.

Elle lui jeta un coup d'œil, se demandant pourquoi il se comportait de manière si étrange. La façon dont il l'avait regardée dans la voiture, et dont il avait repoussé cette mèche… Elle frissonna. Comment un geste si bête pouvait-il causer un tel tourbillon d'émotions en elle ?

— Jane !

Penelope lui saisit la main et la tira à l'intérieur.

Jane se tourna vers Lord Savill, étonnamment réticente à l'idée de l'abandonner.

Ses sœurs, qui formaient un groupe de créatures féériques scintillantes, lui bloquaient malheureusement la vue. Penelope la serra dans ses bras.

— J'avais dit à Dorothy que tu ne ferais pas la folie de ne pas venir ! Qu'aurais-je dit aux invités ?

— Tu aurais tout de même dû lui demander son avis avant d'organiser ce bal ! rétorqua Dorothy. Tu la connais, elle déteste ça.

— Ça suffit. J'en ai assez de vous entendre vous chamailler, toutes les deux, intervint Celine. Est-ce qu'on peut s'amuser, maintenant ? Ah, du champagne ! Pile ce qu'il nous fallait !

Deux verres de champagne plus tard, Jane observait ses sœurs avec un grand sourire, soudain heureuse d'être venue. Les regards étrangers dont elle s'était souciée étaient finalement effacés par la présence de ceux qui lui étaient familiers. Même les domestiques la connaissaient. Après tout, elle avait passé tellement d'étés ici. Partager un moment avec ses sœurs, écouter les derniers ragots de Finnshire et se plaindre de leur mère, voilà exactement ce dont elle avait besoin. Les filles lui avaient tellement manqué.

— Il est temps d'ouvrir le bal, annonça Penelope en tapant des mains, tout excitée.

Le bonheur de Jane se mua en terreur. Elle attendit que ses sœurs soient distraites pour filer en douce. Elle fonça tout droit vers le salon de l'étage, qui disposait d'une grande fenêtre cachée derrière d'épais rideaux de brocart bleu. Il faisait sombre dans la pièce, mais elle savait où elle allait, et quelques instants plus tard, elle était roulée en boule sur l'assise du rebord de fenêtre.

Un nuage s'éloigna, laissant le clair de lune traverser la vitre.

Jane poussa un cri. Face à elle, un homme était assis.

L'homme cria lui aussi.

— Qui êtes-vous ? s'exclamèrent-ils de concert.

— Petite Jane ?

— Philbert Woodbead ?

Ils se dévisagèrent un instant, perplexes. Jane se rappelait l'avoir déjà croisé dans quelques bals. C'était un célèbre poète qui avait été fou amoureux de sa sœur Celine. Il avait fini par épouser une riche héritière américaine.

— Penny m'a invité, dit-il d'un air triste.

— Alors pourquoi vous cacher ? l'interrogea Jane.

— J'ai vu Celine sourire à son mari ; je ne l'ai pas supporté.

— Mais vous êtes marié !

— Ah, mais je n'ai aucun conflit avec ma femme. Et sans conflit et une profonde solitude, je suis incapable d'écrire de la poésie. Il faut être suffisamment triste pour bien écrire. Je pense qu'il vaut mieux que je m'apitoie sur l'idée d'avoir été rejeté par mon unique véritable amour.

— Je ne comprends pas.

— Vous peignez ? Il me semble me rappeler avoir vu certaines de vos œuvres accrochées dans le petit salon du duc.

— J'aime peindre, oui.

— Je vois. Eh bien, lorsque vous représentez un bal, montrez-vous un groupe de danseurs heureux et éméchés, ou une fille dont le cœur est brisé ?

— La fille au cœur brisé.

— Vous trouvez cela plus intéressant ?

— J'imagine, oui.

— Vous préféreriez peindre Léda et le Cygne plutôt qu'un bouquet de pâquerettes, n'est-ce pas ? Vous voyez la beauté dans un vieux visage ridé plutôt que dans un visage jeune. Vous aimez le pathos et fuyez les moments plus légers de l'existence.

— Je vois ce que vous voulez dire.

— L'aptitude au bonheur n'est jamais prise au sérieux. Un homme sombre qui boude dans un coin est bien plus attirant aux yeux d'une fille. Similairement, les hommes sont attirés par les femmes silencieuses et pâles. Une créature joviale et rondelette n'est jamais appréciée ; on dit qu'elle parle trop.

Jane observa les traînées grises dans la chevelure de Woodbead et cligna des yeux. Il avait entièrement raison. Aucune grande tragédie n'avait eu lieu dans sa courte vie, et pourtant, elle dessinait des sujets beaucoup plus sombres que ce qu'elle avait pu connaître.

— Vous peignez des sujets tristes, ma chère, dit-il en lui souriant, parce qu'on vous a dit que le bonheur était une chose éphémère et dépourvue d'intelligence. Et pour être considéré comme un maître en son art, il faut véritablement être dépressif.

Jane n'aimait pas l'idée qu'il soit si proche de la vérité. Elle s'empressa de changer de sujet.

— Avez-vous écrit un nouveau poème, dernièrement ?

— Oui, et il n'est pas très bon, répondit-il en retrouvant le sourire. Vous aimeriez l'entendre ?

— Oh, oui, s'il vous plaît !

— Poème.

— Et ?

— Fin.

— Je ne comprends pas. Votre poème dit « poème », rien de plus ?

— Rien de moins. Vous pataugez encore dans l'artificialité de la jeunesse. Il est trop profond pour que vous puissiez le comprendre.

Ils gardèrent le silence un moment, puis Philbert demanda :

— Et vous, que faites-vous ici, ma chère ?

— J'étais censée ouvrir le bal.

— Et ?

— J'en suis incapable.

— Je vois. Vous êtes un reptile.

— Quoi ?

— Un caméléon, plus précisément. Vous aimez vous fondre dans le décor.

— Comment appelez-vous les gens qui aiment ouvrir les bals ?

— Des paons.

— Ah.

Il éternua et s'essuya le nez.

— Je réfléchissais à la meilleure manière dont déclarer ma flamme à Celine.

— Où est votre femme ?

— En Amérique.

— Je ne pense pas que Celine vous réponde favorablement. Vous feriez mieux de rentrer chez vous.

— Oh, j'espère bien qu'elle me rejettera violemment. J'ai

besoin que mon âme soit piétinée pour que ma poésie ressorte, dit-il en éternuant à nouveau.

— Mais…

— Je m'en vais le faire de ce pas.

— Non !

Il bondit du rebord de la fenêtre, attrapa un tisonnier et prit la direction de la grande salle.

Bonté divine ! Pourquoi s'était-il emparé du tisonnier ? Alarmée, Jane s'élança après lui.

— Arrêtez ! C'est une très mauvaise idée… Oh, non !

Elle regarda, horrifiée, Philbert Woodbead se pencher par-dessus la balustrade et tirer vers lui, à l'aide du tisonnier, la corde d'où pendait le chandelier.

Puis il sauta dessus.

Comme il fallait s'y attendre, les gens se mirent à crier.

— Je vous aibe, Celine ! hurla Philbert d'une voix perçante.

— Aibe ? Qu'est-ce que ça veut dire ? lança quelqu'un.

— Aime, idiot ! J'ai attrapé froid !

— Vous m'aimez ? rétorqua l'homme.

— Pas vous. Celine ! brailla Philbert.

— Je ne comprends pas, intervint une femme. Qui est-ce qu'il aime ?

— Celine, bande de dégénérés ! s'écria Philbert en plaquant une main sur son front.

Hélas, c'était la main qui tenait le chandelier, et il chuta avec un adorable couinement.

Les domestiques accoururent, armés d'une couverture géante, juste à temps pour le réceptionner.

Ils le firent rebondir deux fois pour s'amuser un peu puis le laissèrent rouler de la couverture. Dès l'instant où il se releva, George, le mari de Celine, lui planta son poing dans le nez.

Philbert Woodbead souleva ses paupières indignées et lâcha d'une voix morose :

— Je voulais qu'on écrase mon âme, pas mon nez.

Puis il fut aussitôt soulevé par quatre valets de pied et éloigné.

Dès qu'il eut disparu, Jane sentit une main sur son épaule.

∞ ∞ ∞

Elle pivota pour plonger dans les yeux de Lord Savill. Il lui tendit la main, qu'elle prit sans hésiter. Il la guida alors en bas de l'escalier.

Son autre main frôlait le creux de son dos, ce qui faisait picoter sa peau. Elle fit volte-face vers lui.

La musique démarra, et elle réalisa soudain qu'elle se trouvait sur la piste de danse, prête à ouvrir le bal.

Elle écarquilla les yeux d'horreur.

Elle ne pouvait pas faire cela. C'était affreux. Son cerveau était comme engourdi. Elle ne se rappelait pas les pas. Pourquoi ses pieds refusaient-ils de bouger ? Elle allait défaillir, c'est sûr…

— Regardez-moi, lui imposa-t-il alors.

Elle s'exécuta.

Il captura son regard et passa sa main sur sa taille pour l'attirer vers lui.

Soudain, elle ne pensait plus du tout aux inconnus, mais à la chaleur de sa paume qui s'insinuait à travers le tissu fin de sa robe et qui lui réchauffait la peau.

Il la regardait avec intensité, étudiant chacune de ses émotions.

Elle sentit sa peau rougir, et pourtant, elle ne détacha pas les yeux des siens.

Il la faisait tournoyer, aller et venir, et pas une fois dut-elle vérifier les pas notés sur son éventail.

En somme, il la guidait avec une aisance folle, et son corps suivait docilement.

Jane n'avait jamais dansé avec un homme aussi doué, jusqu'ici, et elle trouvait cela terriblement excitant.

— Vous aimez danser, remarqua-t-il.

— Non.

C'était vrai, mais sans qu'elle ne sache comment, il parvenait à rendre cela amusant.

— Vous souriez.

Elle s'empressa de balayer toute expression de ses traits.

Il fit courir un doigt contre ses côtes pour la faire rire, et son sourire revint.

— Arrêtez, le gronda-t-elle. Vous essayez de nous faire passer pour un couple heureux.

— Vous préféreriez que l'on se délecte de notre malheur ?

— Non, mais je n'aime pas faire semblant.

— Je n'aime pas que l'on me prenne en pitié, Miss Fairweather, et si je dois faire mine d'être heureux pour échapper aux regards enjoués de ceux qui se régalent de la tragédie des autres, je n'hésite pas.

— Vous ne pouvez pas me forcer à mentir.

— Vous n'avez pas cessé de sourire depuis que nous avons commencé à danser.

— Je vous déteste.

— Je suis content que vous n'ayez pas commencé à minauder simplement parce que…

— Parce que ?

— J'essayais de vous distraire.

Elle écarquilla les yeux. Tout, de la mèche de cheveux à sa main dans son dos, en passant par son regard profond, avait été calculé pour lui faire oublier où elle se trouvait. Son visage se mit à brûler d'humiliation, et sa confiance vacilla. Était-elle naïve au point de se laisser manipuler aussi facilement par sa mère et son mari ?

Une autre pensée la piqua, tel un serpent se réveillant brutalement. Il lui avait montré à quel point elle se laissait aisément séduire. Quelques instants de flirt innocent avaient suffi à faire d'elle de la gelée.

Son ventre se noua, et elle eut soudain envie de vomir. Ses joues perdirent toute couleur, et elle se mit à regarder Lord Savill avec un air terrifié. Elle ne pouvait pas le laisser la séduire. Elle ne voulait pas se retrouver enceinte et perdre son identité ou, pire encore, sa vie.

La musique s'arrêta, et il l'escorta loin de la foule. Elle se retrouva dans le bureau du duc, un verre de brandy à la main.

Elle prit une gorgée et sentit aussitôt le liquide lui réchauffer la poitrine.

Le comte s'accroupit à côté d'elle.

— Ça va mieux ?

Elle hocha la tête.

Il ne lui demanda pas ce qui n'allait pas. Au lieu de cela, il la raccompagna auprès de ses sœurs et garda ses distances le reste de la soirée, ce dont elle lui était particulièrement reconnaissante.

Elle ne se pensait tout simplement pas capable de tenir tête, s'il se remettait à la séduire.

Chapitre 15

Plusieurs semaines avaient passé, et Lord Savill continuait de garder ses distances. Jane ne parvenait pas à comprendre comment il faisait, et pourtant, elle le voyait à peine.

Il mangeait rarement avec la famille, et sa mère et sa sœur jetaient souvent des regards tristes à sa chaise. Si quelqu'un demandait où il était, la réponse oscillait toujours entre : parti faire du cheval, parti travailler, ou parti au club.

Jane était elle aussi tombée dans une espèce de routine, dans sa nouvelle maison. Tous les matins, sa femme de chambre, Bella, la réveillait en la secouant doucement, lui donnait une tasse de thé et ouvrait en grand les rideaux.

Elle enfilait ensuite sa robe d'intérieur, prenait le petit-déjeuner avec la famille, s'occupait des visiteurs ou des courses, puis écrivait ses lettres.

En fin d'après-midi, elle disparaissait dans le kiosque pour peindre et ne s'arrêtait que lorsque la lumière déclinait. Après une toilette rapide, elle se changeait et se joignait à la famille pour dîner ou pour partir au bal, à l'opéra, à un concert ou d'autres sorties de ce genre. La session parlementaire était finie, et les événements mondains commençaient à se voir réduits, beaucoup de familles retournant à la campagne, mais ils n'étaient pas pour autant terminés.

Un matin, Jane se réveilla plus tôt que d'habitude. Elle bâilla et découvrit une jeune domestique de cuisine penchée devant la cheminée.

Jane se redressa et l'observa quelques instants batailler avec les bûches.

— Que se passe-t-il ?

La domestique se releva dans un sursaut d'effroi.

— Madame, vous êtes réveillée ! J'voulais pas vous déranger !

— Vous allumiez un feu ?

La jeune servante la dévisagea d'un air horrifié. Jamais personne ne faisait attention aux domestiques de cuisine, quant à leur adresser la parole…

— Répondez-moi, voyons.

— C'est Lady Montgomery qui m'l'a demandé, balbutia la fille. Elle a dit qu'le temps s'gâtait, et qu'vous aimeriez vous laver dans une pièce chauffée.

— Je vois. Votre main… Vous avez mal ?

— Oh, non !

— Je vous ai vue grimacer de douleur. Que s'est-il passé ?

— J'suis tombée dans l'escalier.

— Venez ici.

La fille avança vers elle, la lèvre tremblotante.

Jane lui prit doucement le bras. Sous la crasse, elle distinguait en effet un vilain bleu. Elle poussa un soupir ; elle allait devoir renoncer à son sommeil.

— Il vous reste beaucoup de chambres à chauffer ?

— Juste la vôtre et celle d'Lord Savill.

— Je vais m'en occuper.

La fille hoqueta.

— Vous pouvez pas !

— Si, je peux.

— Mais vous pouvez pas.

— Il fait bien trop bon pour allumer un feu ; vous pouvez retourner à la cuisine.

— Mais Lord Savill !

Jane plissa le front. Ce satané type n'avait pas besoin d'avoir chaud. Il avait déjà tout d'une brindille embrasée… ou d'une branche… ou d'un arbre. Quoi qu'il en soit, il allait falloir allumer les cheminées, si elle ne voulait pas causer d'ennuis à la servante.

Elle sortit du lit et prit le temps de s'étirer avant de se mettre à quatre pattes.

— Miss ? couina la jeune femme.

Jane posa un doigt sur ses lèvres et lui fit signe de la suivre. Elles se faufilèrent dans la chambre de Lord Savill par la porte communicante.

La pièce était chargée de son odeur : une odeur masculine, boisée et entêtante.

Jane s'arrêta un instant ; elle avait l'impression d'avoir pénétré le repaire d'un animal féroce. Ses mains étaient soudain moites, et elle les essuya sur sa chemise.

Il semblait si doux, quand il dormait. Son visage était détendu, marqué d'une barbe légère et séduisant. Elle éprouvait une étrange sensation, comme si quelque chose en lui l'attirait irrémédiablement.

La fraîcheur de la pièce lui chatouilla la peau, et l'espace d'un moment fou, elle se demanda ce que cela ferait de grimper dans son lit et de le réveiller avec un baiser.

Cette idée la ramena brutalement à la réalité, et elle se rua aussitôt vers la cheminée.

— Madame, murmura la domestique. Laissez-moi faire.

— Donnez-moi le briquet, chuchota Jane.

— Non. Miss va m'tomber d'ssus.

— Quelle Miss ?

— La gouvernante.

— Eh bien, si vous ne me donnez pas ce briquet, je vous le prends de force, je démarre un feu et je vous jette dedans.

— Bon dieu !

— Briquet, s'il vous plaît.

— J'peux l'faire.

— J'ai vu votre bleu.

— C'est rien du tout.

— Avez-vous déjà entendu parler de certaines femmes qui auraient d'étranges lubies ?

— Je m'dois d'être honnête, si j'veux pas brûler en enfer. Oui, j'ai entendu des histoires de c'genre.

— Racontez-m'en une.

— J'ai entendu parler d'une femme. Elle aimait p'ler les patates.

— Je vois.

— Et d'une autre qui aimait porter les vêtements d'son mari, que ça dérangeait pas du tout, bien au contraire.

Jane s'empourpra.

— Quelle idée étrange.

— Une autre parlait à sa mère tous les soirs, continua la domestique, mais ça f'sait des années qu'la mère était morte. Une aimait manger son bœuf avec du sucre, et une autre se déguiser en vieille femme. Une aimait embrasser le majordome, une autre chatouiller les pieds du valet de…

— Je vais devoir vous arrêter là, euh… Comment vous appelez-vous ?

— Serpille.

— Quoi ?

— Serpille, parce que j'passais la serpillière avant. C'est comme ça que tout l'monde m'appelle.

— Et votre mère, comment vous appelle-t-elle ?

— Crasseuse.

— Je vais rester sur Serpille. Donc, Serpille, prenez cela comme une lubie, d'accord ? J'ai cet étrange besoin d'allumer la cheminée de mon mari.

— Vous savez comment faire ?

— Vous pouvez m'apprendre.

— Vous d'vez d'abord retirer les morceaux calcinés.

Jane se mit au travail. La suie la fascinait, et elle se demanda si elle pourrait l'utiliser pour ses tableaux.

Elle s'apprêtait à battre le briquet quand Serpille se pencha vers elle pour lui murmurer à l'oreille :

— Madame, il est réveillé et il vous regarde.

Le cœur de Jane s'emballa. Elle pivota lentement la tête dans la direction du lit et vit que le duc avait les yeux fermés.

— Ils étaient ouverts, insista la jeune femme.

Jane déglutit et hurla :

— Au feu !

Lord Savill bondit du lit et atterrit à ses côtés comme une panthère à l'affût.

C'en fut trop pour Serpille, qui poussa un cri à vous glacer le sang et détala.

Le duc balaya la pièce intacte des yeux.

— Où est-ce qu'il y a le feu ?

— Dans mon cœur, répliqua Jane. Pourquoi faisiez-vous semblant de dormir ?

— Pourquoi êtes-vous dans ma chambre ?

— Serpille avait besoin d'aide.

Il dressa un sourcil.

— Je n'ai jamais vu une dame faire le travail d'une domestique de cuisine.

— Quelle autre motivation m'aurait poussée à venir ici ? rétorqua-t-elle en plissant les yeux.

Il agrippa le revers de sa chemise et se redressa de quelques centimètres.

— Vous vouliez profiter de ma position de vulnérabilité. Vous êtes un ver, Miss Fairweather. Oui, un ver ! Et vous comptez vous frayer un chemin jusqu'à mon cœur avec vos actes sournois et me séduire. (Il sauta alors sur ses pieds.) Je ne me laisserai pas faire !

Jane ouvrit grand la bouche, perplexe.

— Je voulais… non mais ça ne va pas ?! Quelle idée ! Si je prévoyais quelque chose, ce serait plutôt de vous tuer, pas de… Enfin, vous voyez, balbutia-t-elle en désignant la poitrine du duc.

— Je sais que je suis irrésistible.

— Bonté divine ! Il y a des fois où vous êtes vraiment le dernier des crétins !

Puis elle attrapa une poignée de suie et la lui jeta à la figure. Le duc l'avait clouée au sol avant même qu'elle n'ait le temps de réagir.

— Ne me jetez plus jamais rien à la figure. C'est compris ?

Elle déglutit et hocha la tête. Ses paupières étaient lourdes, son cœur martelait sa poitrine, et tout son être était conscient du poids de son corps sur elle.

Il roula alors sur le côté et attrapa un pot de chambre.

— Partez.

Elle s'exécuta sans demander son reste.

Son tête-à-tête avec Lord Savill l'avait troublée. Il avait raison. Elle n'aurait jamais dû empiéter sur son intimité. Il avait tenu sa parole et avait gardé ses distances, et elle aurait dû en faire de même.

Elle jeta le gros sac plein de peintures sur son épaule et prit la direction du kiosque. Le soleil brillait haut dans le ciel, mais la terre commençait à dégager une certaine fraîcheur. Bientôt, les feuilles changeraient de couleur, et il lui faudrait trouver un endroit plus chaud pour peindre.

Elle était occupée à appliquer le gesso sur sa toile quand Lady Croft entra, suivie de Lady Georgiana Berry.

Georgie lâcha un gémissement en découvrant Jane.

— Oh, comme tu m'as manqué !

Jane envoya valser son pinceau et prit son amie dans ses bras.

— Tu m'as manqué, toi aussi !

Avec un sourire extatique, Georgie se pencha par-dessus son épaule et demanda, comme au bon vieux temps :

— Qu'est-ce que tu peins de beau ?

Jane sentit ses yeux s'embuer à ces mots si familiers. C'était comme si un bout de son passé était venu frapper à la porte. Son amitié avec Georgie demeurait immuable, même si tout le reste, dans sa vie, s'était vu bouleversé. Quand elle répondit, ce fut d'une voix chargée d'émotion.

— Je vais peindre Mr Williams en train de dîner avec un groupe d'aristocrates.

Lady Croft, qui se tenait à côté de Georgie, esquissa un sourire.

— Mr Williams ? demanda Georgie, perdue.

— C'est l'animal de compagnie de Lord Montgomery.

— Oh, j'adorerais le voir ! s'exclama Georgie en tapant des mains.

Lady Croft avança d'un pas.

— Je peux vous y conduire. Il adore se reposer près du feu, dans le bureau.

Jane écarquilla les yeux de surprise. Cette chaleur, dans la voix de Lady Croft, était tout à fait inédite.

— Avec plaisir ! déclara Georgie en passant le bras sous celui de Lady Croft.

Elles sortirent, mais il ne leur fallut pas longtemps pour revenir au pas de course.

— C'est un fauve ! s'écria Georgie, pantelante. Un tigre !

— C'est un guépard, gloussa Jane.

— Bonté divine ! Je pensais aller voir un adorable petit chien, moi !

Lady Croft éclata de rire, et Georgie s'empourpra.

— Tu étais au courant, Jane, mais tu ne m'as rien dit.

— Je savais que Lady Croft veillerait sur toi. Et puis, moi aussi, j'ai été terrorisée, le premier jour, mais désormais, je le trouve adorable, tant qu'il m'ignore et se tient aussi loin de moi que possible.

— Oublions ce fauve. J'ai tellement de choses à te raconter ! dit Georgie en s'asseyant sur un banc tout en invitant Lady Croft à se joindre à elles.

Georgie ne percevait de toute évidence pas la tension qui planait dans la pièce. Lady Croft avait la bouche pincée et les épaules crispées face à un tel déploiement de familiarité. Mais Jane n'était pas d'humeur à lui venir en aide. Elle n'avait toujours pas oublié la chambre lugubre et glaciale qu'on lui avait attribuée lors de sa première nuit ici.

— Je me marie en décembre ! déclara Georgie, radieuse. Nous avons enfin trouvé une date.

Jane bondit sur son amie comme une oursonne en liesse et

l'enlaça.

— Mais c'est merveilleux ! Je te souhaite du bonheur, de l'amour, la santé, et des bébés !

Lady Croft tapota la main de Georgie et la félicita tout en retenue. Puis elle se leva, visiblement mal à l'aise.

— Je dois retrouver la crémière. Je comptais lui demander du beurre au thym.

Georgie secoua la tête.

— Demandez-le-lui plus tard. J'ai besoin de votre aide pour décider de la couleur des roses. De toute évidence, vous avez un goût exquis.

Lady Croft se rassit avec un air si confus que Jane dut se retenir de rire. C'était comme si son éducation raffinée et son aversion pour Jane se faisaient la guerre, en elle. Finalement, ses bonnes manières l'emportèrent, et elle resta.

Tandis qu'elles discutaient des préparatifs du mariage, Jane regarda Georgie se faire peu à peu une place dans le cœur de Lady Croft et commencer à le réchauffer. À la fin de la journée, il était clair que ces deux-là se complétaient à merveille, et qu'elles deviendraient amies pour la vie.

Chapitre 16

Jane regarda Bella traverser l'antichambre en courant et se faufiler derrière le tableau de Dionysos, où se trouvait la porte dérobée qui donnait sur les cuisines.

Le majordome se figea sur place, attrapa le valet de pied par le bras et lui dit quelque chose à l'oreille. L'homme écarquilla les yeux de stupeur.

— Il est déjà là.

Jane déglutit péniblement. Lord Savill rentrait tôt, aujourd'hui. Cela faisait longtemps qu'elle ne l'avait pas vu.

Lady Montgomery sortit du petit salon pour s'enquérir de cette soudaine agitation. Sa perruque poudrée était légèrement de guingois, mais sa robe à l'ancienne de brocart couleur crème, affublée de trois jupons, était impeccable.

Lady Croft suivait sa mère, vêtue d'une robe d'intérieur couleur puce, aussi moderne que les derniers croquis proposés dans la gazette mensuelle qu'elle recevait.

Le majordome s'éclaircit la gorge et annonça :

— Monsieur le comte va travailler de la maison.

Lady Croft laissa échapper un soupir de frustration.

— Il perd toujours son sang-froid, quand il travaille. Vous souvenez-vous, Mère, de la fois où il a jeté l'encrier contre le mur ?

Lady Montgomery se tourna vers Jane.

— Ceci est désormais votre responsabilité. Je ne repeindrai plus les murs, ni ne remplacerai les tapis.

— Quoi ? hoqueta Jane.

Lady Montgomery poursuivit d'un ton ferme.

— Merci de parler à votre mari et de lui demander de ne plus se comporter comme un enfant. Au prochain geste de colère, je le mets dehors. Son attitude est intolérable, lorsqu'il travaille. C'est la raison pour laquelle il dispose d'une maison à Londres pour mener ses affaires.

Jane déglutit.

Lady Croft laissa échapper un rire bien trop rare.

— Vous l'avez trop gâté, Mère. Et maintenant, c'est trop tard.

Lady Montgomery la fusilla du regard.

— Pourquoi mettre les caprices d'un enfant sur le dos de sa mère ? Je t'ai élevée, toi aussi, et regarde comme tu es délicieuse.

— C'est parce que vous préférez Richard. Je n'ai pas eu droit aux mêmes faveurs que lui.

Lady Montgomery leva les yeux au ciel et se mit à arpenter la pièce, de droite à gauche, de gauche à droite, les mains jointes derrière son dos.

— Cela fait des jours que je ne l'ai pas vu. Il ne rentre que rarement pour dîner. (Elle se figea alors et braqua les yeux sur Jane.) Bonté divine ! Il est malade ?

— Je ne sais pas, répondit Jane, confuse.

Lady Montgomery avait raison. Cela faisait des semaines qu'elle ne l'avait pas croisé. Il dînait à l'extérieur la plupart du temps. Avait-il une maîtresse ? Cela lui était bien égal. Au contraire, au moins pouvait-elle peindre en toute tranquillité.

Si elle avait su comme la vie maritale serait paisible, elle aurait choisi une pauvre créature insipide il y a bien longtemps déjà.

Elle observa d'un air réticent la porte du bureau, haute et menaçante, à l'autre bout du vestibule. Mais s'il était vraiment mal en point…

— Il va bien, cracha Lady Croft. J'imagine qu'un bateau a encore été retardé. Vous savez qu'il n'aime pas montrer son côté grognon à ses employés.

Lady Montgomery scruta Jane d'un air songeur.

— Peut-être pourriez-vous l'aider à changer d'humeur ?

— Moi ? couina Jane. Oh, non.

— Oh si, rétorqua Lady Croft avec un sourire suffisant. Allez donc essayer de le calmer.

Jane se mit à secouer frénétiquement la tête.

— Hors de question que j'entre dans sa tanière.

— Sa tanière ? reprit Lady Croft, tout sourire.

— Je veux dire, son bureau.

— Je vous en prie, très chère, l'implora Lady Montgomery.

Jane braqua les yeux sur la porte fermée du bureau, puis elle souffla un bon coup.

— Je vais essayer.

Elle n'y ferait qu'un passage éclair. Elle le saluerait, lui demanderait s'il voulait une tasse de thé ou autre chose, puis ressortirait aussi sec.

Lady Montgomery lui tapota le dos en souriant. Son regard trahissait son inquiétude.

— A-t-il assez de savon ?

— Q-Quoi ? Du savon ? bégaya Jane, à nouveau prise de court.

— C'est le genre de chose que sait une épouse, la réprimanda gentiment Lady Montgomery. Et il me semble qu'il n'a quasiment plus de tabac.

Jane observa les deux femmes d'un air confus. Quasiment plus de tabac ? Et ? Soudain, elle comprit. C'était son devoir de veiller au confort de son mari !

Elle se frappa le front : Lady Montgomery était en train de la rappeler à l'ordre ! Elle avait négligé ses devoirs.

Lady Croft la poussa doucement vers le bureau, et Jane avança à l'aveugle, perdue dans ses pensées. Il allait falloir qu'elle fasse en sorte d'être une meilleure épouse, et une meilleure belle-fille.

Lady Montgomery avait toujours fait preuve d'une extrême gentillesse vis-à-vis d'elle. Jane devrait à tout prix dissiper ses craintes et la convaincre qu'elle était une jeune femme loyale et responsable prête à tout pour garder la famille unie.

Oui, elle adorait peindre, mais cela ne voulait pas dire qu'elle n'estimait pas sa nouvelle famille. Elle haïssait son mari, certes, mais elle adorait tout autant Lady Montgomery, et elle ne supportait pas l'idée de la décevoir.

Elle devrait redoubler d'efforts pour faire sa place, et cela commencerait par répondre aux besoins de son époux.

Elle s'assit sur la méridienne en soupirant mais se releva d'un bond quelques secondes plus tard en réalisant qu'elle s'était assise non pas sur une pile de coussins, mais sur une paire de jambes !

— Lord Savill ! Pardonnez-moi, je ne vous avais pas vu ! Je n'avais absolument pas l'intention de m'asseoir sur vos genoux, croyez-moi. J'étais perdue dans mes pensées et...

Un gros rire lui fit faire volte-face, et elle découvrit Lord Montgomery, qui était en train de la regarder, les yeux brillants, tandis que le valet de pied se retenait à la colonne, un air outré au visage.

Mr Williams était également dans la pièce, et elle aurait pu jurer voir un sourire se dessiner sur la gueule du félin.

— Nous ferions mieux de les laisser seuls, annonça Lord Montgomery d'un air hilare.

Jane les regarda tous s'éloigner, y compris le guépard narquois. Elle avait l'impression que tout son corps s'était empourpré d'indignation.

Elle jeta un coup d'œil en direction de Lord Savill et fut alors surprise de découvrir un sourire étirer ses lèvres, à lui aussi.

— Souhaitez-vous boire quelque chose ? lui proposa-t-il.

Elle hocha la tête, heureuse qu'il décide de changer de sujet.

— Du vin ? Du sherry ? De l'arrack ?

— De l'arrack ?

— Une boisson enivrante. Vous devez goûter, répondit-il en lui tendant sa coupe en argent.

— C'est votre verre.

— J'ai suffisamment bu, dit-il avec un haussement d'épaules.

Jane s'humecta les lèvres et prit une gorgée timide. Ses yeux s'écarquillèrent aussitôt. C'était écœurant, mais sous le regard scrutateur du comte, elle se força à en avaler un peu plus et à sourire. Elle se refuserait de s'avouer vaincue.

— Vous aimez ! s'écria-t-il avec un large sourire. Je déteste ça, pour ma part. Père adore, et il tient toujours à ce que j'en boive avec lui.

Elle plissa les yeux. Il pensait qu'elle faisait semblant d'aimer, ce qui était le cas, mais il était hors de question qu'elle l'admette. Elle vida donc le reste de la coupe cul sec.

— Délicieux ! déclara-t-elle en lui rendant son verre vide.

Il la dévisagea, bouche bée.

— Vous n'auriez pas dû faire ça.

Elle se mit à tituber, et il la fit s'asseoir à côté de lui.

— Cette boisson n'est pas pour les femmes.

— C'est vous qui me l'avez donnée.

— Pour y goûter.

— Vous n'avez pas précisé.

— Vous êtes vraiment étrange.

— Comment ça ?

— Vous me surprenez constamment.

— Ah bon ?

— Oui. Je m'attendais à une sale petite fourbe, et au lieu de cela, vous êtes…

— Je suis ?

— Une brillante artiste.

Elle rougit de plaisir.

Il sortit un cigare et le coupa méticuleusement.

— J'ai parlé avec quelques lords, hier au club, qui se sont inquiétés de mon choix en matière d'épouse.

Jane sentit son plaisir descendre en flèche.

Lord Savill l'observa alors d'un air songeur.

— Lord Dunne m'a conseillé de ne jamais vous embrasser. Apparemment, vous lui auriez mordu le nez, lorsqu'il a essayé.

Jane se mit à ricaner.

— Il a pleurniché comme un gros bébé, après.

— Un autre jeune homme m'a dit que vous l'aviez littéralement collé au canapé en prétextant ne jamais vouloir le voir partir. Vous l'auriez ensuite gratifié de la danse de l'oiseau, que vous auriez apprise du célèbre bandit, le Faucon. Le pauvre s'est enfui de chez vous sans ses hauts-de-chausses.

— J'ai appris cette danse quand j'étais toute petite. Il faut battre des ailes comme ça, expliqua-t-elle en agitant les bras. Et on continue !

Le comte s'éloigna légèrement.

— Et lorsque M. Grey est venu vous rendre visite, vous auriez sorti un couteau de sous votre jupe et l'auriez lancé sur le mur juste derrière lui en déclarant qu'il ne vous distrayait pas assez.

— Il gazouillait une chanson d'amour. Je déteste les chansons d'amour.

— Mes amis craignent que j'aie épousé une folle.

— Toutes mes condoléances, dit-elle en lui tapotant l'épaule, ce qui lui arracha un sourire.

— Vous ne vouliez vraiment pas vous marier.

— En effet. Ni avoir des enfants et mourir en couche. (Elle bondit sur ses pieds, mais sa tête se mit aussitôt à tourner.) Je suis une artiste qui a des centaines de tableaux en cours dans la tête. Je ne peux pas mourir avant de tous les avoir terminés. Pourquoi les hommes peuvent-ils laisser leurs traces dans le domaine de l'art tandis que les femmes restent des sujets creux ?

— Et si vous tombiez amoureuse ?

Elle leva les yeux au ciel.

— L'amour, c'est une jolie histoire créée par les hommes pour asservir les femmes. Un conte si bien tissé au fil des âges qu'il émousse leur sensibilité et les pousse sans même qu'elles ne s'en rendent compte à devenir l'esclave des caprices idiots des hommes. Il étouffe leur intelligence et les transforme en poupées dociles. Je refuse d'être docile. Hors de question qu'un homme me fasse perdre la raison. Je ne me laisserai pas avoir par ce conte de fées.

Il l'attrapa alors qu'elle tombait.

— L'arrack était fort.

— Je suis une femme forte. Je ne donnerai ni baiser, ni câlin, ni…

Il posa un doigt sur ses lèvres.

— Si vous pensez que les femmes qui tombent amoureuses sont faibles, c'est que vous n'avez pas rencontré les bonnes. Il est l'heure d'aller au lit.

Puis il la souleva dans ses bras.

— Je peux marcher, dit-elle d'une voix traînante. Je suis une jeune femme sûre d'elle dotée de jambes. Oui, j'ai des jambes, et elles bougent quand je le leur ordonne.

— Remarquable, dit-il en ajustant sa position avant d'emprunter l'escalier principal.

— Regardez, elles bougent, là !

— Non, pas du tout, ricana-t-il.

— Je crois que j'aimerais que vous m'embrassiez, maintenant.

Il manqua de la lâcher.

— Pardon ?

— Juste une fois. Je pense que ça ferait remarcher mes jambes. Comme un coup qu'on donne à un cheval pour qu'il avance. Un petit coup de fouet, quoi. Un baiser, ça doit sûrement fonctionner de la même manière. Comme un électrochoc.

Il ouvrit la porte de sa chambre et la déposa sur son lit.

Elle le saisit par le col et l'attira tout près d'elle.

— Allez, un baiser. Un peu de courage.

— Cela fait une heure que vous clamez haut et fort détester le mariage et l'amour.

— Un baiser n'a rien à voir avec l'amour ou les bébés. Vous avez peur d'un petit bisou de rien du tout ? Allez, j'attends !

Il arracha sa chemise de ses doigts et la fit s'allonger sur l'oreiller.

— Je n'ai pas peur d'un baiser, non. Je n'ai pas envie de tomber amoureux. La dernière fois que ça m'est arrivé, elle a choisi quelqu'un d'autre. Et sachez, ma chère, que les baisers, l'amour et les bébés sont au contraire très liés.

— Brave garçon, soupira-t-elle avant de rouler sur le côté. On pense pareil, vous et moi. L'amour, c'est mal.

— Très mal, confirma-t-il, et ce fut la dernière chose qu'elle entendit avant de sombrer.

Chapitre 17

— M ère ! brailla Lord Savill.

Jane le fusilla du regard alors qu'il débarquait dans la salle de petit-déjeuner armé de paquets bruns. Elle aurait voulu lui lancer ses petits pains bouillants à la figure. Ce vil serpent l'avait bien eue, la veille.

Comme s'il avait senti ses yeux creuser des trous fumants dans son crâne, il se tourna brièvement vers elle.

Jane plissa les yeux d'un air méfiant. Pourquoi la regardait-il de cette façon si étrange ? Soudain, ses paroles de la veille lui revinrent en mémoire.

Elle lui avait demandé de l'embrasser !

Quelle affreuse idée ! C'était cet alcool qui lui avait fait dire n'importe quoi… Mais elle s'empourpra malgré elle.

Comme s'il avait lu dans ses pensées, il esquissa un sourire et dressa un sourcil, ce qui la fit remuer sur son siège, mal à l'aise.

Elle aurait voulu se fondre au tapis persan vert olive et disparaître de son champ de vision. Elle attrapa son thé et prit une grosse gorgée, se brûlant la langue au passage.

— Tu as des cadeaux ! s'écria Lady Croft en bondissant de son siège, à la vue des paquets. Donne ! ajouta-t-elle en remuant les doigts d'impatience.

— En effet, dit-il avec un sourire. Les bateaux en provenance d'Inde sont arrivés. Tous les sept.

Puis il distribua les paquets sans se départir de cette étonnante jovialité.

Lady Montgomery prit son cadeau avant de déclarer :

— Ne penses-tu pas t'être assez fait d'argent comme ça, Richoos ? Il est temps de te concentrer sur ton adorable femme. Je veux voir la nursery pleine, moi.

— Ne m'appelez pas comme ça, Mère, gronda Lord Savill tandis que Jane plantait sa fourchette dans une tartine.

— Il faudra bien avoir un héritier, Richoos, insista Lady Croft avec un sourire malicieux.

— Rends-moi ce pashmina, lui rétorqua son frère.

— Non, il est à moi ! se défendit-elle en serrant contre sa poitrine le doux tissu couleur crème.

— Des perles ! s'extasia Lady Montgomery en ouvrant son paquet. Et quel divin encens à l'huile essentielle de rose ! Regardez, très cher, dit-elle en se tournant vers son époux. Il vous a offert une boîte à cigares.

Lord Montgomery prit un œuf dur et le fourra dans la boîte.

— Je ne fume pas.

— Mais si, très cher. Qu'as-tu prévu pour Jane ? demanda Lady Montgomery en revenant à son fils.

Lord Savill parut un instant perdu. Ses mains étaient vides.

Jane croqua dans sa tartine en s'arrachant un air détaché.

— Je suis sûre que les huiles parfumées sont pour elle, s'empressa d'intervenir Lady Montgomery.

Jane n'avait aucune envie d'être prise en pitié, ni de recevoir un cadeau qui ne lui était pas destiné. Alors elle releva les épaules et regarda son mari droit dans les yeux.

— Il m'a déjà promis une chose dont j'ai très envie.

— Ah ? Et qu'est-ce donc ? demanda Lady Croft, surprise.

— Il va m'acheter une poule, répondit Jane en battant des cils.

— Pour la manger ? s'enquit Lady Croft, perplexe.

— Non, pour me faire de la compagnie.

Le silence tomba sur la table du petit-déjeuner.

— Hein ? hoqueta Lord Montgomery en la dévisageant, un bout d'œuf au plat pendant de sa bouche.

Jane lui rendit son regard ahuri.

— Une poule comme animal domestique ? répéta-t-il alors.

Jane confirma d'un hochement de tête.

— Avec des plumes ? souffla Lady Croft en écarquillant les yeux.

— Il en existe d'autres sortes ? lança Jane avec un haussement d'épaules.

— Plumées et rôties, intervint Lord Savill.

Jane le fusilla du regard, et Lady Montgomery se mit à rire nerveusement.

— Vous plaisantez, n'est-ce pas ?

— Pas du tout.

Lady Montgomery ouvrit la bouche en grand.

— Mais… le guépard… il va la manger.

— Vous n'aurez pas de poule, dit Lord Savill au même moment.

Jane esquissa un sourire doucereux et poursuivit dans son mensonge.

— Vous m'avez promis de m'offrir une poule, de nouvelles peintures et des pinceaux. Vous ne vous souvenez pas ? Hier soir, juste après m'avoir fait boire.

— Que lui as-tu fait boire ? voulut savoir Lady Montgomery.

— Du sherry, dans un grand verre, dit Lord Savill d'une voix mielleuse avant de fusiller à son tour Jane du regard. Je pensais que vous plaisantiez, très chère.

— Pas du tout, monsieur. Si ma sœur peut avoir une chèvre, qu'ici, on parle carrément de fauve mangeur d'hommes, je peux avoir une poule, tout de même !

— Mr Williams n'a mordu un homme qu'une seule fois ! sembla se réveiller Lord Montgomery. Il n'a pas aimé le goût.

— Mr Williams était là en premier, grogna Lord Savill, les dents serrées. Vous ne pouvez pas avoir de poule.

— Vous m'avez assuré le contraire, dit-elle en ouvrant grand les yeux, essayant de paraître horrifiée par l'idée que son mari ne tienne pas sa parole.

— Elle se fera manger, déclara Lady Croft.

Jane décida de l'ignorer.

— Et je l'appellerai Mrs Williams.

Lady Montgomery lui tapota gentiment la main.

— Ça n'est pas raisonnable, ma chère. Vous avez encore le cerveau embrumé par l'alcool.

— Peut-être que Mr Williams décidera de ne pas manger sa femme, répondit Jane en lui rendant son sourire.

— Hors de question que mon guépard épouse une poule ! s'insurgea Lord Montgomery d'un air horrifié.

Jane se tourna vers Lord Savill.

— Avec les hommes, on ne peut jamais savoir. Après tout, vous pourriez aisément me manger, et je suis votre femme.

Lord Savill s'empressa de changer de sujet.

— Avez-vous choisi votre poule, alors ?

— Je vous préviens, menaça Lady Croft. Votre poule se fera manger.

— Nous verrons bien. Et non, monsieur, je ne l'ai pas encore choisie. Peut-être pourriez-vous me dire où m'en procurer une ?

Ce soir-là, en entrant dans le kiosque, Jane découvrit une magnifique poule brune attachée au chevalet, toutes sortes d'ingrédients pour ses peintures et un plateau rempli de pinceaux haut de gamme posé sur la table.

À l'heure du dîner, elle décida de présenter la poule à la famille. Plus vite le guépard apprendrait qu'elle n'était pas là pour être mangée, mieux ce serait.

Elle enfila un joli chintz bleu-vert et entra dans la salle, suivie par la poule.

Le guépard jeta un regard au volatile bruyant et prit la fuite.

La famille était sidérée, et Jane ravie.

Elle commençait enfin à se sentir chez elle, à Bellmore Hall.

∞ ∞ ∞

Lady Montgomery reposait sur la méridienne, dans le salon, le nez plongé dans son diffuseur de parfum à la rose. Sa perruque était à nouveau de guingois, laissant deviner des cheveux poivre et sel au-dessus de ses oreilles pâles. Ses vêtements de brocart couleur puce étaient tachés de boue, et un bout de son jupon en dentelle était déchiré. Jane, Lady Croft et Georgiana s'activaient pour lui apporter tout le confort possible.

— Mère ! s'écria Lord Savill en surgissant dans la pièce. Que s'est-il passé ?

Jane s'éclaircit la gorge.

— Nous faisions les boutiques…

Au son de sa voix, il virevolta vers elle.

— Miss Fairweather ! C'est vous qui avez fait ça ?

La rage dans ses yeux la fit instinctivement reculer. Il avança alors vers elle telle une panthère noire prête à bondir, et elle dressa les mains pour se protéger le visage.

Lady Montgomery le saisit par le poignet pour l'arrêter. Ses doigts, fins et osseux, ne parvenaient même pas à en faire le tour, mais cela ne l'empêcha pas de se figer sur place. Il se tourna vers sa mère, qui le gratifia d'un regard sévère tout en secouant la tête.

Il laissa échapper un soupir frustré, mais sa colère sembla se dissiper, et il se plia à ses souhaits. Un simple geste de sa mère et cet homme intimidant devenait un gentil garçon docile.

Jane n'en revenait pas du pouvoir que Lady Montgomery avait sur lui. La douceur qu'il lui témoignait, même en pleine crise de rage, l'émerveillait.

Il se laissa tomber à côté de sa mère et se mit à replacer les coussins.

— Je vais bien, le rassura Lady Montgomery.

— Non, c'est faux, intervint Georgie.

— Qui êtes-vous ? grogna Lord Savill.

— Mon amie, Lady Georgiana Berry, annoncèrent Jane et Lady Croft d'une seule voix.

— Bien. Que s'est-il passé ? demanda alors Lord Savill d'un ton un peu plus poli.

— Nous faisions les boutiques, reprit Jane. Votre mère voulait acheter des glaces chez Gunthers. Lady Croft a décidé de l'accompagner pendant que Georgie et moi allions chez le boulanger.

— Soudain, intervint Georgie, nous avons entendu un cri.

— Deux hommes nous ont accostées, Mère et moi, reprit Lady Croft dans un frisson, en exigeant que nous leur donnions notre bourse et nos bijoux. Mère a refusé de donner ses perles, et l'un des deux hommes a sorti un affreux couteau.

— Georgie et moi avons aussitôt accouru, poursuivit Jane. Nous nous sommes faufilées derrière les deux hommes et leur avons donné un bon gros coup d'ombrelle. Ils se sont agrippé la tête et sont tombés à genoux.

— Pendant qu'ils gémissaient au sol, nous avons pris la fuite, continua Lady Croft. Et c'est là que Mère a trébuché sur un nid-de-poule. Jane l'a vue, a fait demi-tour et l'a soulevée par le bras pendant que Georgie lui prenait les jambes, et elles l'ont portée jusqu'à la voiture. Je les ai tirées à l'intérieur et ai fait signe au chauffeur de démarrer. C'était moins une.

Lord Savill attrapa la cloche, qu'il secoua furieusement.

— J'appelle le médecin.

— Ce n'est qu'une entorse, tenta de le rassurer Lady Montgomery.

— Elle s'est entaillé le pied, intervint Jane d'une voix soucieuse. J'ai vu ça dans la voiture. Laissez-le appeler le médecin.

Lord Savill agita plus fort la cloche.

— Peut-être même deux. Un jeune et un plus âgé. L'un aura l'expérience, l'autre connaîtra les dernières innovations.

— Tout à fait d'accord, confirma Jane. Peut-être des briques chaudes, du brandy et du thé lui feraient-ils du bien, en attendant ?

— Je m'en occupe ! déclara Lady Croft en s'éloignant au pas de course. Je vais préparer un mélange qui la soulagera. Je crois que j'ai laissé ma boîte de médecine dans ma chambre.

La poule caqueta, comme pour donner son assentiment.

— Je peux lui faire la lecture, se proposa aussitôt Georgie. Quelque chose de calme. Je vais chercher un livre.

Lord Savill regarda sévèrement sa mère, comme s'il venait tout juste de penser à quelque chose.

— Pourquoi ne pas leur avoir laissé vos bijoux ?

— Ton père m'a offert ces perles le jour de notre mariage.

Lord Savill ferma les yeux et secoua la tête.

— Mère, vous comptez bien plus pour moi que ces perles comptent pour vous. La prochaine fois, laissez-les-leur.

Jane opina du chef avec ferveur.

— Et s'ils vous les prennent, dites-le-moi. Je demanderai au Faucon, le fameux bandit de grand chemin, de les retrouver pour vous. Il est bien connu dans ce milieu-là. Notre famille connaît également un très dangereux pirate. Enfin, un ancien pirate. Aujourd'hui, c'est un corsaire, mais il a l'âme toujours aussi sanguinaire. Oh, et nous sommes aussi intimes avec le poète Lord Philbert Woodbead. Nous pourrions ficeler les voleurs et lui demander de leur réciter des poèmes ! Un sonnet, et vos perles vous seront rendues.

Lord Savill secoua la tête.

— Vous feriez mieux de garder vos connexions douteuses pour vous, ma chère. Vous avez sacrément du toupet d'être fière de côtoyer des voleurs et des escrocs. Quant au poète, ne s'est-il pas fait expulser du bal, l'autre jour ?

— Chut, le réprimanda Lady Montgomery. Elle ne veut que mon bien.

— Et vous, Mère, arrêtez de prendre sa défense ! Sa famille aime fricoter avec les malfrats, cela signifie qu'elle n'a aucune morale. Maintenant, buvez votre thé et allez vous coucher. J'enverrai les médecins directement dans votre chambre.

— Voilà que c'est moi qui me fais gronder, soupira Lady Montgomery, les yeux rouges et gonflés. Quand es-tu devenu l'adulte, et moi l'enfant ?

— Reposez-vous, souffla Jane en arrangeant le châle sur ses épaules. Nous avons assez discuté. Vous avez l'air épuisée.

— Merci, dit Lady Montgomery, les yeux brillants. Vous avez fait preuve de courage, aujourd'hui ; vous m'avez sauvé la vie. Si c'est ce qui ressort de fricoter avec la mauvaise graine, je n'hésiterai pas à inviter ce bandit de grand chemin à venir prendre le thé. Peut-être sa présence m'instillera-t-elle un peu de courage, comme elle l'a fait pour vous.

La bouche de Jane trembla, et elle jeta un coup d'œil à Lord Savill.

Il l'observait avec une expression curieuse. Elle lui sourit, et il détourna le regard vers l'entrée.

Elle plissa le front et dressa un sourcil.

Il donna un coup de tête vers la porte, et elle le dévisagea d'un air confus.

— Vous vous prenez pour un cheval ?

Il l'attrapa par la main et l'attira en dehors de la pièce. Une fois hors de portée de voix, il lui dit :

— J'aimerais vous parler en privé.

Puis il se pencha vers elle, son visage à quelques centimètres seulement du sien.

— Si vous cherchez à gagner mon affection, sachez que vous n'y arriverez pas. Je vous remercie de ce que vous avez fait pour ma mère, mais je sais pourquoi vous l'avez fait. Je n'ai pas oublié que votre famille m'a piégé, et rien que vous puissiez faire n'y changera quelque chose.

— Tout d'abord, monsieur, rétorqua-t-elle en plaquant les mains sur ses hanches, je n'ai pas besoin de gagner votre affection. Que cela m'apporterait-il ? Je peux peindre, voir ma famille et mes amis, et vivre dans une agréable maison. Je suis heureuse. Ensuite, cet incident s'est passé si vite que je n'ai pas eu le temps de réfléchir, et encore moins d'élaborer un plan machiavélique. Enfin, vous êtes libre de prendre une maîtresse, comme moi un amant…

Il lui saisit alors la taille et l'attira brusquement contre lui.

— Je vous interdis de prendre un amant tant que je n'ai pas d'héritier, c'est compris ?

Terrifiée par cette rage soudaine, Jane sentit tout son corps se mettre à trembler.

— Je ne vous donnerai jamais d'héritier, vous m'entendez ? Autant prier pour que je meure. Peut-être qu'une nouvelle femme saura se montrer plus généreuse que moi.

Ils se dévisagèrent en silence, chacun attendant que l'autre batte en retraite.

Sous sa poigne, Jane sentait sa peau brûler. Elle avait les joues rouges et les yeux brillants. C'était une Fairweather, et il était hors de question qu'elle se laisse intimider par cette brute.

Il rapprocha encore son visage du sien, ce qui arracha un couinement à Jane. Son intention était très claire : il allait l'embrasser.

— Richard ! beugla Lord Montgomery à l'autre bout du couloir, une main sur le guépard, qui guettait la poule d'un air nerveux. J'ai envoyé les invitations. Nous allons donner une fête pour célébrer votre mariage !

Jane relâcha son souffle alors que Lord Savill retirait sa main et s'écartait d'elle. Jamais n'avait-elle aussi bien pris l'annonce d'une fête !

Lord Savill lui nouait tellement le ventre qu'elle en perdait toute contenance... Il commençait à la faire se sentir toute drôle, et elle ne savait plus vraiment si elle haïssait ces échanges tempétueux ou les appréciait férocement.

Chapitre 18

Le froid mordant augurait plus que d'habitude l'arrivée de l'automne, ce soir-là. Le soleil se couchait de plus en plus tôt, et Jane n'avait pas beaucoup de temps pour peindre.

Elle posa le carnet dans lequel elle avait dessiné et colorié différentes sortes de feuilles. Elle disposait de plusieurs parchemins de ce style, noués par des rubans, qui renfermaient des croquis de choses de la vie de tous les jours, figées ou en mouvement.

C'était l'une des leçons qu'elle avait apprises, enfant. Si elle voulait peindre correctement quelque chose, il fallait d'abord qu'elle le comprenne. Qu'elle le connaisse dans les moindres détails afin de pouvoir le dépeindre sans aucune hésitation, même s'il ne se trouvait pas devant elle.

Elle marcha jusqu'à la toile, plongea son pinceau dans le bleu de Brême et commença à peindre. Les tons bleu cuivré se mirent aussitôt à scintiller ; Jane prit un instant pour les contempler.

Lord Savill serait très élégant, dans un manteau de cette couleur.

Elle se mordit la lèvre jusqu'à avoir le goût du sang sur la langue. Elle chassa son image de son esprit et se concentra sur l'autre problème.

La fête.

La saison était terminée, et la plupart des gens raisonnables étaient retournés en campagne, à l'exception de sa famille. N'en avaient-ils pas assez, de tous ces bals et de tous ces thés ?

Elle quadrilla la toile de longs coups de pinceau nerveux.

Encore un bal, et qui plus est à Bellmore Hall… Elle ne pourrait pas prendre congé dès qu'elle le souhaiterait. Au contraire, on attendrait d'elle qu'elle divertisse chacun des invités et qu'elle fasse mine d'être folle amoureuse de son mari.

Sur la toile, le pinceau perdit un poil qui vint se mêler au bleu. Jane le lança à travers la pièce et en prit un nouveau.

Des arbres. Il fallait qu'elle peigne de grands arbres silencieux remuant lentement sous la brise. Et des montagnes glaciales s'élevant d'un océan calme et scintillant. Une image infantile, peut-être, mais paisible.

Elle prit le pinceau, mais avant qu'il ne touche la toile, elle se figea. Il fallait que le bleu sèche avant d'ajouter le vert. Comment avait-elle pu oublier ?

Sa colère s'éveilla, et avant qu'elle ne puisse l'empoigner et la ranger dans sa boîte habituelle, elle explosa. Jane envoya valser la toile, que Lord Savill rattrapa en entrant dans la pièce.

— Vous avez un sacré caractère.

Il la rejoignit et reposa délicatement la toile sur son chevalet.

Jane attrapa un flacon en verre de peinture rouge et le lui jeta à la figure. Le flacon atterrit sur la chemise du comte, projetant de la peinture partout.

Lord Savill se figea, et quelque chose sembla changer dans l'atmosphère, ce qui eut pour effet de calmer la colère de Jane aussi vite qu'elle était venue.

Le milieu de sa chemise blanche arborait une grosse tache de rouge. Son visage et ses mains étaient quant à eux parsemés de gouttelettes.

Jane avait envie de s'excuser, mais elle n'en fit rien. C'était son espace à elle. C'était là qu'elle peignait, et il n'avait pas le droit de venir ici.

Il avança d'un pas, et Jane sentit son indignation se muer en peur.

Elle recula d'un pas, prête à endurer son châtiment.

Il s'approcha encore, et quand il ne fut plus qu'à un souffle d'elle, il empoigna sa jupe de mousseline jaune pâle et essuya son visage avec.

Elle n'osa pas s'indigner de cette provocation.

Une fois terminé, il relâcha le tissu, puis reprit la parole, calmement.

— Mère vous demande dans le petit salon. Le chapelier et le tailleur sont là.

Jane se contenta de hocher la tête, doutant de sa capacité à parler, et elle manqua de tomber, dans sa hâte de s'éloigner de lui.

— Vous n'êtes pas une mèche, pas plus que je ne suis une flamme, s'amusa le comte en la regardant trépigner. Vous ne vous embraserez pas, si vous me touchez.

Jane sentit son cœur s'affoler, à ces mots. Aussitôt, elle l'imagina l'étreindre tandis qu'elle brûlait d'un feu doré.

Elle ferma les yeux et tituba. Pense à des crottes de lapin, se morigéna-t-elle, ou à l'anatomie de la grenouille que ton professeur t'a un jour demandé de disséquer.

— Vous avez le talent, reprit alors le comte d'un ton soudain impersonnel. Vous avez les meilleurs outils. Ce sont vos émotions qui vous font barrage.

—Je ne comprends pas, dit-elle en rouvrant les yeux.

— Votre impatience à atteindre la perfection, votre colère quand vous ne travaillez pas assez vite, tout cela colore vos œuvres de teintes peu flatteuses.

— La peinture à l'huile demande beaucoup de temps, se renfrogna-t-elle.

— Alors profitez-en. Le temps vous offre l'opportunité de corriger et d'améliorer vos défauts.

Elle lui tourna le dos.

Il posa alors une main sur son épaule pour l'empêcher d'aller plus loin.

— Un couteau, dans la main d'un enfant, est dangereux, mais dans celle d'une cuisinière, il peut créer des chefs-d'œuvre. Une aiguille, dans la main d'un fermier, est inutile, mais une couturière peut concevoir de magnifiques tenues avec. Soyez la cuisinière et la couturière. Votre talent est un outil affûté que vous devriez utiliser comme une femme mûre, et non une fillette impatiente. Pour cela, vous devez grandir.

— Et cela demandera aussi du temps ? lança-t-elle en dégageant sa main d'un coup d'épaule.

— Cela peut prendre un moment, ou votre vie entière.

Jane sentit sa colère la quitter brusquement. Elle s'était comportée comme une enfant gâtée, et au lieu de la punir, il faisait preuve de bienveillance.

— Pardonnez-moi. Je n'ai jamais jeté de peinture sur qui que ce soit avant. Je ne sais pas ce qui m'a pris.

— Ne recommencez pas.

Elle baissa piteusement la tête.

— Oui, monsieur.

— Venez. Mère vous attend.

En entrant dans le petit salon, Jane hoqueta de stupeur. Elle avait l'impression d'avoir rejoint un pays exotique et pénétré un repaire de voleurs.

Le soleil s'était couché, et les bougies et les lampes à huile illuminaient la pièce qui scintillait de marchandises.

Des malles trônaient par terre, grandes ouvertes, tels des trésors de pirates regorgeant de lotions, de potions, d'huiles et de cosmétiques. La méridienne et les fauteuils étaient drapés de rouleaux à demi ouverts de soie et de satin aux couleurs chatoyantes. Des chaussons et des chaussures de danse étaient alignés devant la cheminée comme des soldats prêts à parader. Et sur la grande table en bois, au centre de la pièce, plusieurs boîtes débordaient de bijoux en pierres précieuses.

De la dentelle et des rubans dépassaient de paniers posés au sol, tandis que des boutons et des broches envahissaient de longs plateaux, sur le guéridon. Pour compléter le tableau, trois domestiques se tenaient solennellement au milieu du décor, armés de chapeaux et de gants, et une magnifique plume d'autruche teinte en bleu était perchée sur la tête du majordome.

Jane tituba devant ce spectacle. Elle n'avait jamais rien vu de pareil. En général, sa mère et elle se rendaient à Mayfair, et elle se considérait chanceuse de pouvoir se le permettre. Mais ce degré d'opulence… C'était de la folie.

— Jamais personne n'a vu cela, marmonna un jeune homme à l'apparence miteuse à Lady Montgomery. Cette soie, avec ce motif, ajouta-t-il en plantant un doigt dans la gazette de mode française, vous ira à ravir.

— Non, je pense qu'elle ira à ma fille, répondit Lady Montgomery en secouant la tête. J'aimerais pour ma part quelque chose d'un peu moins moderne. Ah, voilà Jane. Vous avez carte blanche avec elle.

Lady Croft émergea de sous une montagne de mousseline, l'air perdue.

— Mère, pourrais-je avoir un peu de thé ?

Lady Montgomery secoua la tête.

— Pas tant que nous n'avons pas choisi les tenues pour le bal. (Puis elle se tourna vers Jane.) Richard a décidé de demander aux commerçants de venir chez nous, ma chère, après l'anicroche de notre dernière excursion. Je trouve que c'est une excellente idée !

Jane s'arracha un sourire.

Le jeune homme fut aussitôt à ses côtés.

— La jeune mariée, je suppose. Vous avez cette bonne mine partagée par toutes les jeunes épouses.

Jane rougit, n'osant regarder Richard, qui se tenait juste derrière elle.

Le jeune tailleur attrapa un chintz couleur lavande et lui en enveloppa les épaules avant de draper le tissu et de l'épingler jusqu'à lui donner la forme d'une robe.

Jane leva les yeux pour découvrir Lord Savill en train de fusiller le jeune homme du regard.

Le tailleur saisit une poignée de tissu, le drapa autour de sa taille et le noua dans son dos. Puis il le lissa sur son ventre d'une main froide.

Lord Savill fit un bruit d'avertissement et avança d'un pas vers eux.

Lady Montgomery s'éclaircit alors la gorge.

— Comment tu me trouves, Richard ? dit-elle en portant une paire de diamants à ses oreilles tout en secouant légèrement la tête.

Le comte oscilla entre Jane et sa mère, puis il finit par rejoindre cette dernière.

— Peut-être les émeraudes, dit-il en prenant une superbe pièce.

Le chapelier entra au même instant et entreprit de s'occuper de Jane, tandis que le tailleur se dirigeait vers Lady Croft avec un air déterminé.

Le chapelier posa une coiffe blanche froissée sur la tête de Jane, maintenant qu'elle était mariée, suivie de toutes sortes de chapeaux en soie, en paille et en feutre.

Richard s'assit, visiblement un peu plus détendu. Il hochait et secouait la tête selon les différents styles de chapeaux, de bonnets ou de turbans que le chapelier lui mettait sur la tête, comme si elle n'était rien d'autre qu'une poupée.

— Laissez-la décider, Mère, intervint alors Lady Croft.

Lady Montgomery plissa la bouche ; on aurait dit une enfant impatiente qu'on aurait grondée.

Jane se sentait profondément mal à l'aise.

— Ça m'est égal. Je suis sûre que Lady Montgomery choisira la robe idéale pour moi.

Lady Montgomery esquissa un sourire ravi.

— Je pense à la mousseline blanche striée d'or et ornée de rouge coquelicot. La mousseline argentée pour un dîner, peut-être, la jaune jonquille pour les visites. Je déteste la Pamona, et pour le soir...

— La puce ? suggéra Jane d'une voix timide.

— La couleur idéale, sourit Lord Savill. Celle d'une bestiole suceuse de sang.

— Que suggères-tu, Richard ? répliqua alors sa mère.

Il se leva et se mit à arpenter la pièce.

— Cette robe argentée et grise ainsi que ce chapeau à plumes d'autruche pour vous, Mère. Cela ira à ravir avec ces immondes perruques que vous tenez tant à porter.

— Et pour moi ? demanda Lady Croft.

— Pour toi, ça. (Il saisit un petit turban bleu céruléen orné d'un bandeau et de glands argentés.) Avec cette robe égyptienne, des pendants en saphir et ces chaussons brodés.

— Oh, quel excellent choix ! s'enthousiasma Lady Montgomery. Tu as très bon goût, Richard.

— Merci. Veuillez m'excuser, mais j'ai rendez-vous avec les métayers…

— Tu n'iras nulle part tant que tu n'auras pas choisi quelque chose pour Jane, objecta Lady Montgomery.

— Inutile, marmonna Jane.

— Elle aime la puce, dit-il en même temps.

— Mais toi, qu'est-ce que tu aimes ? l'interrogea Lady Montgomery.

Il se mit à balancer sur ses pieds, visiblement indécis. Lady Montgomery le gratifia d'un regard suppliant, et il poussa un soupir résigné.

— Ça, j'imagine, dit-il en touchant une robe magnifique couleur pêche brodée de perles.

Il ajouta une paire de chaussons en satin tout simples, des pinces diamantées pour ses cheveux et des gants blancs.

— Vous approuvez ? demanda-t-il alors à Jane en se tournant vers elle.

Elle hocha la tête, ravie de son choix. Le tout était très beau, et suffisamment discret pour qu'elle puisse se fondre dans la foule.

— Ne devrait-elle pas porter quelque chose d'un peu plus voyant ? intervint Lady Montgomery. Peut-être la bleu ciel, avec ce motif ? ajouta-t-elle en désignant un croquis dans sa gazette.

— Non, lancèrent Richard et Jane d'une seule voix.

Jane regarda Richard payer le tailleur, le chapelier, le bijoutier et les domestiques, et le sourire qu'ils arboraient tous laissait entendre qu'il s'était montré généreux.

Lord Montgomery entra dans la pièce au même instant.

— Ah, dit Richard avec un grand sourire. Père, vous

méritez une nouvelle garde-robe. Peut-être Mr et Mrs Williams pourraient porter quelque chose, eux aussi ?

Lord Montgomery gratta le sol du bout de sa canne, l'air penaud.

— J'ai décidé d'annuler cette mascarade.

Chapitre 19

La famille, accompagnée bien sûr du guépard et de la poule, se rassembla dans le bureau.

Lord Montgomery jouait avec son foulard tacheté de jaune.

— Je n'ai plus envie de ce bal. J'ai changé d'avis.

— Mais pourquoi ? voulut savoir sa femme. C'était votre idée.

Lord Montgomery devint rouge tomate.

— Je n'ai pas envie de parler aux gens. J'avais oublié que je détestais les humains.

Lord Savill échangea un regard avec sa sœur, tandis que Jane se réjouissait en silence.

Lady Montgomery laissa échapper un rire creux.

— Vous adorez les gens et les fêtes, voyons ! Par ailleurs, les invitations ont déjà été envoyées. Il est trop tard pour annuler.

— Je resterai ici, déclara Lord Montgomery.

Lady Croft posa une main sur son épaule.

— Les gens flâneront partout dans la maison, Père. Il y a de grandes chances pour que quelqu'un vous trouve et ne comprenne pas votre absence. On se mettra à parler…

Lady Montgomery se laissa tomber dans un fauteuil, ouvrit son diffuseur de parfum d'un geste désespéré et le porta à son nez.

— Il ne peut pas passer la soirée dans le bureau et ne pas accueillir les invités.

— Vous pourriez leur dire que je me suis retiré dans notre maison de campagne ! s'enthousiasma alors Lord Montgomery.

— Et s'ils vous surprennent dans les couloirs ? intervint Lord Savill, l'air sceptique.

— Ils ne me verront pas, lui assura son père. Parce que je serai assis sous ce tapis tigré.

Ils se tournèrent tous vers le tapis en question, sous le bureau, grand et effectivement rayé.

Lady Croft lâcha un gloussement.

— Comment ça, vous serez assis sous le tapis ? Les gens vous verront !

Lord Montgomery se glissa sous le tapis, puis il sortit la tête en clignant frénétiquement des yeux.

— Vous pouvez me voir ?

— Non, admit Jane.

— Je passerai toute la soirée ici à lire un livre. Je ferai semblant d'être un tapis. Personne ne me verra, mais moi, je les verrai tous. Je pourrai écouter les ragots, voir qui flirte avec qui, etc. Comme c'est excitant !

Les autres membres de la famille échangèrent des regards atterrés.

Lord Montgomery avait officiellement perdu la boule.

Le jour du bal était venu, et c'était la folie.

— Jane, Père a disparu sur le vélocipède ! s'écria Lady Croft en surgissant dans la salle du petit-déjeuner.

— Sur le quoi ? souffla Jane, perplexe.

Lord Savill jeta sa serviette et bondit de sa chaise.

— C'est une draisienne. L'homme qui l'a inventée l'a montrée à notre père, qui s'est empressé d'en acheter une. C'est un engin avec des roues qu'on peut conduire.

— Une sorte de carriole, donc ?

— Venez voir par vous-même, dit-il en la faisant se lever. Nous devons à tout prix le faire revenir avant que Mère ne le voie.

Jane, Lady Croft et Lord Savill coururent à l'extérieur sans même prendre le temps d'enfiler chapeaux, manteaux ou gants.

Dans le verger, Lord Montgomery était installé sur un étrange engin qui disposait d'une roue géante à l'avant et deux plus petites à l'arrière. Il était assis au niveau de la grande roue, appuyant comme un forcené sur les pédales qui sortaient de chaque côté.

Après avoir avancé de quelques mètres, il fonça dans un arbre. Puis il recula un peu et se mit à osciller dangereusement.

Ils le regardèrent aller d'avant en arrière jusqu'à ce que le vélocipède menace de tomber.

Lord Savill arracha son père à l'engin et l'escorta jusqu'à la maison. Jane se tourna vers Lady Croft.

— Je n'avais jamais rien vu de tel !

— Et la journée ne fait que commencer, soupira Lady Croft.

Jane passa le reste de la journée à regarder la gouvernante et les domestiques s'affairer comme des petits soldats pour préparer les lieux. Les fleurs furent parfaitement arrangées, l'argenterie astiquée, les tapis parfumés, les sols récurés, les rideaux tirés, et les pièces aérées.

L'odeur des bouquets de roses, de la lavande et du romarin embaumait tout Bellmore Hall, et Jane s'enivrait de ce parfum tandis qu'elle se préparait pour le bal.

Georgiana et Lady Croft la rejoignirent dans son dressing, et toutes les trois s'habillèrent en échangeant des banalités.

Jane avait opté pour une robe d'influence grecque d'une couleur pastel rappelant celle des feuilles de thé et striée d'or. C'était un choix audacieux, cette teinte n'étant qu'un tout petit peu plus foncée que sa propre peau. Le tissu fin mettait en valeur sa silhouette svelte et laissait entrevoir une ombre de son nombril. Elle avait torsadé deux mèches de cheveux qu'elle avait jointes derrière son crâne et striées de fil dorés, et le seul bijou qu'elle portait était un fin collier d'or.

Lady Croft l'observa d'un air approbateur.

— Vous ne portez pas la robe couleur pêche que Richard a choisie ?

— Elle ne m'allait pas, et je n'avais pas le temps de la faire reprendre, répondit Jane.

Cette fameuse robe était certes un peu grande, mais si elle avait opté pour quelque chose de plus osé, c'était en vérité pour désarçonner son mari. Après qu'il eut choisi la robe couleur pêche, Jane avait passé la nuit à ronger son frein. Il la trouvait fade, un peu comme un pudding insipide. Il ne pensait pas qu'elle pouvait briller et resplendir à la manière d'une pièce montée, et sans qu'elle ne sache vraiment pourquoi, elle voulait lui prouver le contraire.

Un coup d'œil dans le miroir lui arracha un hoquet. Le tissu était très fin, et beaucoup plus provocateur que tout ce qu'elle avait pu porter jusqu'ici. Peut-être vaudrait-il mieux changer maintenant ? Elle donnerait une leçon à Lord Savill une autre fois…

— Hâtez-vous ! lança Lady Montgomery, dont la tête venait d'apparaître à la porte. Les invités commencent à arriver.

Georgie prit Jane par la main et la tira vers le couloir, refusant d'écouter son amie, qui la suppliait de la laisser se changer.

— Tu es très belle, la gronda Georgie. Tu es mariée, désormais. Arrête de te comporter comme une petite timorée.

Dès que Jane entra dans la salle de bal, Penelope se jeta sur elle.

— Jane, viens, lui ordonna-t-elle.

Jane déglutit, et après avoir jeté un regard inquiet à Georgiana, elle suivit sa sœur.

Dorothy et Celine leur emboîtèrent le pas, et elles prirent la direction du balcon.

Il faisait froid dehors, et Jane regrettait d'avoir laissé son pashmina couleur fauve dans sa chambre. Elle contempla le jardin oriental illuminé de lampes à huile qui brasillaient comme des lucioles dans la nuit. La lune était pleine, mais les nuages qui formaient un voile devant ne laissaient passer qu'un filet de lumière.

Elle cueillit une fleur de jasmin qui tournicotait autour de la balustrade et la porta à son nez.

— Tu es heureuse, Janey ? demanda Penelope.

— Oui, dit-elle avec sincérité. Cette famille est merveilleuse.

Celine lui saisit le menton et la fit pivoter afin que la lumière de la lampe à huile éclaire son visage.

— Et Lord Savill… Il te traite bien ?

— Oui.

— Ah oui ? lâcha Dorothy avec un renâclement. Il passe son temps au club, s'est rendu à toutes sortes d'événements sans toi, et ce soir, il n'est pas apparu à ton bras.

Jane détourna les yeux.

— Il sait que je préfère rester à la maison et peindre.

Dorothy l'observa en plissant les yeux.

— Vous venez de vous marier. Il devrait préférer rester avec toi plutôt que d'enchaîner les verres de brandy.

Penelope l'agrippa par l'épaule.

— Si tu es malheureuse ou si tu as besoin d'aide, fais-le-nous savoir, d'accord ?

Jane enlaça sa sœur.

— Promis, Penny. Je vous aime fort.

— Bon, on passe à la surprise ? commenta Dorothy avec un immense sourire.

Puis elle la prit par les épaules pour la faire pivoter vers un homme qui attendait dans l'ombre. Les nuages s'écartèrent, et la lune pleine éclaira son visage.

Lord Chambers, comte de Rathmoon complètement démuni, se tenait devant elle. C'était un homme particulièrement grand et au charme discret.

Il ne semblait pas avoir vieilli, depuis qu'ils s'étaient rencontrés, pour la première fois, au bal du duc trois ans plus tôt. Il avait dansé avec elle, et elle lui avait parlé de son amour pour la peinture à l'huile. Il était tombé amoureux de son travail et s'était mis à vendre ses toiles à ses amis fortunés en échange d'une petite commission.

Cet argent lui permettait de restaurer peu à peu sa maison dilapidée. Quant à Jane, il lui offrait la liberté de peindre sans se soucier du côté financier.

Jane sentit son cœur s'emballer à la vue de cet homme.

Il retira son chapeau et la salua.

— J'ai une réponse.

Elle s'en doutait. Elle l'avait vu sur son visage.

— Dites-moi, souffla-t-elle en lui agrippant les mains, ce qui lui fit lâcher un rire amusé.

— La Royal Society of Arts a présélectionné votre travail. Ils veulent en savoir plus sur l'artiste.

Les sœurs se mirent à crier de joie et se jetèrent sur elle.

Jane resta clouée sur place, bouche bée. La Royal Society of Arts se composait des artistes les plus doués, principalement des hommes. Faire partie des rares élus… Ceci signifiait qu'elle laisserait sa marque dans le monde de l'art. Jamais ses tableaux ne seraient oubliés. Ils seraient préservés et exposés dans la galerie pour être admirés par des milliers de gens sur plusieurs générations. Elle aurait l'occasion de rencontrer des artistes qu'elle admirait, d'apprendre d'eux, d'évoluer et de s'améliorer… Sa tête se mit à tourner, et elle manqua de défaillir.

— C'est merveilleux ! souffla Penelope.

Jane observa d'un air perplexe les visages autour d'elle.

— Mais ils ne font que m'envisager, pour le moment. Ils n'ont pas dit oui.

Lord Chambers posa sur elle un regard admiratif.

— Ils le feront, j'en suis certain. Mais arriver si loin est déjà remarquable. Je n'aurais jamais imaginé que vous deveniez si prisée. Vos œuvres se vendront encore plus cher.

Jane saisit la main de Dorothy.

— Si je suis choisie, je vais devoir révéler mon identité.

— C'est en effet inévitable, confirma Lord Chambers.

Jane secoua fiévreusement la tête.

— Non, je ne peux pas.

— Foutaises ! rit Dorothy. Tu le feras.

Elle inclina la tête avec l'impression qu'elle venait de boire un verre entier de vin.

— Vous m'accorderez bien une danse ? suggéra l'homme en ricanant. Pour fêter cela ?

Jane repoussa pour le moment l'idée de donner un discours de remerciement et de révéler son identité.

Un pas après l'autre, se rassura-t-elle tout en prenant la main de Lord Chambers pour se mettre à tournoyer sur la piste de danse.

— Lorsque vous deviendrez membre, vous pourrez rencontrer Labille-Guiard, l'informa-t-il en la faisant s'incliner.

— Et Anne Vallayer-Coster ! s'écria-t-elle en laissant éclater sa joie. Elle me laissera peut-être tenir l'une de ses sculptures !

— Vous pourrez demander à Élisabeth Louise Vigée Le Brun de vous parler en long et en large de son style néoclassique.

Jane oublia où elle était, la tête fourmillant déjà de questions pour les artistes qu'elle aurait la chance de rencontrer si elle devenait membre. Elle rayonnait, et ses yeux brillaient de bonheur. Elle était belle, dans cette soudaine confiance, et son sourire n'était pas forcé, pour une fois. Ses pas étaient nets et précis. La musique courait dans son sang comme du vin. Elle n'avait jamais dansé aussi longtemps et aussi bien dans sa vie.

Une main lui agrippa soudain l'épaule pour la serrer douloureusement.

Elle leva les yeux pour découvrir un Lord Savill furieux. Son cœur se serra, et son bonheur se noya tel un bateau de papier englouti par une vague.

Lord Chambers s'écarta aussitôt.

— Je croyais que vous détestiez ce genre d'événement, gronda Lord Savill, la mâchoire serrée. Où est donc passée votre timidité ?

Sans attendre sa réponse, il entreprit de la guider hors de la piste.

Jane vit ses sœurs les observer d'un air inquiet.

— On nous regarde, le prévint-elle.

— Ça m'est égal, gronda-t-il.

Il l'escorta jusqu'à la bibliothèque puis la repoussa violemment.

— Vous êtes soûle ?

— Non.

— C'est votre amant ?

Elle lâcha un hoquet de stupeur.

— Comment osez-vous ? Vous n'avez pas le droit de me poser ce genre de question.

— Vous êtes ma femme. Mais vous l'avez peut-être oublié ? La façon dont vous vous conduisez me regarde, et votre attitude, ce soir, est révoltante. Coller cet homme comme une prostituée...

Elle leva la main pour le gifler, mais il l'attrapa avant qu'elle ne lui touche la joue.

Ils se dévisagèrent durement, leur rage bouillonnant dans la pièce telle une grosse marmite pleine d'une mixture épaisse et collante.

— Ce n'est pas mon amant, dit-elle après avoir pris une longue inspiration pour se calmer. Et il ne l'a jamais été. Il s'occupe de mes finances, il achète et vend mes tableaux...

— Trop démuni pour se marier, c'est ça ? lança-t-il d'un air mauvais.

— Je vous ai dit que je ne voulais épouser personne.

— Je ne vous crois pas.

— Ça m'est égal. Remets-je en question vos absences fréquentes ? Le fait que vous m'ayez épousée pour mieux m'ignorer ? Que vous m'ayez abandonnée à votre famille en faisant comme si je n'existais pas ? Que vous dansiez avec d'autres que moi ? Avez-vous déjà réfléchi à ce que les gens pensent de moi ? Ils pensent que vous êtes déjà lassé. Que vous avez honte d'avoir épousé quelqu'un de si basse extraction, ce qui explique pourquoi on vous voit toujours seul. Je vois la façon dont on me regarde. La pitié avec laquelle on me scrute.

— Vous n'aimez pas sortir, se défendit-il en secouant la tête.

— C'est vrai. Mais je le ferais, par sens du devoir, si vous me le demandiez. De la même manière, il en va de votre responsabilité de vous assurer d'être à mes côtés, à la maison ou autre, durant notre première année de mariage, afin que les gens ne s'interrogent pas sur moi. Ils me voient comme une pauvre fille tellement ennuyeuse qu'elle n'est pas capable de garder son mari avec elle.

— Personne ne s'interroge sur vous.

— Vous venez vous-même de le faire en insinuant que Lord Chambers et moi étions intimes, répliqua-t-elle. Moi, je ne vous interroge pas sur vos escapades nocturnes avec vos maîtresses.

— Je ne vous insulterais jamais de la sorte, dit-il en lui agrippant le bras. Je ne partagerai jamais la couche d'une autre femme tant que vous serez en vie.

— Idem pour moi, monsieur, dit-elle d'un ton sec. Si je dois partager la couche d'un homme, ce sera vous et personne d'autre.

Un silence chargé d'émotions électriques envahit la pièce.

Jane ouvrit la bouche pour lui demander de la lâcher quand un hurlement déchira l'atmosphère. Ils échangèrent un regard perplexe puis quittèrent la pièce au pas de course, l'air aussi horrifiés l'un que l'autre.

Chapitre 20

Le bal battait son plein tandis que Jane et Lord Savill suivaient la gouvernante en direction de l'une des chambres d'amis, de l'autre côté de l'atrium. La pièce ressemblait à celle dans laquelle Jane avait passé sa première journée, mais en beaucoup plus belle et beaucoup plus propre.

Un grand feu l'accueillit, ses flammes rougeoyantes projetant des ombres sur le papier peint or et bleu pâle.

Lady Montgomery et Lady Croft entrèrent à leur tour. Dès l'instant où elles virent Lord Savill, elles se ruèrent dans ses bras. Il les enlaça en leur susurrant des mots rassurants.

Jane fit sortir la gouvernante et ferma la porte. Puis elle se tourna vers la cheminée et fit mine de se réchauffer les mains. C'était un moment intime pour la famille, et elle avait le sentiment de ne pas être à sa place.

Après ce qui lui parut durer une éternité, elle avança prudemment vers la porte.

— Je ferais mieux de veiller sur les invités, souffla-t-elle.

La main de Lord Savill la retint aussitôt.

— Restez, ordonna-t-il.

Elle hocha piteusement la tête, et il la lâcha.

— Que s'est-il passé ? demanda-t-il alors en s'écartant de sa mère et sa sœur. Nous avons entendu un cri, puis la gouvernante est venue me chercher en urgence.

Lady Montgomery lâcha un gloussement faible.

— Ce n'est rien. Lord Screymour portait un gilet en poils de chat, ce qui a rendu Lady Grace complètement hystérique. Quelle histoire !

— Ce n'est pas le cri qu'il a entendu, Mère, intervint Lady Croft en reniflant. Dites-lui ce qu'il s'est passé.

La bouche de Lady Montgomery se tordit, et elle baissa les yeux.

— Il a mordu la femme de chambre.

Lady Croft attrapa la main de son frère.

— Nous savions qu'il ferait une chose de ce genre ; voilà qui est fait !

— Bonté divine ! hoqueta Jane. Est-elle blessée ?

Lady Montgomery secoua la tête tandis que Lady Croft éclatait en sanglots.

— Il y avait du sang, Mère !

Jane déglutit.

— Il avait très faim ?

— C'était l'heure du dîner, répondit Lady Montgomery en ajustant sa perruque couleur chou-fleur.

— Il n'a pas aimé le repas ? murmura Jane d'une voix horrifiée. Mr Williams a préféré manger la femme de chambre ?

— Mr Williams ? répéta Lady Croft. Non, c'est Père qui a fait ça.

Jane la dévisagea, bouche bée.

— Lord Montgomery l'a mangée ? Mon Dieu, mais c'est bien pire que ce que je pensais !

— Personne n'a mangé personne, tenta de la rassurer Lady Montgomery. Ce n'est rien d'autre qu'un petit croque.

Ça alors ! Lord Montgomery avait mordu la femme de chambre… Jane se mit à contempler le feu, à court de mots.

Le majordome arriva à cet instant avec des verres de brandy scintillants. Jane prit le plateau, le congédia et tendit un verre à chacun d'entre eux.

Lady Croft frissonna, le choc faisant peu à peu son effet. Elle vida son verre d'un trait et le posa sur le manteau de la cheminée.

— J'ai demandé à Rosey d'apporter quelque chose à manger à Père, qui était caché sous son tapis, dans le bureau. Dès qu'elle a soulevé le tapis, il lui a attrapé la main et l'a mordue.

— Où est-elle ? s'enquit Lord Savill.

— Avec la cuisinière, répondit Lady Montgomery.

— Et Père ? poursuivit-il d'une voix plus douce.

— Avec le valet de pied, dans sa chambre.

Lady Croft passa un bras autour de sa mère.

— Que penses-tu que nous devrions faire, Richard ?

— Faire ? renifla Lady Montgomery en se redressant. Renvoyer cette fille chez elle aux aurores, pardi !

— Mais pourquoi ? s'exclama Jane.

— Parce qu'elle a tout manigancé ! répliqua Lady Montgomery avec un haussement d'épaules. Mon mari ne ferait jamais une chose pareille.

Lady Croft et Lord Savill échangèrent un nouveau regard.

— J'ai vu la morsure, souffla Lady Croft. Elle saignait.

— Alors cette fille est folle et elle s'est elle-même mordue, déclara tranquillement Lady Montgomery.

Lord Savill lui prit les mains avant d'annoncer d'une voix ferme :

— Père a perdu la tête. Vous l'avez forcément remarqué, Mère. Nous devons le faire interner, pour la sécurité de tous. Il vous a attaquée l'autre nuit… Il vous a prise pour ses œufs du petit-déjeuner.

— Mère, il y a deux semaines, il m'a pourchassée avec le tisonnier. Et si Richard n'est pas là pour me sauver, la prochaine fois ?

Lady Montgomery secoua férocement la tête.

— Il plaisantait. Il ne voulait pas te faire de mal. Il a un sens de l'humour particulier ; c'est le cas de certains hommes. Mais il ne ferait pas de mal à une mouche. Il est si doux… Il l'a toujours été. Maintenant, je vais congédier cette sale petite menteuse.

Puis elle repoussa les mains de ses enfants et prit la direction de la sortie.

— Mère ! cria Lady Croft en courant après elle. Je vous en supplie, vous ne pouvez pas faire ça. Ce serait injuste.

Jane observait Lord Savill, qui était blême. Il gagna le lit et s'assit.

— Je suis désolée, souffla-t-elle. Vous devez vous faire un sang d'encre à son sujet.

— Je me fiche qu'il soit fou, répliqua-t-il d'une voix glaciale. Son état ne m'affecte pas. C'est pour Mère que je m'inquiète.

Puis il se mit à fixer le feu de cheminée, perdu dans ses pensées.

Jane l'observa un moment, son propre cœur serré à l'idée de la douleur qu'il ressentait à cet instant. La bataille qui faisait rage en lui commençait à se lire sur son visage. Les muscles tressaillaient sous sa peau, et la veine de son cou palpitait frénétiquement.

Jane gagna le petit bureau, dans le coin de la pièce, et trouva une feuille de papier et une plume. Elle trempa la plume dans l'encre et commença à dessiner d'une main fébrile.

— Tenez, dit-elle alors en venant s'asseoir à côté de lui. Dites-moi ce que vous voyez.

— Mes yeux.

— Et ?

— Ils semblent… tristes.

— Chaque fois que quelqu'un parle de votre père, c'est ce que je vois. Vous vous inquiétez pour lui. Votre regard ne ment pas.

— Je le déteste. Il pense que je suis un enfant illégitime. Il est convaincu que Mère a eu une liaison. Il passait son temps à lui hurler dessus, jusqu'à ce qu'il devienne fou. Elle a peut-être oublié, mais ce n'est pas mon cas.

— Mais vous ressemblez à votre père !

— Ce n'est pas son avis. Et ma mère a continué de le soutenir malgré tout. Même aujourd'hui, alors qu'il sait à peine qui il est, elle refuse de l'abandonner.

— Est-ce pour cela que vous travaillez si dur ?

Il releva les yeux d'un air choqué.

— Comment le savez-vous ?

— Je suis peintre. J'ai appris à observer et à percevoir les moindres changements dans les expressions. Je sais que vous étirez vos jambes quand vous cherchez à paraître détaché, alors qu'en vérité, vous vous inquiétez. Quand vous inclinez la tête, vous passez complètement à côté de la conversation car vous êtes plongé dans vos pensées. Quand vous vous détournez pour sourire, c'est votre vrai sourire, pas celui que vous voulez montrer au monde…

— Vous m'avez observé.

— J'observe tout le monde, dit-elle en se sentant rougir.

— Si intimement ?

Elle tordit sa robe d'une main nerveuse.

— Vous travaillez dur au cas où il déclare un jour que vous êtes illégitime.

Il confirma d'un hochement de tête.

— Même si je dois renoncer à mon titre, je conserverai ma fortune et pourrai subvenir aux besoins de ma famille.

Elle lui saisit le menton et le força à la regarder.

— Débarrassez-vous de cette douleur. Votre père était un homme jaloux. Acceptez-le. Il aimait votre mère à la folie et craignait de ne pas la mériter, ce qui était peut-être le cas. Vous avez ce trait de caractère, vous aussi. Vous vous en êtes pris à moi simplement parce que je dansais avec Lord Chambers. Et je ne vous plais même pas.

— Je suis comme lui, souffla-t-il en détournant le regard.

— Et votre autre peur ? demanda-t-elle en dégageant d'une main douce une boucle sur le front de Richard. Vous pensez que vous allez devenir fou, vous aussi ?

— C'est possible.

— Je ne vous enverrai pas à l'asile.

— Je sais. Vous êtes un peu comme ma mère.

Elle lui jeta un regard surpris.

— Voilà un sacré compliment.

— Peut-être que la folie me gagne déjà, ricana-t-il.

Jane redevint sérieuse.

— Vous donnez bien trop d'importance à quelques incidents d'enfance. Vous lui ressemblez ; comment pourrait-il dire le contraire ? Votre mère ne lui en veut pas. Pardonnez-lui.

— Je ne peux pas.

— Vous y arriverez. Vous êtes blessé parce que vous l'aimez. Repensez aux moments où il s'est montré bon avec vous.

Racontez-moi.

— Quelque chose d'agréable… Voyons voir… Un jour, il m'a fabriqué un cheval en bois.

— Ça, c'est un geste d'amour.

— Il m'emmenait au verger pour cueillir des pommes. Au retour, nous composions toujours un bouquet de fleurs pour Mère et lui faisions la surprise.

Il posa alors la tête sur les genoux de Jane, qui se raidit. N'en remarquant rien, Richard poursuivit.

— Mère réprimandait la cuisinière si elle me gâtait trop. Père la réprimandait si elle ne le faisait pas. La pauvre femme ignorait quoi faire, la plupart du temps.

— On dirait qu'il vous aimait beaucoup.

— Oui, puis un jour, il a changé.

— Ce jour-là, sa folie s'est déclarée. Ça n'a jamais été vous. C'est simplement son mal-être.

Le silence s'installa entre eux, et alors qu'elle pensait qu'il avait fini par s'endormir, il reprit la parole.

— Des années de colère ne peuvent pas disparaître en un claquement de doigts.

Puis il se redressa, et Jane s'écarta. Son regard était brillant et à nouveau plein de prudence.

— Vous adorez les défis, lui dit-elle en souriant. Voyez cela comme l'acquisition d'une chose précieuse. Votre tranquillité d'esprit. C'est la chose la plus importante au monde.

Elle cessa de parler quand elle se rendit compte qu'il ne l'écoutait plus. Au lieu de cela, le regard de Richard suivait le dessin de ses lèvres, de sa mâchoire et de sa nuque.

Jane écarquilla les yeux, et sa peau s'empourpra tandis que la conscience de leurs deux corps semblait s'insinuer dans la pièce comme un serpent lent et dangereux.

Le changement d'atmosphère était palpable. Jane se mit à tordre le dessus-de-lit et s'écarta un peu plus de lui. Son dos cogna alors la tête de lit en velours, ce qui lui fit lâcher un hoquet de surprise.

Elle n'en revenait pas de la vitesse à laquelle le désir avait surgi, imposé sa présence et annihilé toute autre émotion.

Richard observait ses doigts nerveux et sa poitrine, qui se soulevait frénétiquement. Ses yeux brillaient d'amusement, mais aussi d'un savoir bien plus grand et bien plus vicieux que le sien.

Elle le dévisageait, fascinée par les lignes dures de sa mâchoire qui contrastaient si bien avec sa bouche douce et séduisante. Sa peau luisait d'un hâle doré, sous les flammes, tandis que son odeur masculine d'épices chaudes et de brandy venait couler jusqu'à elle pour lui recouvrir la langue.

Elle sentit ses paupières s'alourdir, sa bouche se ramollir, et un doux soupir lui échappa.

Il inclina la tête et continua de l'examiner, le regard assombri par le triomphe. Il se pencha alors vers elle, lui saisit la nuque et l'embrassa.

Ce fut un baiser doux et tendre. Il avait été si rapide qu'elle l'avait à peine senti.

Elle dressa la main pour l'attirer à nouveau, mais son cœur n'était pas assez courageux pour suivre.

— Ce n'était pas si terrible, n'est-ce pas ? lança-t-il d'un ton léger.

Elle lâcha un couinement et secoua la tête, ce qui le fit rire.

—Jane ? dit-il d'une voix plus grave après quelques instants.

Elle ouvrit grand les yeux. Se rendait-il compte qu'il venait de dire son prénom ?

—Jane, répéta-t-il, comme s'il avait lu dans ses pensées. Allez-vous congédier la femme de chambre ? Vous assurerez-vous qu'elle a quelque part où aller ?

— Je l'enverrai chez moi. Mère voulait une nouvelle femme de chambre.

— Bien. Je ferai préparer une voiture qui l'emmènera à Finnshire demain matin.

Elle sortit alors, pressée de faire ce qu'il lui avait demandé. C'était la première fois qu'elle s'acquittait d'une tâche en tant qu'épouse et membre de la famille, et elle voulait être irréprochable.

Et pour la première fois, alors qu'elle tentait de consoler la pauvre femme en sanglots, elle se fit l'effet d'une femme mariée. Et ce sentiment n'était pas du tout désagréable.

<h1 style="text-align:center">Chapitre 21</h1>

Lady Montgomery buvait du café sur le canapé du salon ; Jane, elle, rédigeait son courrier, assise derrière le bureau. Cette matinée était brumeuse, et la lumière qui filtrait à travers la fenêtre ouverte timide. Une brise délicate soufflait à l'intérieur, parfumée des dernières roses de la saison.

Une lettre de Penelope était posée sur le bureau, et Jane la récupéra avec une pointe d'appréhension. Dessous attendaient une seconde lettre, cette fois de Celine, une troisième de Dorothy et enfin une autre de sa plus jeune sœur, Elizabeth.

Elle décida d'ouvrir celle de Lizzy en premier. Miss Elizabeth Fairweather et elle ne s'entendaient pas. Elles se disputaient constamment, et Jane faisait mine la plupart du temps de ne pas avoir de sœur cadette. C'était plus simple ainsi.

Elle déchira le rabat et entama sa lecture.

Jane

Si je t'écris, c'est que Père a insisté. Il a dit que c'était mon devoir de sœur.

Je n'aime pas avoir des sœurs. Vous écrire à chacune me prend toute la matinée.

Je n'ai pas pu assister à ton mariage parce que Mère ne m'a pas réveillée. Père était furieux, lorsqu'il a appris ce que Mère avait fait. Ils ne se parlent plus depuis.

Ce n'est pas moi qui ai détruit ton tableau. Je t'en ai voulu que tu puisses penser une chose aussi horrible de moi, et je n'ai pas cherché à m'expliquer.

J'ignorais que tu te marierais si vite et partirais. Je pensais que tu ne te marierais jamais, ou dans le cas contraire, que tu serais renvoyée très rapidement à la maison. J'imagine désormais que nous ne sommes pas près de te revoir à Finnshire.

Tu ne me manques pas, et je suis heureuse que tu te sois mariée. C'est moi qui ai hérité de ton pianoforte, de tes fauteuils en velours vert et de la coiffeuse en ivoire. Mère a dit que je pouvais les prendre.

Elle a également dit que je pourrai faire mon entrée dans le monde l'année prochaine. Je suis extatique. Je resterai avec Penny durant la saison. C'est elle que je préfère.

Viendras-tu bientôt ? Je demande seulement parce que Mère aimerait savoir, pas parce que je pense à toi.

Mary, la vache, a donné naissance à une petite en bonne santé. Elle a de longues jambes et marche bizarrement, et elle a une tête horrible. On espère qu'elle s'embellira en grandissant. Je pense l'appeler Jane.

Avec mon amitié,
Elizabeth

Jane lut entre les lignes et éclata d'un rire mêlé de larmes. L'espace d'un instant, elle se retrouva transportée à Finnshire, où tout le monde la connaissait, où chaque chemin et chaque arbre lui étaient familiers.

Lizzy, leur plus jeune sœur – et de loin la plus gâtée – était son opposé. Si Jane vivait dans un monde fantasmé, cherchant à coucher son chaos intérieur sur papier, Lizzy vivait l'instant présent. Elle n'avait pas la place pour les mensonges et pas le désir de contenir sa langue acerbe. Elle aimait la vie et en jouissait pleinement. Elle adorait les vêtements, les bijoux et la bonne nourriture. Si Jane accordait à peine une pensée à son prochain repas, Lizzy savait déjà, au petit-déjeuner, ce qu'elle mangerait au dîner.

Lizzy était une fille qui débordait d'affection. Elle enlaçait les gens sans crier gare, dansait comme si personne ne la regardait, chantait à tue-tête quitte à effrayer les animaux de la ferme.

Tandis que le monde terrorisait Jane, Lizzy voyait la vie comme une folle aventure.

Jane sourit. Ses brouilleries constantes avec sa sœur lui paraissaient terriblement puériles, aujourd'hui. Elle savait que ce n'était pas Lizzy qui avait détruit son tableau. Elle avait appris plus tard qu'il s'agissait en fait du petit dernier de la cuisinière.

Elle se rappela les mots durs qu'elle avait assenés à sa petite sœur et ressentit un pincement de regret. Elle se hâta de lui répondre avec une lettre pleine de chaleur.

Elle n'avait jamais été du genre à montrer de l'affection, et pourtant, en se relisant, elle réalisa qu'elle avait changé et apprenait à exprimer ses sentiments avec plus de clarté et d'honnêteté. Peut-être était-ce le gouffre brutal qui s'était ouvert entre elles après son mariage qui lui avait fait prendre conscience que si elle n'exprimait pas ce qu'elle avait sur le cœur, cela ne serait jamais compris.

Elle cacheta la lettre et la déposa sur le plateau d'argent, prête à être postée. Elle jeta un regard à Lady Montgomery, qui tirait sur sa perruque avec un grattoir. Une araignée fit son apparition dans la masse argentée, sur sa tête, avant de filer aussi sec.

Jane frissonna et ouvrit la lettre de Penelope.

Chère Jane

Nous sommes convaincues que Lord Savill ne te traite pas comme il se doit. Nous craignons de t'avoir mariée trop hâtivement à cet homme. C'était une décision égoïste. Pour sauver la peau du duc, nous avons mis la tienne en péril. Nous avons négligé ton bonheur et t'avons jetée dans les bras d'un rustre.

Bam !

Jane bondit de sa chaise en un éclair. Elle sortit de la pièce au pas de course pour découvrir Lady Croft échouée au pied de l'escalier, le visage tordu de douleur et les mains agrippant sa jambe.

— Angelica ! s'écria Lady Montgomery en s'évanouissant.

Jane la rattrapa à temps.

— Gibbons, Belcher ! s'époumona-t-elle. Bella !

Le majordome déboula dans la pièce et aida Jane à allonger Lady Montgomery au sol.

— Lord Savill est-il à la maison ? s'enquit Jane en posant la tête de Lady Montgomery sur ses genoux pour commencer à dépingler sa perruque.

— Non, madame, et Lord Montgomery dort.

Elle se débarrassa de la perruque.

— Pouvez-vous porter Lady Montgomery jusqu'à sa chambre et demander au valet de pied de m'aider à emmener Lady Croft là-haut ?

Sans perdre de temps, le majordome souleva Lady Montgomery et partit en direction de sa chambre.

— Bella, dit Jane. Vite ! Du laudanum et un linge froid !

Le valet de pied apparut à côté d'elle, et ensemble, ils portèrent une Lady Croft larmoyante à sa chambre.

— Le médecin, ordonna Jane tout en bordant Lady Croft.

— J'ai mal, gémit celle-ci en ouvrant les yeux.

Jane prit le médicament des mains de Bella et le tendit vers la bouche de Lady Croft.

— Buvez.

Lady Croft n'argumenta pas et prit une généreuse gorgée.

— Vous irez vite mieux, la rassura Jane tout en essuyant son front avec un linge humide.

— Je suis tombée en descendant. Ma jupe était trop longue.

Jane la fit s'allonger délicatement sur l'oreiller.

— Chut… Le médecin ne devrait pas tarder. Économisez votre souffle.

— J'ai un baume. Il pourrait soulager ma cheville, dit Lady Croft en fermant les yeux. Dans mon placard.

Jane se releva et partit à la recherche du baume. Elle le trouva assez vite, mais elle dénicha également une cachette remplie de portraits.

Elle en sortit un et écarquilla les yeux. Il s'agissait d'un portrait de Lady Montgomery, et la ressemblance était saisissante. À côté, d'autres draps cachaient de magnifiques aquarelles.

— Vous peignez, hoqueta-t-elle.

Lady Croft ouvrit aussitôt les yeux.

— Vous avez fouiné dans mes affaires !

— Vous avez réclamé votre baume ; je suis tombée dessus sans le vouloir.

Son visage se décomposa alors, et ses yeux s'embuèrent.

— Mettez ça hors de ma vue.

— Pourquoi ? Vos tableaux sont magnifiques. Vous devriez les montrer à la famille.

— À quoi bon ? cracha Lady Croft. Oh, je les déteste tous ! Surtout Richard.

Jane savait que c'était le laudanum qui la faisait délirer, et pourtant, elle crut déceler une pointe de vérité dans sa voix.

— Je suis la sœur aînée, et veuve de surcroît, poursuivit Lady Croft d'une voix amère, qui dépend entièrement de son frère. Je ne peux donner mon avis, de peur de l'offenser et de me voir bannie de cette maison. Ma mère vénère le sol qu'il foule, et maintenant, il y a vous, la dame de ces lieux. Je me suis occupée de tout jusqu'ici, mais soudain, une parfaite inconnue a plus de droits que sa propre sœur.

— C'est faux…

— C'est vrai, et vous le savez. Personne ne m'a demandé ce que je voulais… On m'a mariée à un type obsédé par la guerre qui a fini par se faire tuer. Je n'ai pas d'enfant sur qui veiller, pas de maison à entretenir, rien du tout. Pour quoi vis-je donc ?

Jane baissa la tête, ne sachant que répondre. Elle savait que c'était le lot de beaucoup de veuves. Et pour une femme aussi fière que Lady Croft, elle pouvait comprendre à quel point la situation était pénible.

— Même Georgiana vous considère comme sa meilleure amie, cracha Lady Croft, le regard fiévreux.

Jane cligna des yeux. Georgiana ? Qu'avait-elle à faire dans cette histoire ?

— Il faut savoir apprécier ce que l'on a, dit Jane d'une voix calme. Nous avons toutes les deux reçu les meilleurs des outils et la meilleure éducation qui soit. Vous pouvez combler les heures à composer de magnifiques tableaux, et un jour, ils obtiendront le succès qu'ils méritent.

La colère de Lady Croft sembla s'apaiser un peu.

— Merci de ne pas avoir dit que je n'avais pas de raison d'être amère.

— Je comprends.

— J'aimerais simplement faire quelque chose de plus de ma vie.

Jane réfléchit un instant, puis elle attrapa la main pâle de Lady Croft et la pressa.

— J'ai un rêve… Une idée à laquelle j'ai longuement pensé.

— Qu'est-ce que c'est ?

La voix tremblante, Jane exprima alors tout haut son désir le plus profond pour la première fois.

— J'aimerais ouvrir une école d'art destinée aux femmes. Des femmes qui aiment peindre mais qui n'ont ni le talent ni les outils pour cela. Des femmes qui ont perdu leur mari et leur fortune, qui ont été reniées par leur famille, ou qui sont tout simplement douées et qui ont besoin d'un petit coup de pouce et de quelques couleurs pour s'améliorer. Elles seront toutes les bienvenues. Les cours proposés dans un collège pour femmes n'ont rien à voir avec ce que les véritables maîtres apprennent aux hommes. Nous pouvons combler ce fossé.

Lady Croft se redressa.

— Une école d'art dédiée aux femmes ?

— Exactement. Peut-être aimeriez-vous m'aider à réaliser ce rêve ? J'ignore comment m'y prendre, ce dont j'aurais besoin… Mais nous avons le talent, et tout ce dont nous avons besoin, c'est de temps.

— J'en ai à ne plus savoir qu'en faire ! s'exclama Lady Croft en saisissant l'oreiller et en le serrant contre elle. Oh, quelle merveilleuse idée, Jane !

— Merci, Lady Croft.

— Appelez-moi Angelica, et tutoyez-moi. Après tout, nous

sommes partenaires, désormais.

Jane sourit et tendit sa main. Angelica la secoua fermement.

— N'en parlons à personne tant que nous n'avons rien démarré, dit Angelica, l'excitation ayant remplacé la douleur dans sa voix.

— Je suis d'accord. Cela va prendre du temps. J'y ai déjà réfléchi, et même avec nos revenus annuels combinés, nous aurons besoin de mécènes.

— Alors c'est un secret.

— Un délicieux et merveilleux secret, sourit Jane.

Un coup à la porte la fit virevolter. Le majordome se tenait à l'entrée.

— Le médecin est ici, madame, et vos sœurs aussi.

— Mes sœurs ? s'étonna Jane.

— Oui, madame. Elles m'ont demandé de faire préparer trois chambres d'amis. Elles ont dit qu'elles prévoyaient de rester ici indéfiniment.

Chapitre 22

Jane et Lord Savill entrèrent ensemble dans le bureau et s'assirent sur le luxueux canapé bleu marine. Les feuilles tachetées de l'énorme chêne, derrière la fenêtre, se reflétaient sur les murs, et le soleil intense combiné au feu dans la cheminée rendait l'atmosphère de la pièce parfaitement étouffante.

Jane bondit sur ses pieds et ouvrit la fenêtre pour laisser entrer le vent glacial qui lui picotait la peau comme un bouquet d'orties. Comment ses sœurs osaient-elles s'imposer ici comme si elles étaient chez elles et exiger qu'ils se retrouvent immédiatement dans le bureau ?

Lord Savill sortit sa tabatière, la regarda longuement, grimaça puis la rangea à nouveau. Il semblait résigné.

Mrs Williams caqueta de dégoût, et Jane lui tapota la tête.

— Elles ont décidé du lieu et de l'heure, mais je suis encore chez moi, que je sache !

— Chut, calmez-vous, la prévint Lord Savill. J'entends des bruits de pas.

Jane s'empressa de se rasseoir à côté de lui et retrouva son sang-froid.

Ses trois sœurs déboulèrent dans la pièce tels de véritables ouragans. Elles s'étaient vêtues de manière à intimider. Leurs expressions étaient indéchiffrables, leurs émotions bien cachées, et pourtant, Jane sentait la colère qui bouillonnait en elles. Un faux pas et elles exploseraient.

Jane déglutit. Sa propre colère s'évanouit face à ce spectacle.

Ses sœurs détenaient énormément de pouvoir entre leurs mains délicates, et elle ne pensait pas que qui que ce soit puisse l'emporter contre elles.

Penelope avança la première. On aurait dit une créature des bois perdue dans un paysage anglais. Sa robe couleur forêt brodée de fils d'or voletait autour de sa taille svelte, et la pointe de blanc qu'elle avait appliquée sur ses tempes rehaussait son aura royale. Elle jeta un regard à Lord Savill et réprima un cri.

Celine, impeccablement coiffée, apparut ensuite dans une incroyable robe pervenche. Son expression changea presque imperceptiblement, et seul quelqu'un qui la connaissait bien aurait pu deviner qu'elle avait été surprise.

Enfin, Dorothy entra en virevoltant telle une danseuse et se mit à battre des mains.

— Oh, quels magnifiques animaux ! Un guépard et une poule !

— Mr et Mrs Williams, les présenta Jane.

— La poule, c'est Mrs Williams ? demanda Celine.

— Naturellement, sourit Jane.

Lord Savill avait bien fait d'emmener Mr Williams. Sa présence avait déconcerté ses sœurs, et soudain, c'étaient elles qui se retrouvaient troublées.

Penelope s'éclaircit la gorge et s'assit aussi loin que possible du guépard. Celine s'installa à côté d'elle. Dorothy marcha tout droit vers l'animal avec un air émerveillé.

— Je peux le caresser ?

— C'est un gros chat. Il peut soit vous mordre soit ronronner, selon son humeur, répondit Lord Savill avec un haussement d'épaules.

Dorothy jeta un dernier regard envieux à l'animal étalé aux pieds de Lord Savill avant de rejoindre ses sœurs.

— Nous sommes inquiètes, déclara alors Penelope en adoptant sa voix de duchesse. Nous pensons que vous ne traitez pas notre sœur comme il se doit.

Lord Savill bondit sur ses pieds. Jane lui prit la main et le força à se rasseoir.

— C'est faux, Penny, répliqua-t-elle. Et vous auriez dû en parler avec moi en privé.

— Nous avons essayé, Jane, la gronda gentiment Celine. Tu nous as dit que tout allait bien, et pourtant, Lord Savill a passé tout le dernier bal à t'éviter. Chaque fois qu'il t'apercevait, c'était comme s'il tombait sur une vieille tante barbante, et il tournait les talons. Il a fait ça toute la soirée, Jane. Et quand il t'a vue danser avec Lord Chambers, il t'a tirée de là de la manière la plus choquante qui soit.

Jane déglutit. Les paroles de sa sœur faisaient mal. Elle n'avait pas réalisé que Lord Savill avait passé la soirée à l'éviter. Ses sœurs l'avaient bien protégée. Quand elle prit la parole, elle fit en sorte de paraître impassible.

— Ce n'était qu'une petite dispute. C'est le cas dans la plupart des couples.

Celine secoua la tête.

— Tu n'as participé à quasiment aucun bal avec lui, alors qu'il a été vu pour sa part à tout un tas d'événements sans toi.

— Je n'aime pas sortir. J'ai choisi de rester à la maison et de peindre, déclara Jane.

La vérité, c'est qu'il ne lui avait jamais proposé de l'accompagner.

— Cela ne regarde que nous, intervint Lord Savill.

Penelope se leva alors, irradiant de colère.

— Jane est notre sœur. C'était une Fairweather avant de devenir une Savill. Vous vous comportez comme un célibataire. Ce n'était pas ce que nous avions convenu, monsieur.

— Votre Grâce, objecta Lord Savill. Je n'ai rien fait…

— Précisément, le coupa Celine. Vous n'avez rien fait pour donner une chance à ce mariage. Vous n'avez rien fait pour la courtiser.

— Mais on m'a forcé la main !

— Vous êtes marié, intervint Dorothy, qui prenait la parole pour la première fois. Je comprends que les circonstances ayant mené à cette union aient été moins qu'idéales, mais vous avez prononcé vos vœux. Jane non plus ne voulait pas se marier, et pourtant, je ne la vois pas vous éviter, ou vous traiter, vous ou votre famille, de manière odieuse. Même à cet instant, elle fait preuve de loyauté en vous soutenant alors que vous refusez même d'assumer votre attitude inacceptable.

— Nous avons fait une erreur, Jane, ajouta Dorothy. Nous t'avons imposé ce mariage, et nous craignons aujourd'hui de nous être trompées. Peut-être aurions-nous dû laisser ce duel avoir lieu.

Celine fixait les flammes vacillantes, dans l'âtre.

— Si Lord Savill te traite de manière cruelle, nous ne pouvons pas te laisser souffrir le restant de ta vie à cause de nous. Quand il a prononcé ses vœux, nous attendions de lui qu'il les respecte. Qu'il se comporte de manière honorable, mais nous ne sommes pas convaincues. Après tout, nous le connaissons à peine.

Penelope avança d'un pas vers Lord Savill avec une expression pleine de défi.

— S'il ne te traite pas correctement, nous lui apprendrons les bonnes manières.

Mr Williams dressa la tête et se releva tout doucement pour s'asseoir aux pieds de son maître. Penelope s'empressa de reculer et ajouta, avec un coup d'œil nerveux à l'animal :

— J'ai bien peur de devoir annuler notre marché, monsieur.

Lord Savill bondit à nouveau sur ses pieds, et cette fois, Jane ne tenta pas de le retenir.

— Vous ne pouvez pas ! tonna-t-il.

— Je vous donnerai la maison et la terre à une condition, répliqua Penelope d'une voix glaciale. Si vous nous prouvez, dans les jours à venir, que vous êtes un bon mari et que Jane est heureuse avec vous.

— Je suis heureuse, se défendit Jane. C'est un mari adorable. D'ailleurs, ajouta-t-elle avec un abandon soudain, nous sommes amoureux.

L'air pétrifié, Lord Savill se tourna vers Jane, qui lui prit la main et la pressa pour lui signifier de jouer le jeu.

— Oui, follement amoureux, s'empressa-t-il alors de confirmer. Je ne suis pas en colère, mais extatique, voyez-vous. Je ne pourrai jamais assez vous remercier de nous avoir fait nous rencontrer. Quant aux circonstances, peut-être étions-nous destinés à être ensemble, tout simplement. L'univers s'est mis en branle pour nous unir. Jane, ma biscotte au beurre, mon pot de sauce fumante, refusait obstinément de se marier. Peut-être était-ce la seule façon de…

Jane lui pressa la main pour le faire taire.

— Je ne vous crois pas, commenta Celine en levant les yeux au ciel.

— Eh bien, nous vous ferons changer d'avis, répondit-il avec un sourire. Vous pouvez rester aussi longtemps que vous le désirez, mais si nous vous convainquons, alors vous me laisserez la propriété avant de partir plutôt qu'attendre jusqu'à la fin de l'année.

Penelope échangea à voix basse avec Dorothy et Celine.

— C'est d'accord, déclara-t-elle au bout d'un moment. Nous resterons deux semaines.

Jane regarda Lord Savill en battant des cils et posa la tête sur son bras.

Il se contracta aussitôt.

Elle s'empressa de se redresser et dit :

— Je vais informer la cuisinière que nous avons des invitées. Allez donc vous promener. Lord Savill a fait installer une petite cascade dans le jardin oriental. Tu vas adorer, Penny.

Les sœurs s'éloignèrent, laissant Lord Savill et Jane en tête à tête. Ils se dévisagèrent, puis se tournèrent vers la porte.

Il lui prit la main et l'attira vers lui.

— Nous parlerons, ce soir, lui murmura-t-il à l'oreille.

Elle retint son souffle jusqu'à ce qu'il la lâche.

— Elles passent leur temps à épier. Il faudra que ce soit très tard.

— Entendu. À tout à l'heure.

— Attendez, encore une chose.

— Oui ?

— Vous m'appelez encore une seule fois votre « pot de sauce fumante », et je vous crève un œil.

— Comme vous voudrez, ma petite biscotte au beurre.

Puis il s'éloigna et éclata de rire en recevant un coussin en plein dans le dos.

Le reste de la journée se passa paisiblement. Jane se cala dans un fauteuil, au salon, et avec ses sœurs, Georgiana, Lady Montgomery et Lady Croft, elles échangèrent les derniers ragots jusqu'au soir.

Le médecin avait examiné la cheville de Lady Croft et déclaré qu'elle était simplement foulée, et non cassée.

Tout en sirotant son vin, Jane regardait sa famille rire et chanter, et ce moment l'emplit d'un intense bonheur. C'était tellement agréable de voir rester des invitées qu'elle aimait, même si ces invitées étaient des dames extrêmement puissantes et absolument intenables.

Devant sa fenêtre ouverte, Jane observait la lune géante flotter dans le ciel nocturne telle une goutte d'huile dans un bol d'eau noir d'encre. L'odeur de la pluie, de l'herbe et des roses vint lui chatouiller les narines, et elle inspira à pleins poumons.

Une brise glaciale s'engouffra à l'intérieur pour faire vaciller les flammes des bougies. Elle se frotta les bras, regrettant de ne pas avoir enfilé une épaisse chemise de nuit en laine plutôt que ce peignoir en soie tout fin couleur crème, par-dessus sa chemise.

Un coup à la porte la fit virevolter.

— Jane, lança Penelope du seuil. (Ses yeux passèrent du lit à la fenêtre ouverte.) Je me demandais si tu avais du brandy ? Je sens le rhume qui pointe.

Jane regarda sa sœur balayer la pièce des yeux. Elle était contente d'avoir jeté la chemise de Lord Savill sur le fauteuil.

— Nous en avons peut-être dans le placard du salon. Lord Savill doit le savoir.

— Oh, je peux attendre demain matin, répondit Penelope en

haussant les épaules. Il doit dormir, non ?

— Non, répliqua Jane en espérant ne pas se tromper.

— D'accord. Et... tu comptes le rejoindre ?

— Oui, répondit Jane en rougissant.

— Alors je vous laisse tranquilles tous les deux. Je prendrai du brandy demain matin.

Jane regarda sa sœur quitter la pièce, les yeux désormais rivés sur la porte qui menait à la chambre de son mari. Elle n'eut pas à attendre longtemps.

Lord Savill entra à grands pas. Il était décoiffé, sa chemise était à moitié déboutonnée, comme s'il s'était brusquement souvenu de sa promesse de venir la retrouver alors qu'il s'apprêtait à aller se coucher. Ses yeux fatigués brillaient, et sa bouche formait une grimace contrariée.

Jane le regarda approcher. Comme elle aurait aimé avoir son fusain sous la main pour le dessiner... Il était magnifique ; on aurait dit un héros grec prenant vie sous ses yeux. Et sa peau brune que sa chemise laissait deviner, au niveau du cou, était affreusement tentante. Si elle avait seulement pu se transformer en Mr Williams pour quelques instants et poser sa tête sur ses genoux en ronronnant de plaisir... Peut-être même le mordiller un peu...

— Eh bien, dit-il.

— Oui, répondit-elle en s'asseyant sur le lit, avant de se relever aussi sec.

— Nous voilà dans de beaux draps.

— Penelope est venue me voir il y a quelques minutes pour réclamer du brandy.

— Je vois. L'espionnage a donc commencé.

— Elles interrogeront les domestiques.

Richard laissa errer son regard sur ses cheveux et ses joues empourprées.

— Il vous faudra vous glisser dans ma chambre au petit matin et venir dans mon lit avant que les domestiques ne se lèvent.

— Je vois, déglutit-elle. Et si je ne me réveille pas à temps ?

— Dans ce cas, partagez mon lit.

Elle recula d'un pas.

— Impossible.

— Je ne vous toucherai pas.

Le silence tomba sur la pièce, ses paroles planant lourdement entre eux. Sentant son corps entier se mettre à rougir, Jane se tourna à nouveau vers la fenêtre. Cette fois, le froid fit un bien fou à sa peau brûlante.

Celine surgit dans la chambre à cet instant.

— Mais tu vas attraper la mort !

— Qu'est-ce que tu veux ? rétorqua Jane d'un air blasé.

— Ferme la fenêtre et viens ici.

Jane obéit sans broncher.

— J'ai besoin d'un ruban pour ma charlotte, déclara Celine en croisant les bras.

— D'un ruban ?

— Oui, un ruban bleu. Je ne pourrai pas dormir tant que je n'aurai pas raccommodé ma charlotte.

— Tu en as six, s'agaça Jane. Tu me les as montrées cet après-midi.

— J'adore les charlottes, commenta Celine.

— Tu es venue jusqu'ici pour réclamer un ruban, vraiment ? Il est minuit passé !

— Vous ai-je interrompus ? demanda alors Celine en les observant tour à tour.

— Sors d'ici ! Tu auras ta charlotte demain matin.

— Mon ruban, tu veux dire ?

— Quoi ?

— Tu as dit « ta charlotte ». C'est du ruban que j'ai bes…

Jane la poussa dans le couloir sans la laisser terminer sa phrase.

— Bonne nuit ! lança Celine avec un petit rire.

— Vos sœurs…, soupira Lord Savill en secouant la tête.

— Quoi, mes sœurs ? se braqua Jane.

— Elles sont merveilleuses, sourit-il.

Jane se décrispa aussitôt.

— Ce sera sûrement plus difficile que ce que je pensais.

Il avança d'un pas vers elle et lui prit délicatement la main. Puis il fixa ses doigts si longtemps que Jane ne savait plus où se mettre.

— Merci, finit-il par souffler.

— Pour quoi ? répondit-elle en lui adressant un regard surpris.

— Merci d'avoir sauvé ma mère. D'avoir pris soin de ma sœur lorsqu'elle s'est foulé la cheville. D'avoir gardé secrète la réalité de notre mariage. Et surtout, d'avoir dit à votre sœur de me céder sa terre dès que tout ce cirque sera terminé.

— Pourquoi cette terre est-elle si importante pour vous ?

Sa main se crispa douloureusement sur celle de Jane.

— Quand mon grand-père a traversé une crise financière, il a vendu sa maison, celle dans laquelle Père a grandi. Père voulait la racheter, avant de perdre la tête. Il y avait été heureux. L'homme qui l'avait achetée était amoureux de ma mère. Il a refusé de me revendre la terre, peu importe la somme que je lui proposais.

Jane hoqueta de surprise.

— Je vois…

Il s'approcha encore d'un pas.

— Je ne veux pas envoyer Père en asile, admit-il. Je veux qu'il vive confortablement, mais loin d'ici. Il représente un danger pour nous tous, désormais. Si les gens apprennent dans quel état il est, cela fera un véritable scandale. Je voulais acheter cette maison afin qu'il puisse y vivre, aidé de plusieurs domestiques. Je pourrais garder un œil sur lui, Mère serait rassurée, et lui serait heureux.

Ses yeux s'emplirent soudain de larmes.

— Je convaincrai mes sœurs, lui assura-t-elle. Je ferai tout ce qu'une femme fait pour son mari. Je couperai vos cigares, vous achèterai des foulards, tacherai votre chemise et demanderai à la faire nettoyer, devant mes sœurs. Je ferai tout ce que j'ai vu ma mère faire pour mon père, et Penelope pour le duc.

— Vous êtes gentille, dit-il en lui caressant affectueusement la joue du dos de la main.

— Une idiote au cœur tendre, oui…

Il lui lâcha la main et s'assit.

— Dans ce cas, il faut faire les choses convenablement. Nous devons nous parler tous les soirs et apprendre ce que l'autre aime et n'aime pas.

— Les sales petites diablesses, commenta Jane en hochant frénétiquement la tête. Elles creuseront profond, c'est certain.

— Il faudra que je vous tienne la main, ou que je vous embrasse la joue.

Elle agrippa son peignoir et se mit à le tordre.

— Il va falloir s'entraîner à se tenir la main afin que cela paraisse naturel.

— Et à s'embrasser, aussi.

— Sur la joue, précisa-t-elle.

— Il faut que vous me disiez tout, déclara alors Richard d'une voix chargée d'intensité.

Jane déglutit nerveusement ; son regard sombre faisait palpiter son cœur.

— D'accord.

— Qui est Lord Chambers, et pourquoi étiez-vous si heureuse dans ses bras, l'autre soir ?

— Vous vous en souvenez ? souffla-t-elle, surprise.

— Répondez.

Son ton soudain froid la prit de court.

— Lord Chambers s'occupe de mon travail. Il gère mes finances et trouve des acheteurs pour mes tableaux. Vous en avez vous-même quelques-uns. Vous avez dû avoir affaire à lui.

— C'était il y a longtemps, et j'ai oublié avec qui j'ai négocié. Mais cela ne répond toujours pas à ma question. Pourquoi étiez-vous si heureuse ?

— La Royal Society of Arts envisage de m'intégrer en son sein.

Le regard de Richard s'embrasa, et il lui saisit les épaules.

— La Royal Society ? Vraiment ?

Elle hocha la tête.

— Mais c'est merveilleux ! s'exclama-t-il, tout sourires, avant de la soulever pour la faire tournoyer.

Elle éclata de rire, heureuse qu'il réagisse ainsi. C'était si inattendu ; elle s'était imaginé qu'il serait contrarié, mais il rayonnait de joie et de fierté.

— Reposez-moi ! couina-t-elle.

Il s'exécuta, mais lentement, la laissant glisser le long de son corps.

Puis il l'embrassa.

Ce fut comme la rencontre d'une mèche avec une flamme.

Elle hoqueta contre ses lèvres, et il appuya son baiser. Sa bouche dévorait la sienne avec une tendresse insupportable.

Elle agrippa sa chemise et le plaqua davantage contre elle, avide de plus.

Elle se dressa sur la pointe des pieds sans même s'en rendre compte et commença à perdre tout contrôle. Un voile tomba sur son esprit ; tout ce qu'elle pouvait penser et ressentir était lui.

La porte s'ouvrit ; Dorothy se tenait sur le seuil.

Jane s'écarta vivement de Richard, les jambes vacillantes. Il garda les mains agrippées à sa taille, comme s'il savait qu'elle tomberait, s'il lâchait.

— Continuez, je vous en prie, commenta Dorothy avec un grand sourire. Je suis juste venue espionner.

Chapitre 23

Il partit se changer pour la nuit, laissant Jane décider de troquer sa fine chemise de nuit pour une robe d'intérieur légère de mousseline blanche.

Ils avaient convenu qu'il valait mieux qu'elle partage son lit plutôt que de se faufiler dans sa chambre tous les matins avant que les domestiques ne se lèvent.

Elle entra dans la chambre de Richard et eut aussitôt des papillons dans le ventre.

Il était allongé sur le lit, la courtepointe tirée sur ses épaules, et l'observait d'un air concentré.

— Je veux ce côté, déclara-t-elle d'une voix mal assurée. C'est plus près de la cheminée.

Il haussa les épaules et roula de l'autre côté du lit.

Elle aurait aimé qu'il argumente. Cela aurait facilité les choses. Elle avait débarqué avec la rage d'un roquet prêt à attaquer, mais il n'avait visiblement pas l'intention de mordre à l'appât.

Elle approcha du lit, et il tira la courtepointe jusque sous son menton.

— Je n'ai pas l'intention de vous sauter dessus, cracha-t-elle.

— J'espère bien, marmonna-t-il.

Elle se glissa dans le lit avec un soupir et lui tourna le dos.

Le bois craquait dans l'âtre, et le vent percutait les murs de Bellmore Hall en hurlant son envie d'y pénétrer.

Richard s'appuya sur un coude et souffla la bougie, et l'odeur de cire si familière envahit l'atmosphère. Il se rallongea, et le silence fut total.

Elle savait qu'il ne dormait pas, et elle savait qu'il savait qu'elle ne dormait pas non plus.

Ils fixaient des murs opposés, attendant impatiemment que le sommeil vienne.

Un silence pesant planait entre eux tel un babouin pendu par la queue à un arbre. Jane sentait sa peau la picoter, comme si quelque chose allait se passer. Ses épaules et sa nuque, crispées, commençaient à lui faire mal, et sa respiration refusait de sortir de manière régulière.

Richard émit un ronflement, et elle sentit tous ses muscles se relâcher.

Un petit sourire soulagé étira ses lèvres. Tout se passerait bien. Elle pouvait le faire. Ce n'était qu'une histoire de quelques jours.

Quand elle se réveilla, le matin était là.

Le soleil entrait à flots par la fenêtre, et la poussière dansait entre ses rayons. La décoration et l'odeur masculines l'alertèrent aussitôt, au même titre que sa tête, qui était nichée au creux de l'épaule de Lord Savill.

Elle leva les yeux vers lui. Il dormait. Ses longs cils tombaient sur ses joues. Il ne ressemblait plus à un lord, mais à un très beau jeune homme. Son front arborait une cicatrice, et son nez aristocratique de minuscules taches de rousseur couleur cannelle.

Elle prit une inspiration discrète et tenta de s'extraire de ses bras, mais il serra son emprise.

Bonté divine ! Il la prenait pour sa maîtresse !

Il tourna la tête et déposa un baiser sur son front, les yeux toujours fermés.

Elle se figea tel un oiseau pris dans la gueule d'un prédateur. Quand il se mit à lui caresser la nuque, elle lâcha un couinement.

— Vous voulez bien me lâcher ?

— Hein ? souffla-t-il en ouvrant péniblement les paupières.

— Vous m'avez embrassée. Vous m'aviez promis de ne pas le faire, pourtant.

— Je n'ai rien fait de la sorte.

— Si.

— Qu'est-ce que vous faites dans mes bras ?

Elle se hâta de reculer dans le lit.

— J'ai dû rouler sur le côté en dormant.

— Bien sûr…

Elle le fusilla du regard.

— Vu la grosse tête que vous vous trimballez, je suis surprise que vous arriviez encore à marcher droit.

— Je suis irrésistible. Vous n'avez pas su vous contrôler. Je vous pardonne.

— Vous ne me plaisez pas.

— Approchez, dit-il en pliant et dépliant son index. Nous verrons qui de nous deux a raison.

Elle bondit aussitôt du lit.

— Mes sœurs doivent attendre. Je dois y aller.

Il laissa éclater un rire de triomphe.

Ses sœurs étaient impitoyables. Les jours qui suivirent, Lord Savill et Jane durent se cacher dans des vases géants, derrière les rideaux, et même se suspendre au lierre de la façade, à côté de la fenêtre de leur chambre.

Face à elles, Jane jouait le rôle de la femme prévenante et aimante. Elle beurrait le pain de Lord Savill, lui servait son café, battait tellement des cils qu'elle en perdit quelques-uns en cours de route, et rougissait chaque fois qu'il lui souriait.

Elle lui tenait les mains jusqu'à ce qu'elles deviennent moites, lui chuchotait n'importe quoi à l'oreille et gloussait à tout ce qu'il disait.

Il répondait à chacune de ses intentions avec la célérité d'une balle rebondissant contre un mur. Si elle lui souriait, il lui embrassait la joue. Si elle faisait quelque chose pour lui, ses lèvres atterrissaient sur son front ou sa main.

Il était charmant, elle devait l'admettre, et meilleur comédien qu'elle. Il lui offrait des fleurs, des friandises et des rubans, et la regardait comme si elle était la créature la plus précieuse de l'univers.

Un matin, il demanda aux domestiques de parsemer le chemin qui menait de la chambre à la salle du petit-déjeuner de pétales afin que sa journée débute avec le parfum de roses de Damas écrasées.

La famille était ravie de la tournure qu'avaient prise les événements. Ils étaient tous convaincus que ces deux-là étaient enfin en train de tomber amoureux.

Jane et Lord Savill, eux, étaient loin d'être ravis. Ils commençaient à se lasser de jouer la comédie et de toujours faire attention à ce qu'ils disaient.

Un jour qu'elle se promenait avec lui, Jane envoya valser une pierre dans l'eau froide du lac. L'air était particulièrement frais, et le parfum puissant de l'eau gelée et des feuilles rougies annonçait l'arrivée de l'automne.

Elle percuta ensuite un tas de feuilles, qu'elle regarda voler avec sa chaussure.

— Ne bougez pas, dit Lord Savill en s'arrêtant.

Figée sur place, elle l'observa s'agenouiller, prendre son pied et y glisser à nouveau la chaussure.

— Elles nous suivent toujours, dit-il alors en lui souriant.

Jane regarda par-dessus son épaule, et le buisson qui les suivait s'immobilisa.

— J'aimerais qu'elles rentrent, maintenant…

Il poussa un soupir, l'épuisement de toute cette comédie commençant à se lire dans ses yeux.

— Combien de temps allons-nous devoir encore marcher ? Le soleil commence à me brûler la peau.

— Moi aussi, je suis fatiguée.

— Pensez-vous qu'elles fatiguent également ? demanda-t-il avec un coup de tête en direction du buisson.

— Il est temps de le découvrir. (Jane avança d'un pas décidé vers la boule de feuilles et de branches.) Sortez de là.

Ses sœurs se redressèrent avec un air penaud. Elles semblaient avoir chaud et soif, et leurs cheveux étaient maculés de brindilles et de feuilles.

Jane posa une main sur sa hanche, le regard brûlant de rage.

— Vous allez cesser de nous suivre comme ça.

Penelope se dressa de toute sa hauteur.

— Je cherchais seulement à savoir s'il te traitait correctement.

Lord Savill s'écarta de quelques pas.

— Je vais demander à la cuisinière de préparer son dessert à base de groseilles à maquereau.

Sans que qui que ce soit lui adresse le moindre regard, il fila à l'anglaise.

Jane attrapa la main de Dorothy.

— Vous devez me faire confiance. Je suis heureuse ici, et au lieu d'améliorer les choses, vous ne faites que les gâcher. Tout se déroulait à merveille avant votre arrivée.

— Comment ça ? souffla Dorothy.

Jane détourna les yeux, incapable de leur expliquer qu'un mariage sans amour était précisément ce qu'elle désirait. Cette comédie commençait à la perturber. Elle ne comprenait plus ce qui était réel et ce qui était faux. Elle ne voulait pas être attirée par son mari, et si les choses poursuivaient cette voie... Elle frissonna. Les conséquences seraient terribles.

L'autre jour encore, la façon dont il l'avait regardée en ôtant une miette de pain de sa lèvre... Elle s'enveloppa de ses bras et se détourna de ses sœurs.

— Nous voulons que tu sois heureuse, dit Celine.

— Je suis heureuse. Mais vous, vous me rendez malheureuse !

— Tu n'es qu'une pauvre petite créature toute timide qui ne s'ouvre jamais, objecta Penelope. Tu es fragile. Nous nous inquiétons pour toi.

Jane les fusilla du regard.

— Vous pensez que je ne brûle pas du feu des Fairweather, c'est ça ? Que je suis un innocent petit agneau ?

— Je dirais plus un chiot égaré, répondit Dorothy. Tu n'aimes pas les confrontations, tu t'effraies pour un rien, et tes petits os ainsi que ta peau délicate n'aident en rien. Je doute que tu parviennes à triompher d'un écureuil un peu trop vicieux.

La voix de Jane se chargea de glace pour rivaliser avec le vent du nord.

— Je n'aime peut-être pas la foule, les bals et les fêtes, mais si quelqu'un me cause du tort, j'ai le courage de l'affronter.

— Tu es trop gentille, objecta Celine.

Une rage bouillonnante tomba sur Jane. Le bout de ses oreilles vira rouge tomate, et ses lèvres se plissèrent de rébellion. Ses sœurs n'avaient pas le droit de la traiter comme une enfant docile. Il était temps de les remettre à leur place.

Elle prit une profonde inspiration, et avec un cri primitif et tribal, elle poussa Celine, Dorothy et enfin Penelope dans le lac glacial.

— Voilà qui devrait vous rafraîchir les idées et vous faire voir la vérité, lança-t-elle en ouvrant son ombrelle. Passez une bonne soirée.

Chapitre 24

Bella tira les rideaux d'un coup sec, et le soleil matinal s'engouffra aussitôt dans la chambre pour frapper Jane au visage. Elle se réveilla pour découvrir son thé à côté de son lit et sa tête, une fois de plus, nichée contre l'épaule de Lord Savill.

Elle s'efforça de calmer sa respiration. Elle ne voulait pas qu'il se réveille et la découvre ainsi. Son parfum était enivrant, un mélange de bois, de cuir et de tabac pur.

Elle se surprit à se nicher un peu plus contre son bras et ouvrit grand les yeux d'horreur. Elle bondit alors du lit et décida de s'éloigner de lui un moment.

Elle observa son visage endormi une dernière fois avant d'ordonner à ses jambes de l'emmener jusqu'à sa propre chambre.

Vilaine fille, se sermonna-t-elle. D'affreuses images d'elle en train de l'embrasser ou de caresser sa peau ne cessaient de l'assaillir, un peu comme un assaut de grenouilles dans une mare.

Il fallait qu'elle sorte de cette maison. Peut-être une promenade parviendrait-elle à calmer son imagination débridée ?

Elle enfila une robe de marche bleue et sortit.

C'était une magnifique journée. Dans le ciel, le soleil brillait de manière diffuse, comme une chandelle derrière un léger voile de mousseline grise, et une fine brume surplombait les arbres et le lac.

En automne, les jardins étaient beaucoup plus enchanteurs et magnifiques qu'en été. C'était comme si dans la nuit, quelqu'un avait pris un pinceau pour méticuleusement colorer toutes les feuilles vertes de rouge et d'or.

Le vent d'est était vif et mordant. Il soufflait sur sa jupe et les pinces qui retenaient ses cheveux, et elle se mit à regretter de ne pas avoir enfilé de manteau chaud. Le froid s'engouffra sous le châle qui lui enveloppait les épaules, et elle frissonna.

Elle gagna le bord du lac, examinant la manière dont la lumière tombait et les différents bleus, gris et verts qui se mêlaient pour former des ondulations sur la surface scintillante de l'eau.

Elle s'accroupit et trempa les doigts dans l'eau glaciale, essayant d'effacer l'image de ses joues empourprées et ce qu'elle avait ressenti, allongée aux côtés de Lord Savill.

Cet homme commençait à la hanter.

À l'image d'un oignon cru qui dégage, lorsqu'on le pèle, un nuage de vapeur blanche, il s'était insinué dans ses pores, avait pris d'assaut son souffle, et de temps à autre, il venait lui chatouiller les narines.

Elle baissa la tête et s'enivra cette fois du froid mordant. Au moins la distrayait-il de la pensée constante de ses bras puissants et rassurants, de la manière dont sa peau l'avait picotée quand il l'avait embrassée, de son besoin de presser ses petites fesses fermes et juteuses…

Un bruit de sabots la sortit de sa transe, et elle se releva d'un bond.

Bonté divine ! Voilà qu'elle avait perdu la tête.

Elle pensait constamment à lui, et voilà qu'il venait vers elle, le long de la piste cavalière.

Il montait un magnifique étalon noir et était vêtu d'un long manteau bleu aux boutons dorés, avec des hauts-de-chausses en peau de daim.

Elle le regarda tirer les rênes, se pencher en avant et caresser son cheval. La lumière du petit matin, le lac chargé de couleurs automnales et leurs vêtements tous deux bleu céruléen donnaient un tableau sublime. Elle aurait aimé avoir une toile sous la main pour pouvoir y coucher ce moment.

Sa peau la picotait, mais elle ne bougea pas. Elle l'examina des pieds à la tête, admirant son joli nez et ses longs cils sombres. Son torse large invitait à la tendresse, et ses longues jambes puissantes…

Il descendit du cheval et jeta un coup d'œil dans sa direction.

Elle se cacha aussitôt derrière un saule pleureur en espérant qu'il ne l'ait pas vue – et surtout qu'il ne l'avait pas vue l'observer. Elle espérait de tout son cœur qu'il s'était tenu trop loin pour voir son expression qui, elle le savait, avait été repoussante. Elle était certaine d'avoir bavé dans sa contemplation, exactement comme Mr Williams lorsqu'il apercevait son dîner.

Des pas écrasèrent les feuilles mortes, tout près d'elle.

Son cœur se mit à battre la chamade, et elle agrippa le tronc du saule de ses doigts désespérés.

Était-il possible de mourir d'un cœur qui s'emballe ?

Elle ferma les yeux et pria pour se transformer en sirène et pouvoir plonger dans le lac. Si elle avait pu observer ses longs cils, il avait forcément pu voir son expression.

— Tout va bien ? l'interrogea Lord Savill en apparaissant à côté d'elle.

— J'ai mal au ventre, marmonna-t-elle.

— Ah. C'est vrai que vous n'avez pas l'air dans votre assiette.

— Vous êtes matinal, hoqueta-t-elle, presque à bout de souffle.

— Vous aussi.

— Oui. Mal au ventre…

Puis elle le regarda et le regretta aussitôt.

Il était en train de rire.

Mortifiée, elle tourna les talons, mais il la retint par le poignet à la vitesse de l'éclair.

Un souffle tremblant plus tard, elle était dans ses bras.

— Que faisiez-vous, il y a quelques instants ?

Elle remua, mal à l'aise, tandis qu'il serrait son emprise sur sa taille.

— Quand ?

— Il y a quelques instants.

— Je contemplais la vue, rétorqua-t-elle en rougissant. Je veux dire, le lac est magnifique, n'est-ce pas ?

Elle tenta de s'extraire de son emprise, mais il la serra davantage et l'attira contre lui. En un instant, elle perdit tout contrôle et se laissa sombrer dans ses bras comme si elle avait bu une coupe de champagne cul sec et ne répondait plus de rien.

Ils se dévisagèrent, et après ce qui parut durer une éternité, il recula, le front plissé.

— Je ferais mieux d'y aller, dit-il.

Elle hocha la tête, incapable de se fier à sa voix.

— Vous devriez prendre quelque chose.

— Pour quoi ?

— Votre mal de ventre.

Elle opina à nouveau, ses lèvres refusant d'esquisser un sourire.

Il lui adressa un regard sombre avant de récupérer son cheval et de s'éloigner.

Les sœurs de Jane étaient sorties faire les boutiques. Profitant de cette accalmie, Jane prit la direction du kiosque pour peindre un peu et découvrit Lady Croft et Georgiana en train d'admirer son dernier tableau, qui représentait Bellmore Hall.

— J'ai une bonne nouvelle, annonça-t-elle alors aux deux femmes.

— Tu as trouvé les graines de rose ? s'enthousiasma Georgiana.

Jane leva les yeux au ciel.

— Non, Georgie, je n'ai pas trouvé les graines pour ta mère. Elle n'a de toute façon plus de place pour planter un seul rosier dans son jardin.

— Alors qu'est-ce que c'est ?

— Lord Chambers a trouvé un acheteur pour l'aquarelle d'Angelica. Le portrait d'un gamin des rues.

Lady Croft la dévisagea, bouche bée.

— Non…

— Si.

— Non.

— Si.

— Non.

Georgie bondit et étreignit si fort Lady Croft qu'elles tombèrent toutes deux du banc.

Jane les aida à se relever en riant.

Lady Croft se mit alors à battre des mains.

— Je n'arrive pas à y croire ! Savoir qu'un parfait inconnu admire suffisamment mon travail pour l'acheter… C'est merveilleux !

Georgie lui prit la main.

— Es-tu enfin convaincue d'être une incroyable artiste ?

— Je ne suis peut-être pas si mauvaise que ça, sourit Lady Croft.

— Voici combien l'acheteur est prêt à payer, déclara Jane en donnant le montant.

Les filles la regardèrent avec des yeux ronds, puis Lady Croft bondit de son banc.

— Si je continue à vendre aussi bien, je pourrais faire une petite contribution à l'école !

Georgiana fit mine de danser avec un homme invisible.

— Et moi, dès que je deviendrai Lady Plaskett, je pourrai vous aider aussi !

Lady Croft se mit à pleurer de joie puis ajouta, en reniflant délicatement :

— Je n'arrive pas à y croire, et pourtant, tu as rendu tout cela possible, Jane. Je t'en serai à jamais reconnaissante.

— Je n'ai rien fait d'autre que te faire prendre conscience de ton talent, répondit humblement Jane.

Lady Croft se mit à arpenter le kiosque.

— J'ai parlé avec toutes sortes de femmes : des vieilles filles, des veuves, des sans le sou. La situation est terrifiante. Elles sont dans l'impossibilité de travailler ou de posséder le moindre bien, et elles dépendent de la générosité de leurs familles. Ce sont de fragiles petits papillons, voletant d'une famille à une autre, prenant leur envol avant d'abuser de l'hospitalité qu'on veut bien leur accorder.

Georgie se rassit, l'air inhabituellement grave.

— Cela doit être si dur, de passer son temps à réclamer de l'argent pour survivre... Elles essaient de rendre quelque chose en jouant de la musique pour la famille, en peignant des portraits, en s'occupant des enfants ou en tenant compagnie aux plus anciens.

— Je sais ce qu'elles ressentent, commenta Lady Croft. Elles sont malheureuses. Toutes autant qu'elles sont. Imaginez-vous vivre seule, sans un sou, sans objectif. Sans enfants ni mari dont s'occuper, sans maison à soi. Vivre dans ce monde comme un parasite hideux et gênant. Nous restons dans l'ombre, n'apparaissant que quand c'est nécessaire.

» Notre détresse est constamment montrée du doigt. Les gens ressentent de la pitié pour nous. Ils pensent que nous sommes maudites. Ils pensent que nous avons dû faire quelque chose pour mériter un sort pareil.

En la prenant dans ses bras, Jane eut l'impression de serrer une poupée de chiffon.

— Doucement, souffla-t-elle. Nous te comprenons, mais sache qu'aujourd'hui, tu as du soutien, des amis, et un objectif. Tu es une jeune femme puissante et talentueuse dont la raison d'être est de rendre la vie des autres plus belle. Tu ne seras plus jamais malheureuse.

— J'aiderai autant de femmes que possible, confirma Lady Croft avec ferveur.

Georgiana dressa le menton et déclara :

— Alors au travail. Installe-toi aux côtés de Jane et sors ta peinture. Je veux voir un nouveau tableau par semaine.

Lady Croft tapa des mains.

— J'ai tellement hâte de commencer ! Je peindrai tous les jours, et ensuite, j'enseignerai mon savoir aux femmes et les soulagerai d'une vie de souffrance. L'espace de quelques instants de félicité, elles pourront oublier leurs soucis, exactement comme moi, et se perdre entièrement dans le processus de création.

Jane posa un regard attendri sur ses deux amies.

— Peut-être pourront-elles même vendre leurs œuvres et réaliser que les femmes peuvent être plus que des épouses et des mères. Elles peuvent être des artistes.

Chapitre 25

Lady Croft sauta sur le banc en clamant haut et fort être une artiste. Puis elle fusilla du regard les oiseaux qui gazouillaient dans les arbres et leur intima de prêter attention à ses jolis tableaux. Quant à la statue de Dionysos, mutique et imposante dans le coin du kiosque, elle allait fréquemment lui mettre les doigts dans le nez tout en lui reprochant d'être un homme.

Un barrage avait cédé en elle, et des années d'émotions refoulées avaient décidé de surgir de sa poitrine comme des vers de terre un jour pluvieux.

— Je suis une artiste, répéta Lady Croft d'un air incrédule.

— Oui, tu l'es, lui confirmèrent Jane et Georgiana.

Elles commençaient toutefois à se lasser, car cela faisait une bonne heure que leur amie se targuait d'être une artiste.

— Le thé vient d'arriver ! annonça Georgiana, ravie de cette interruption.

Jane poussa un soupir de soulagement. Il n'y avait pas mille façons d'assurer quelqu'un de son talent, et cela faisait un bon quart d'heure qu'elle était à court d'arguments.

Georgiana prit une lettre sur le plateau d'argent que Bella venait d'apporter.

— Jane, une lettre pour toi. Tu ferais mieux de la prendre avant que je ne mette du thé partout.

Jane la prit et l'ouvrit.

— J'ai une commande ! annonça-t-elle. Lord Posenby aimerait que je fasse son portrait, et il est prêt à me payer grassement pour cela.

— Tu ne peux pas accepter, intervint aussitôt Georgiana. Cet homme est ignoble. C'est un vrai coureur de jupons. Un jour, il a essayé de m'embrasser, et j'ai dû lui enfoncer mon éventail dans le nez pour prendre la fuite.

Jane secoua la tête.

— Georgie, tu es une femme désirable. Rassure-toi, il ne voit que l'artiste en moi, pas la femme. Et puis, nous avons besoin de cet argent.

— Vous avez besoin d'argent ? tonna la voix glaciale de Lord Savill.

Les filles s'inclinèrent aussitôt. Il avança vers elles et les gratifia d'à peine un signe de tête. Ses lèvres étaient pincées et ses yeux noirs de colère.

— Pourquoi avez-vous besoin d'argent ?

— Des rubans, ce genre de chose, dit Jane.

Elle ne voulait pas lui confesser son rêve d'ouvrir un jour une école. Elle savait qu'il rirait d'elle, et elle ne le supporterait pas.

Lady Croft passa de Jane à son frère, puis après quelques secondes particulièrement intenses, elle saisit le bras de Georgiana et la tira en dehors du kiosque.

— Vous ne peindrez pas le portrait de Posenby, cracha Lord Savill.

Donc, il avait entendu cette information.

— Si, répliqua Jane en dressant le menton.

— Je vous l'interdis.

— Vous n'avez aucun droit à m'interdire quoi que ce soit.

— Vous êtes ma femme. J'ai tous les droits.

— Vous m'appelez Miss Fairweather.

— Nous avons convenu de nous comporter de manière appropriée en public.

— Il viendra ici, dans ce kiosque, afin que j'effectue son portrait. Personne n'a parlé d'une promenade dans Hyde Park en tête à tête.

— Vous avez entendu Miss Berry. Cet homme n'est pas fiable.

— Que cela peut-il vous faire ?

Il fut à ses côtés dans la seconde, la main sur son bras.

— Vous voulez être ma femme ? Est-ce de cela qu'il s'agit ?

Elle le dévisagea, l'air confus.

— Je..., bégaya-t-elle en balançant sur ses pieds. Non, ce n'est pas ce que...

Il la fit alors taire d'un bref baiser. Jane sentit son cœur exploser.

— Savez-vous au moins ce que vous voulez ? demanda-t-il en lui tournant le dos. Vous ne peindrez pas son portrait, Miss Fairweather. Le dossier est clos.

Dès qu'il fut parti, Jane attrapa un flacon rempli de peinture noire et l'envoya valser sur la sculpture en marbre de Dionysos. Le verre se brisa, et la peinture noire s'étala sur son torse.

Elle aurait pu accepter de l'écouter s'il l'avait appelée Lady Savill, mais étant donné qu'il s'était adressé à elle en tant que Miss Fairweather, elle décida d'agir comme une Fairweather. Elle fonça donc dans sa chambre, sortit une feuille de papier et trempa sa plume dans l'encrier.

Lord Posenby
Je serai ravie d'assurer votre commande. Rendez-vous demain à Bellmore Hall à midi pour discuter des modalités.
Bien à vous
J.F

∞ ∞ ∞

Lord Savill était assis à côté d'elle, à la table du petit-déjeuner.

Jane prit un morceau de pain, le beurra et le lui tendit. Il l'ignora. Ensuite, elle lui servit un café. Il se prit un chocolat chaud à la place.

Jane pencha alors la tête vers lui et murmura :

— Vous feriez mieux de vous calmer, si vous ne voulez pas que votre rage ne carbonise vos œufs.

— Vous avez écrit à Posenby et l'avez invité ici, grogna-t-il, les dents serrées. Je vous préviens : j'ai bien l'intention de le mettre dehors.

— Vous ne ferez rien de tel, rétorqua Jane. Je ne le permettrai pas.

Il se tourna vers elle ; son regard était aussi glacial que la vitre, derrière lui.

— N'oubliez pas où est votre place, Miss Fairweather. Veuillez vous excuser.

— Jamais, cracha-t-elle avant de lui pincer la cuisse sous la table, ce qui le fit loucher l'espace de quelques secondes.

S'ensuivit un échange de regards foudroyants.

Sans bouger la tête, elle jeta un rapide coup d'œil à ses sœurs, puis revint vers lui. Il donna un petit coup de tête sur le côté, comme pour signifier que ce qu'elles pensaient lui était bien égal.

Elle lâcha alors un gémissement et cogna sa tête sur la table, ce qui eut pour effet d'alarmer toute l'assemblée.

— Vous allez bien, très chère ? s'enquit Lady Montgomery.

— J'ai mal à la tête, répondit-elle docilement.

Les sœurs échangèrent un regard, et Jane dressa les yeux au ciel avant de cogner une fois de plus sa tête à la table.

— Voyons, Jane, un peu de tenue ! grommela Lord Savill.

Jane nota qu'il l'avait appelée par son prénom. Cela lui fit tout bizarre, et elle perdit aussitôt son appétit. Elle s'essuya le visage et jeta sa serviette sur la table.

— Je vais me retirer dans ma chambre.

— Quelle merveilleuse idée, intervint Lord Montgomery. On dirait bien que vous êtes en train de perdre la boule, ma chère. Dites-moi, votre Grâce, poursuivit-il en se tournant vers Penelope. Y aurait-il des excentriques, dans votre famille ?

Jane étouffa un rire mêlé de pleurs et courut jusqu'à sa chambre.

Il était midi passé lorsqu'elle descendit rejoindre Lord et Lady Montgomery dans le salon. Elle avait pris l'habitude de passer tous les jours quelques heures en leur compagnie avant de partir peindre dans le kiosque.

Comme à son habitude, Lord Montgomery était en train de lire un livre devant la cheminée, tandis que Lady Montgomery était assise près de la fenêtre, à broder un mouchoir pour son mari.

La chaleur émanant des cheminées était la bienvenue, vu le froid saisissant de cet après-midi. Elle discuta avec eux un moment, même si Lord Montgomery ne répondit qu'à peu de ses questions. Cela lui était égal. Elle commençait à le connaître.

Elle était heureuse que ses sœurs se reposent dans leurs chambres respectives et que Lord Savill soit sorti. Elle en avait assez de jouer la comédie, et ces moments d'échanges tout simples lui apportaient un sentiment de paix.

Lord Montgomery sirota son thé, mais avant qu'il ne repose la tasse sur la tête de Mr Williams, Jane la lui prit des mains et la posa sur la table. Ensuite, elle poussa Lady Montgomery à manger un autre petit gâteau et lui fit part de son envie de faire mettre de nouveaux rideaux dans les chambres d'amis.

Elles étaient en train de parler mode quand les sandwiches arrivèrent, et Jane reporta son attention sur Lord Montgomery. Elle lui tendit une assiette pleine et lui parla jusqu'à ce qu'il la termine.

Enfin, elle s'essuya les mains et se leva.

— Je vais aller peindre un peu avant qu'il ne soit trop tard.

— Jane, souffla Lady Montgomery en lui prenant la main.

Elle s'agenouilla aussitôt à ses côtés.

— Oui ?

Lady Montgomery lui tapota la joue.

— Merci. Votre façon de lui parler, de le nourrir, de lui faire oublier sa mauvaise humeur... On pourrait presque vous prendre pour sa fille.

— C'est mon beau-père, après tout, sourit Jane.

Lady Montgomery détourna les yeux.

— Et il est dangereux. Pourtant, vous ne montrez aucune peur. Il vous aime beaucoup, vous savez.

Jane réalisa alors que Lady Montgomery avait tout à fait conscience de l'état de santé de son mari, et que sa plus grande peur était tout simplement d'être séparée de lui. Cela se lisait très clairement dans ses yeux.

Elle pressa doucement les doigts abîmés de sa belle-mère, sans trop savoir que dire.

Lady Montgomery sembla comprendre son silence.

— Jane, je vous en supplie, ne laissez pas Penelope céder la propriété à Richard, ou il le chassera d'ici. Vous savez qu'il ne ferait de mal à personne.

Jane baissa les yeux, troublée. Elle comprenait la position de Richard, mais également celle de Lady Montgomery.

Que faire ?

Elle observa Lord Montgomery, qui lisait tranquillement avec Mr Williams étalé à ses pieds, et se demanda si Lady Montgomery avait raison.

Chapitre 26

Jane rejoignit le kiosque, la tête basse pour affronter le vent féroce et des nœuds plein le cerveau.

Les feuilles mortes, de la couleur d'un coucher de soleil, crissaient sous ses bottes, et le parfum des bosquets de romarin venait lui chatouiller les narines. Un lièvre gris apparut sur son chemin, et les deux se figèrent un instant, puis il détala.

Si seulement les tracas pouvaient prendre la fuite aussi facilement…

Un an plus tôt, ses soucis consistaient à trouver les bons pigments pour ses tableaux, ou les rubans adéquats pour sa charlotte, mais aujourd'hui, ils étaient plus profonds, plus sombres et plus lourds.

Son mari voulait cette terre pour protéger sa famille et ne pas frustrer son gâteux de père, et Lady Montgomery voulait son mari à ses côtés pour toujours. Le problème, c'est qu'aucun d'eux n'avait tort.

Toute cette histoire était dans une zone grise. Grise comme un œuf trop cuit.

Elle s'arrêta à l'entrée du kiosque et inspira un bon coup pour se calmer. Peut-être qu'un peu de peinture l'aiderait à y voir plus clair.

Elle ouvrit la porte et découvrit Lord Posenby allongé sur le banc. Bonté divine ! Elle avait totalement oublié son invitation !

Il n'avait pas du tout changé depuis le dernier bal. Il avait de longs cheveux bruns et brillants, un nez si pointu qu'on aurait pu couper du gâteau avec, de petits yeux couleur vert d'eau, et enfin, des lèvres minces et sèches.

Quant à ses vêtements, il n'en portait pas.

Jane ouvrit grand la bouche, ses yeux s'embuèrent, et ses oreilles se mirent à la brûler.

L'homme remua les sourcils.

— Je commençais à avoir froid. Certaines parties de mon corps ont commencé à flétrir comme du raisin en plein mois d'août.

Elle lui tourna le dos.

— Je suis navrée, mais mon statut de femme m'interdit d'étudier ou de peindre des nus. Merci de vous rhabiller afin que nous puissions commencer.

— Peindre ?

— Je croyais que vous vouliez que je peigne votre portrait.

— Pardieu ! Vous n'avez tout de même pas cru à cela !

— Que voulez-vous dire, monsieur ?

— Vous êtes une femme, répondit-il tout simplement.

— Je ne comprends pas.

— J'étais curieux. Pourquoi l'homme le plus fortuné d'Angleterre vous a choisie vous ? Je voulais goûter.

— Je ne suis pas une poule farcie, monsieur.

— Quoi qu'il en soit, j'aimerais quand même vous croquer.

— Hors de ma vue, tout de suite ! s'exclama-t-elle en laissant sa rage éclater.

— Vous jouez les saintes nitouches…, susurra-t-il avec un regard lubrique. J'adore ça.

Puis il plongea vers elle, et elle fit volte-face pour quitter la pièce. Les doigts de l'homme agrippèrent le dos de son corset et l'arrachèrent.

Son cœur se figea dans sa poitrine, et la terreur immobilisa ses membres.

Lord Posenby sourit, avant de devenir blême.

Mr Williams venait d'entrer dans le kiosque d'une démarche traînante mais déterminée. Il s'arrêta à côté de Jane et se frotta contre elle en ronronnant.

Pour la première fois depuis son arrivée ici, Jane était heureuse de voir le félin. Elle posa une main sur son crâne tout en se disant que ce guépard était finalement l'animal le moins dangereux, dans cette pièce.

Lord Posenby poussa un couinement et recula d'un pas, cognant une toile au passage.

Mrs Williams sortit la tête de derrière la toile en lâchant un caquètement.

Lord Posenby blêmit davantage tandis que la poule ouvrait ses ailes pour lui sauter dessus… et lui assener un coup de bec.

— Aïe !

Deuxième coup de bec.

— Pas mon… aahhh !

Un troisième.

— Ooooh ! Non, c'est sensible, ici !

Un quatrième.

— Bonté divine !

Jane regardait, ravie, sa poule pourchasser l'homme à travers la pièce. Même Mr Williams semblait sourire à ce spectacle.

— Faites sortir ce volatile ! hurla Lord Posenby.

Jane lui lança ses vêtements. Il les attrapa en plein vol et les enfila à la vitesse de l'éclair.

Mrs Williams perdit aussitôt tout intérêt. Visiblement, cette poule avait de fortes valeurs morales, et un homme dévêtu heurtait sa sensibilité. Jane était impressionnée.

Elle se tourna vers l'ignoble bonhomme et le fusilla du regard.

— Partez, cracha-t-elle. Ou c'est le guépard qui s'occupe de vous.

Le front plissé, l'homme jeta un regard à l'animal, puis à Jane.

— Je vous ferai craquer, Lady Savill. J'adore les défis.

Puis il partit, et Jane s'écroula au sol de soulagement.

Mr Williams lui donna un petit coup de tête dans l'épaule, ce qui la fit s'étaler de tout son long. Elle éclata de rire et le serra dans ses bras.

— Merci mille fois, mon preux chevalier. Avec toi à mes côtés, je n'ai pas besoin d'un homme.

∞∞∞

Une semaine après ce regrettable incident, Jane sursautait toujours au moindre bruit, gémissait à la moindre ombre et était constamment à l'affût. Ses nerfs étaient en compote, mais le temps parvint à les détendre, lentement, les enrobant d'un sédatif, et le visage menaçant de Lord Posenby finit par se transformer en image floue dans sa tête.

Elle comprenait maintenant qu'il avait proféré ces menaces dans le feu de l'action. Il n'avait aucune intention de l'importuner davantage. Il craignait sûrement qu'elle se soit confiée à son mari, et il devait se cacher à l'heure actuelle derrière les jupons d'une pauvre femme malheureuse en couple.

C'est avec cette rassurante pensée qu'elle sortit de son bain, prit une chemise couleur crème et attrapa un peignoir.

Une main pâle, surgie du fin fond de l'armoire en acajou, le lui tendit.

Elle l'enfila puis se figea. Ce n'était tout de même pas… Elle ouvrit la porte de l'armoire en grand et lâcha un hoquet de terreur. Lord Posenby, affublé seulement de ses sous-vêtements, était assis au milieu d'un amas de jupons, de rubans et de dentelle.

— Monsieur, ce sont mes plus beaux habits ! s'écria-t-elle. Sortez d'ici !

Il bondit hors de l'armoire et plaqua une main sur la bouche de Jane.

— Vous m'avez manqué, chérie.

Elle lui mordit la main, ce qui le fit lâcher un couinement.

— C'est amusant de jouer, lança-t-il avec un regard noir, mais j'aime que mes femmes soient douces. Interdit de mordre.

Elle ouvrit la bouche et poussa un nouveau cri. Il leva les yeux au ciel.

— Les domestiques sont à la cuisine, vos sœurs sont parties

rendre visite à un parent souffrant, votre mari travaille dans son appartement londonien, Lord et Lady Montgomery se promènent dans le jardin.

Elle se rendit compte qu'il disait vrai. Et que Mr et Mrs Williams étaient avec Bella, dans la cuisine eux aussi. Cette fois, elle était véritablement seule.

Quand elle reprit la parole, elle fit de son mieux pour masquer sa peur.

— Lord Posenby, vous avez mal interprété ma lettre. Si j'ai accepté votre commande, c'était uniquement pour peindre votre portrait.

Il avança d'un pas vers elle, le regard fixé sur le nerf qui lui crispait la nuque.

— Vous êtes mariée, désormais. Pas besoin d'être farouche. Ce genre de badinage est tout à fait commun, très chère. Juste avant de venir ici, j'ai visité la chambre de Mrs Woodly.

Jane recula prudemment et saisit la poignée de la porte.

— Je vous assure que je suis fidèle à mon mari. Partez, s'il vous plaît. Ou je devrai le prévenir lorsqu'il reviendra.

Il tendit le bras pour caresser sa peau.

— Je commence à voir pourquoi il vous a épousée. Votre peau est comme du beurre, et votre bouche délicieusement tentante. Et je sais que vous garderez cela pour vous. C'est ce que font les femmes.

Tressaillant sous son contact, Jane s'écarta, ouvrit la porte en grand et prit la fuite.

Il lui emboîta le pas et la retint par les cheveux, la forçant à s'immobiliser.

Elle poussa un hurlement de douleur.

Il lui saisit alors la nuque et la fit pivoter vers lui.

— Fidèle à votre mari, hein ? Comme c'est charmant.

Elle attrapa son ombrelle, et il plongea la tête vers elle, visiblement décidé à lui voler un baiser.

Elle inspira profondément, lui flanqua un violent coup d'ombrelle sur la tête et planta deux doigts dans son nez.

Lord Posenby se mit à loucher avant de s'écrouler.

Elle sonna le majordome puis, à l'aide de la ceinture de son peignoir, noua les mains de Lord Posenby.

Quelqu'un s'éclaircit la gorge derrière elle. Elle se tourna et découvrit Lord Savill, qui était en train de l'observer.

— Vous l'avez frappé, commenta-t-il.

Elle hocha piteusement la tête.

— Bien joué, ajouta-t-il alors en souriant.

— Dieu merci, vous êtes là ! s'écria-t-elle avant de se jeter dans ses bras.

Il la serra contre lui.

— Je vous ai entendue crier.

— Il refusait de me croire. Il pensait que je voulais… avec lui… (Elle se mit à trembler, son corps et son esprit commençant tout juste à intégrer le choc, et elle roula les doigts sur la chemise de son mari.) J'ai dû le frapper avec mon ombrelle.

— Chhhh, je suis là, souffla-t-il en lui caressant les cheveux. Ce type est un orgueilleux. J'imagine tout à fait le genre de fantasme qu'il nourrissait. Vous n'avez pas à vous expliquer, mais vous devez en revanche apprendre à faire un nœud digne de ce nom. Il peut s'en débarrasser avec les dents. La prochaine fois, bâillonnez-le, en plus.

Elle écoutait sa voix douce en s'efforçant de se concentrer uniquement sur lui. Sa voix, sa chaleur, sa force. Il avait confiance en elle, réalisait-elle, et cette pensée soudaine permit de calmer un tant soit peu les battements affolés de son cœur.

Il lui fit délicatement relever le menton, le regard chargé d'inquiétude.

— Il ne vous a pas fait de mal, rassurez-moi ?

Elle secoua la tête.

— Est-ce qu'il…, ajouta-t-il en la fouillant du regard. Est-ce qu'il vous a touchée ?

— Non, je lui ai échappé à temps.

Il déposa un baiser de soulagement sur son front, la prit dans ses bras et l'emmena dans sa chambre. Là, il la déposa délicatement sur le lit et sonna le majordome.

Une fois Belcher sur place, il lui ordonna de faire sortir Lord

Posenby de la propriété le plus discrètement possible.

Puis il s'assit à côté de Jane et lui proposa un verre d'eau. Elle porta le verre à ses lèvres, mais ses doigts se remirent à trembler.

Il posa une main rassurante sur la sienne. Elle but alors tout en l'observant du coin de l'œil.

— Bien joué, ma courageuse petite cuillerée de miel, sourit-il.

Elle esquissa une grimace de dégoût.

— Ah non !

— Mon papillon en sucre ?

— Arrêtez, dit-elle en plissant les lèvres.

— Ma boxeuse de sale type ?

Elle gloussa et posa le verre.

— Dormez, dit-il en la bordant. Vous avez eu un sacré choc. Un peu de repos vous fera du bien.

Elle se mit à sangloter et lui agrippa les mains lorsqu'il se leva.

Son regard s'assombrit en voyant l'expression de Jane, et il se rassit aussitôt. Il avait compris ce qu'elle voulait, sans qu'elle n'ait besoin de le lui dire.

— Je reste là, lui promit-il, et il lui caressa tendrement la joue du dos de la main.

Elle ferma les yeux et s'endormit, la tête nichée au creux de sa paume.

Chapitre 27

C'était le soir suivant. Des éclats de lune se faufilaient entre les rideaux pour nimber sa chambre d'une lumière étrange.

Jane grimaçait sous les mains de Bella, qui retira les épingles de ses cheveux pour ensuite les peigner d'un geste sec. Plus tôt dans la journée, elle avait reçu une lettre de Lady Beetles, commère réputée, l'informant que Lord Posenby était parti en France.

Personne ne savait ce qui avait poussé cet homme à prendre le bateau aussi vite. Les rumeurs disaient que dans sa fuite, il ne portait qu'un peignoir de soie rouge, des chaussettes dépareillées et le chapeau à plume d'autruche de sa mère.

Beaucoup d'époux avaient accueilli cette nouvelle avec soulagement.

Bella sortit une chemise de nuit et une charlotte de satin crème assortie. La femme de chambre, généralement volubile, était épuisée par sa journée de travail. Jane la congédia et termina de se déshabiller seule.

Elle était contente d'avoir un moment rien que pour elle. Ses pensées lui semblaient bien trop intimes pour s'y attarder en présence de qui que ce soit, et tout ce qui était lié à Lord Savill prenait de plus en plus ce chemin.

Quelque chose avait changé depuis l'incident avec Lord Posenby. Lord Savill et elle commençaient à se faire confiance, et l'animosité qui régnait jusqu'ici entre eux s'était atténuée, comme érodée par le temps.

Elle n'avait réalisé qu'ensuite qu'elle n'avait jamais vraiment été en danger, mais la peur lui avait brouillé les idées.

Peut-être la folie passagère de Lord Posenby avait-elle eu le mérite de sceller une brèche dans son mariage. Une brèche qui l'avait troublée bien plus que ce qu'elle aurait imaginé.

Elle se leva avec un soupir et se dirigea vers la chambre de Lord Savill.

Il était étalé sur le ventre et dormait à poings fermés. Le drap de soie sombre était tombé au creux de ses reins, et son dos nu scintillait à la lueur des bougies.

Jane vacilla et laissa son œil expert parcourir les courbes et les lignes de son dos, ses doigts brûlant de mettre cette image en peinture.

Elle se glissa dans le lit et se tourna vers lui. Il était tellement beau que c'en était injuste.

Elle se rappela la manière dont Lady Montgomery et Lady Croft l'avaient étreint quand Lord Montgomery avait mordu la domestique. Il les avait rassurées d'une voix douce et ferme à la fois et avait pris le contrôle de la situation, même si son cœur à lui aussi pleurait de chagrin.

Il avait fait preuve de la même bonté à son égard. Il lui avait déconseillé d'inviter Posenby, et elle n'avait pas écouté. Et pourtant, il l'avait consolée plutôt que de la réprimander.

Après cet incident, son attitude n'avait pas changé, mais ses yeux débordaient d'une douceur inédite, quand il la regardait.

Il n'était pas si mauvais que ça, songea-t-elle en fermant les yeux.

Elle fut alors submergée d'une émotion nouvelle, et elle frappa l'oreiller, ce qui eut pour effet de faire voler quelques plumes d'oie.

Il se réveilla en sursaut.

— Vous venez de frapper l'oreiller ?

Elle contempla son visage endormi.

— Oui. Désolée.

— Vous êtes toute rouge.

Elle tira sur la courtepointe pour cacher son visage, terrassée par la timidité. Oh, et puis quoi encore ? C'était totalement ridicule. Qu'est-ce qui lui prenait, bon sang ?

— Vous vous comportez étrangement, commenta-t-il d'une voix traînante. Mais je suis trop fatigué pour essayer de vous comprendre.

Elle lui parla alors d'une voix étouffée.

— Merci d'avoir été si gentil… hier.

— Vous vous êtes occupée de cet odieux personnage toute seule. À vous écouter, on croirait que je vous ai sauvée d'assassins sanguinaires.

Elle s'éclaircit la gorge.

— Je crois… Je crois que j'aimerais être votre amie.

— Pardon ?

— Je sais que vous ne m'accepterez jamais comme épouse… et je ne vous demande rien de tel, mais… pourrions-nous être amis ? J'en ai assez de me battre avec vous.

Il bâilla et s'étira.

— Vous faites tout pour convaincre vos sœurs que je suis un bon mari, pour moi. J'imagine que c'est ce que ferait un ami. (Après un bref instant de silence, il ajouta, un sourire dans la voix :) D'accord, soyons amis. Autre chose ?

— Vous étiez en train de rêver ?

— Vous voulez savoir si j'étais en train de rêver ? Vous m'avez réveillé pour me demander ça ?

— Les rêves m'ont toujours fascinée. Ils sont si absurdes. J'aime les coucher sur la toile.

— Si je vous racontais mon rêve, il y a de grandes chances pour que vous vous évanouissiez ou que vous tombiez du lit. Laissez-moi dormir, maintenant. Je dois me lever tôt pour rendre visite aux métayers.

— Oui, pardon, dormez. Je vais me tenir tranquille.

Une fois assurée que son mari dormait, Jane sortit enfin la tête de sous la courtepointe. Les bougies s'étaient éteintes, et les braises blanchâtres dans l'âtre étaient la seule source de lumière, dans la pièce.

La terreur, qui avait guetté son moment dans l'ombre,

commença à ramper vers elle. Posenby l'avait terrifiée beaucoup plus que ce qu'elle n'avait imaginé. La chair de poule et les sueurs froides envahissaient chaque zone de sa peau.

Elle se tourna à nouveau vers Lord Savill, cala sa respiration sur la sienne et ferma les yeux. Au bout d'un moment, sa petite main vint se nicher dans celle de son mari, et elle sombra dans le sommeil.

∞ ∞ ∞

Elle se réveilla au son d'un violon. Elle ouvrit péniblement les yeux pour découvrir le soleil déjà haut darder ses rayons à travers la fenêtre. Le lac scintillait au loin, et les arbres perdaient leurs feuilles rouge et or sous la brise.

Elle bondit du lit avec un couinement. Il était tard, et Lord Savill était déjà debout. Elle courut à la cuvette, s'aspergea le visage d'eau froide et le sécha avec un linge en mousseline.

Cette fois, ce furent les notes délicates d'une harpe qui vinrent tinter à ses oreilles. Perplexe, elle attrapa un peignoir de soie bleue, disposé sur le dos du fauteuil, et l'enfila. En gagnant la porte, elle manqua de trébucher quand elle réalisa que c'était le peignoir de Lord Savill qu'elle avait pris par erreur.

Elle ouvrit la porte et découvrit un violoniste, debout devant elle. Il joua une note quand il la vit.

Elle referma violemment la porte et s'y adossa. Dormait-elle toujours ? Elle n'avait tout de même pas vu ce qu'elle pensait avoir vu ?!

Elle rouvrit la porte, et cette fois, c'était un orchestre entier qui se tenait devant elle. Ils se mirent à jouer dès l'instant où elle apparut.

Elle ferma la porte. Ils cessèrent de jouer. Elle ouvrit la porte, et ils recommencèrent. Elle refit cela deux ou trois fois avant de sortir d'un pas décidé pour réclamer des comptes.

Elle était bien réveillée, désormais, et bien consciente que ce qui se passait était réel.

La musique était assourdissante, à cette distance. Elle appela le majordome et sa femme de chambre en s'époumonant, mais sa voix se noya sous la cacophonie.

Elle descendit l'escalier d'un pas pressé, mais ce satané orchestre lui collait aux talons.

Elle finit par découvrir Lord Savill, sur la dernière marche de l'escalier, souriant d'une oreille à l'autre.

Elle se renfrogna davantage.

Il lui fit signe de s'approcher.

Elle planta un doigt rageur dans son torse. Il leva une main, et la musique cessa.

— Tenez, dit-il en lui tendant une lettre.

Elle la prit avec une expression adorablement perdue.

— C'est de…

— La Royal Society of Arts.

— C'est une invitation, souffla-t-elle en lisant la lettre en diagonale. Je suis prise ! J'en suis membre ! Ils me veulent comme membre ! La cérémonie d'initiation a lieu ce soir !

— Félicitations !

— Je comprends mieux pourquoi l'orchestre, lança-t-elle en riant, puis elle se dressa soudain sur la pointe des pieds et planta un baiser sur sa bouche.

Malgré la surprise, il lui rendit son baiser avec ferveur.

L'orchestre entama aussitôt une balade romantique.

Soudain, une corde du violon se cassa avec un bruit sec, et le petit groupe disparut en sautillant.

— Il est nouveau, murmura un musicien d'un air navré. Il s'est un peu laissé emporter dans ses pizzicati.

Jane rougit et commença à s'éloigner, mais Lord Savill la retint par la main.

— Mon peignoir vous va beaucoup mieux qu'à moi.

Elle tordit le poignet pour tenter de s'échapper.

— Pas encore, souffla-t-il, les yeux pétillants. J'ai encore une surprise.

Elle le suivit à l'extérieur, traversa la pelouse et entra dans le kiosque, le peignoir ramassant les feuilles mortes et la terre sur son passage, tandis que le bras de son mari, passé sur ses épaules, lui tenait chaud.

Elle songea brièvement à sa mère, qui aurait été scandalisée en la voyant se promener en dehors de sa chambre dans un peignoir d'homme. Elle lâcha un gloussement, ivre de bonheur.

Dans le kiosque, elle découvrit tout un tas de pots de peinture très onéreuse, des plateaux chargés de pinceaux et des toiles déjà recouvertes de gesso.

— Où avez-vous trouvé ces toiles ? demanda-t-elle, ravie.

— Quelques artistes sans le sou n'avaient pas de quoi s'offrir la peinture pour en faire quelque chose. Je leur ai donné suffisamment d'argent pour s'acheter tout ce dont ils auront besoin. Je sais à quel point vous ne supportez pas d'attendre que le gesso sèche.

Elle vit alors plusieurs femmes assises sur le banc.

— Qui est-ce ?

— Vos éventeuses.

— Pardon ?

— Elles éventeront votre travail quotidiennement afin qu'il sèche plus vite.

— C'est ridicule.

Il haussa les épaules.

— Je les ai sélectionnées pour la musculature de leurs bras.

Elle éclata de rire et l'examina d'un air incrédule.

Il était sérieux !

Il lui prit la main et l'emmena dans l'aile est de la maison. Une grande pièce jouxtait la bibliothèque. Il l'avait transformée en une espèce de laboratoire. Jane observa les pipettes, les flacons, les herbes, les huiles et les pigments et comprit que cette pièce lui servirait à préparer ses peintures.

— Les vapeurs vous donnaient mal à la tête, dit-il en désignant l'étalage d'objets. Désormais, vous pourrez faire vos mélanges dans une pièce et peindre dans une autre.

— Vous avez beaucoup observé ma manière de travailler.

— Je vous ai beaucoup observée tout court, la corrigea-t-il, puis il poursuivit avant qu'elle ne puisse réagir. Les fenêtres sont un peu petites, et vous aurez besoin de beaucoup d'air frais pendant le processus. J'ai demandé au charpentier de régler ce problème. Il passe tout à l'heure.

Elle le dévisagea, les yeux brillants.

— Pourquoi avez-vous fait cela ?

Il haussa à nouveau les épaules.

— Vous êtes de ma famille.

Son cœur se serra à ces mots.

— Vous êtes beaucoup trop bon. Il va falloir cesser d'arracher des morceaux de vous pour les donner aux autres, ou vous allez finir par disparaître.

— Je ne suis pas du gâteau, ma chère.

— Oh que si.

Il hoqueta de surprise, et elle plaqua une main sur sa bouche.

Ils se dévisagèrent longuement, aucun des deux n'osant s'approcher de l'autre. La pièce paraissait soudain terriblement étroite, sa peau la brûlait, et elle sentit le peignoir tomber d'une de ses épaules.

Tout son corps se contracta alors, et elle eut l'impression que Richard lui avait volé son souffle. Ce moment en suspens était chargé de possibilités.

Un caquètement sonore les sortit de leur transe, et Mrs Williams entra dans la pièce à toutes pattes. Elle se mit à picorer frénétiquement le genou de Lord Savill, les yeux plissés de ce qui ressemblait à du mécontentement.

— Vous avez un chaperon, on dirait, commenta Lord Savill avec un sourire crispé.

Elle lui rendit son sourire avec une gêne similaire.

— Je devrais l'engager pour les prochains bals.

— Les vieilles filles devront rester chez elles.

— Il y aura des poules partout.

— À chaperonner, plutôt qu'à passer au four.

— Comme une nouvelle chance.

— C'est complètement absurde.

— Cette conversation, ou nous ?

— Les deux.

Elle fit une brève révérence. Il comprit le message et la laissa seule.

Chapitre 28

Elle était dans la voiture, en direction de son rendez-vous avec les membres de la Royal Society of Arts, Lord Savill assis à ses côtés. Il avait décidé de l'accompagner et de s'assurer qu'elle franchisse le pas de la porte du manoir de Lord Wellmore, où se tenait le rassemblement, étant donné qu'il n'était pas du tout convaincu qu'elle en soit capable toute seule.

Il avait de bonnes raisons de douter d'elle. Jane avait passé la journée à trouver des excuses pour ne pas y aller. Après son bonheur initial, la peur avait pointé le bout de son nez. Elle devrait parler à des gens. On allait la regarder, l'inspecter, la juger.

Elle avait décidé de ne pas y aller, et il avait décidé qu'elle n'avait pas le choix.

Elle avait d'abord fait mine de s'évanouir, puis s'était cachée dans l'armoire de Richard et, enfin, avait grimpé tout en haut d'un arbre. Il l'avait trouvée chaque fois. Finalement, il l'avait menacée de l'habiller lui-même si elle ne s'exécutait pas.

Elle avait opté pour une robe couleur puce au col haut avec un jupon de dentelle. Il l'avait récupérée dans sa chambre, l'avait escortée en bas de l'escalier, puis jusqu'à la porte, et l'avait déposée dans la voiture. Il lui avait ensuite tendu un châle de cachemire noir et s'était assis à côté d'elle.

Elle fulminait. Il s'était montré si merveilleux ce matin même, entre la musique et son laboratoire, et voilà qu'il était redevenu insupportable.

— Je n'ai pas envie d'y aller, déclara-t-elle.

Il alluma un cigare et tira dessus.

— Vous n'avez pas le choix.

— Je ne suis pas une enfant.

— Alors arrêtez de vous comporter comme tel.

— Pourquoi me forcez-vous à faire ça ?

— C'est une opportunité en or. Si vous ne la saisissez pas, vous le regretterez le restant de votre vie.

— C'est une véritable torture, gémit-elle.

Il se pencha vers elle et lui prit le menton.

— Jane, nous avons tous peur face à la nouveauté. Vous devez affronter votre peur, ou elle vous empêchera d'avancer.

— Non, non, et non !

— La foule offre le confort mais vole votre identité.

— C'est mon identité, répliqua-t-elle en lui tirant la langue. Si elle veut rester dans l'ombre, ainsi soit-il. Je m'en fiche.

— Si vous n'y allez pas, je vous retire vos toiles, et vous ne pourrez pas peindre pendant un mois.

Elle écarquilla les yeux d'horreur.

— Vous n'oseriez pas !

— Je suis votre mari. Je peux faire ce qui me chante.

L'idée de ne pas pouvoir peindre pendant ne serait-ce qu'une semaine lui tordait le ventre, et il la menaçait de ne pas la laisser s'approcher d'une toile pendant un mois entier ! Et elle savait qu'il mettrait sa menace à exécution. Ses yeux s'emplirent de larmes, mais Richard les ignora tout en l'aidant à sortir de la voiture.

Ils étaient arrivés bien trop vite.

Il déposa un bref baiser sur ses lèvres puis cogna le heurtoir. Il partit à l'instant où la porte s'ouvrit, la laissant face à face avec le majordome venu l'accueillir.

L'homme la guida dans un salon où différents individus étaient en pleine conversation, un verre à la main. La flambée dans l'âtre, les rideaux et les coussins en velours marron, les meubles en palissandre et l'assemblée quasi entièrement masculine firent battre son cœur à mille à l'heure.

— Miss Fairweather. Pardonnez-moi, Lady Savill, la salua un

homme d'un certain âge avec une révérence.

— Lord Wellmore, répondit-elle en manquant de se prendre les pieds dans sa robe. J'ai bien reçu votre lettre. Merci de me faire un tel honneur.

Il lui tendit un verre de vin.

— Dites-moi, très chère... Ce bleu saisissant dans votre tableau intitulé « Le Bain », qu'est-ce donc ?

Une femme d'une cinquantaine d'années vêtue de noir et d'une charlotte posée de guingois sur une montagne de boucles se joignit à eux.

— Et pour la brume, dans « Au-delà de l'horizon », quelle technique avez-vous utilisée ?

— Il s'agit du pigment bleu outremer, monsieur. Onéreux mais merveilleux, si vous avez la possibilité de vous en procurer. Et Miss Coster, j'ai utilisé la technique du sfumato. J'adore vos tableaux. J'ai un faible pour votre série sur les vallées d'Écosse.

Plus elle parlait, plus elle réalisait que cette soirée n'avait rien à voir avec un bal. Tout le monde se fichait qu'elle porte une robe puce ou écarlate. Elle doutait sincèrement qu'ils remarquent quoi que ce soit, si elle débarquait sans ses gants ou portait une robe scandaleuse.

Ils voulaient parler pigments, coups de pinceau et techniques, un sujet qu'elle maîtrisait sur le bout des doigts. Elle put également poser des questions et apprendre comment Lord Grey avait atteint cet effet de verre parfaitement transparent, ou comment Lady Gerard parvenait à peindre des pêches déroutantes de réalisme.

Lorsqu'il fut l'heure de partir, elle fut surprise du plaisir qu'elle avait pris. Elle avait même trouvé un nouveau fournisseur pour ses pigments, et elle savait que la plupart des artistes ne juraient que par lui.

Elle entra dans Bellmore Hall les joues rougies et les yeux brillants. Lord Savill la retrouva dans le salon avec ses parents, Georgiana, Lady Croft, ses sœurs et leurs maris. Ils l'encerclèrent aussitôt, mais ce fut le regard de Lord Savill qu'elle chercha en prenant sa première gorgée de champagne.

Il l'avait encouragée, et avait rassemblé les personnes chères à son cœur pour fêter son succès. Elle le regarda prendre le plateau des mains de Belcher et insister pour que ses sœurs prennent un verre. Puis il tourna son attention vers ses beaux-frères et se plongea très vite dans une conversation animée.

Il écoutait le duc, la tête penchée, les yeux fixés sur le liquide doré qui scintillait dans son verre en cristal, les lèvres plissées.

Jane s'efforça de regarder ailleurs, en plein ascenseur émotionnel. Un instant, elle le trouvait horrible ; celui d'après, elle l'adorait. Pourquoi était-il si difficile à cerner ?

Comme s'il avait été attiré par ses pensées, il apparut soudain devant elle et lui tendit la main.

— Vous dansez ?

Elle hocha la tête.

Il l'attrapa par la taille et la fit voler dans les airs. Jane éclata de rire.

— Je n'arrête pas de vous remercier, lui sourit-elle quand il la rattrapa. Mais je ne peux pas m'en empêcher. Vous semblez savoir mieux que moi ce dont j'ai besoin.

Il la fit tournoyer, et quand elle fut de retour dans ses bras, il lança gaiement :

— Vous avez travaillé dur. Vous méritez ce succès.

— Peu de maris seraient aussi encourageants que vous, répondit-elle d'une voix timide.

— La vie n'est qu'une succession de déceptions et de victoires, dit-il avec un haussement d'épaules. Quand vous échouez, vous êtes malheureux, mais quand vous réussissez, vous devez à tout prix fêter ça. Sinon, à quoi bon vivre ?

Sans lui donner le temps de répondre, il la confia au duc de Blackthorne, le mari de Penelope, pour la prochaine danse.

Elle passa le restant de la soirée à chanter, danser et boire de terrifiantes quantités de champagne. Elle n'oublierait jamais cette journée. Elle était devenue membre de la Royal Society, et son mari avait fait tout ce qui était en son pouvoir pour rendre cette journée unique, rien que pour elle, de l'instant où elle s'était levée au moment où elle s'était couchée, avec de la musique et des rires.

$$\infty\infty\infty$$

Le lendemain, en entrant dans le salon, elle découvrit ses sœurs sur le canapé, une couverture sur les genoux et le visage caché dans leurs mains.

Lady Croft était allongée sur la méridienne, et Lady Montgomery roulée en boule dans le rocking-chair, un linge humide et froid sur les yeux. Même Lord Montgomery paraissait un peu pâlot.

— Petit-déjeuner ? suggéra Jane.

Un frisson collectif traversa la pièce.

— Du café, gémit Penelope.

— Du thé, la supplia Dorothy.

— Surtout pas d'œufs, marmonna Celine.

— Oh, ne prononcez pas ce mot ! hoqueta Lady Montgomery.

Jane, qui se sentait aussi mal qu'ils en avaient l'air, murmura au majordome d'apporter les boissons chaudes et alla s'asseoir délicatement sur une chaise.

Au bout d'un moment, Lord Montgomery se leva, balaya l'assemblée des yeux et déclara :

— Miss Bloom, un baiser.

Lady Montgomery se redressa et ôta d'une main urgente le linge qui lui masquait les yeux.

— Plaît-il ?

— C'est le nom de jeune fille de Mère, expliqua Lady Croft en ouvrant un œil.

Lord Montgomery se raidit, et Jane crut deviner, derrière son expression, un aperçu de l'homme plus jeune qu'il avait été.

— Je ne peux cacher mes sentiments plus longtemps, Miss Bloom. Je dois vous embrasser.

La perruque de Lady Montgomery tomba à la renverse.

— Mais, monsieur, nous sommes mariés !

— Mariés ? Il n'y aura pas de mariage tant que je ne vous aurai pas courtisée.

— Vous m'avez courtisée. Tout a été fait dans les règles de l'art, répondit Lady Montgomery en se levant lentement.

— Alors embrassez-moi, dit-il en avançant d'un pas vers elle.

— Pas ici, souffla Lady Montgomery, les joues soudain rouges. Les enfants nous regardent.

— Peu importe ! s'écria-t-il, puis il se jeta sur elle.

Lady Montgomery poussa un cri et se mit à courir à travers la pièce. Lord Montgomery la poursuivait avec un sourire conquis.

— Je veux mon baiser !

— Non !

Angelica enfonça son visage dans un coussin.

— C'est malin, j'ai la tête qui tourne, maintenant.

— Père ? (Lord Savill, qui venait d'entrer dans la pièce, se figea d'un air horrifié.) Mais c'est scandaleux ! Je ne tolérerai pas pareille attitude sous mon toit. Les baisers sont interdits !

Angelica leva les yeux au ciel.

— S'ils ne s'étaient pas embrassés – et plus, nous ne serions pas là.

— Vilaine femme ! s'écria Lord Savill en blêmissant. Faites disparaître immédiatement cette pensée.

Jane et ses sœurs se mirent à rire alors que Lord Montgomery venait enfin d'attraper sa femme, et Lord Savill prit la fuite.

Ils s'embrassèrent, un doux baiser chaste, et toutes les femmes laissèrent échapper un soupir collectif. Lord Montgomery posa alors son front sur celui de Lady Montgomery, et le temps s'arrêta.

Plus tard ce soir-là, quand ils se sentirent tous capables d'avaler une cuillerée de soupe, Lord Savill apparut avec Mr Hoggs, artiste célèbre et d'une beauté saisissante.

Mr Hoggs était un homme charmant et discret, mais la façon dont Lord Savill poussait constamment Jane à lui poser des questions était embarrassante. Son mari imposait sa femme à ce pauvre homme, et de toute évidence, cela ne lui plaisait guère.

Plus tard, alors qu'ils étaient couchés, elle se tourna vers lui en le fusillant du regard.

— Vous espérez que je tombe amoureuse de lui et vous laisse en paix ?

Il dressa la tête et la posa au creux de sa paume.

— Mr Hoggs, vous voulez dire ?

— Oui, cracha-t-elle. Lui.

— Pourquoi ? Vous aimeriez tomber amoureuse de lui et me quitter ?

Ses lèvres se mirent à trembler, et elle détourna le regard.

— Vous avez passé toute la soirée à nous pousser l'un vers l'autre.

— Je voulais que vous appreniez de lui. C'est un artiste merveilleux. Il ne fait que rarement l'honneur de sa visite, et vous avez eu la chance d'être assise à côté de lui durant tout le dîner, ce soir.

Son regard tomba sur les lèvres de son mari.

— Mais bien sûr, marmonna-t-elle.

Il se pencha vers elle et lui prit le visage.

— Si j'ai appris une chose sur vous, les Fairweather, c'est que vous êtes toutes loyales à l'extrême. J'ai confiance en vous.

Elle le dévisagea, bouche bée. Il lui saisit le menton et le ferma, puis il se rallongea sur son oreiller et se mit à fixer le plafond peint.

— Tout le monde a de grands rêves et s'imagine un jour rencontrer le succès, mais ceux qui y parviennent sont ceux qui sont nés sous une bonne étoile. Et vous en faites partie, ma chère. Maintenant, dormez.

<h1 style="text-align:center">Chapitre 29</h1>

Jane se frotta les bras, le froid s'insinuant à travers le tissu georgette trop fin de sa robe bleue. C'était l'après-midi, mais les lieux étaient envahis d'une lumière grisâtre, comme si une créature géante se tenait si proche qu'elle projetait son ombre dans les couloirs de Bellmore Hall.

Elle s'arrêta devant le salon et observa la scène. Assises devant la fenêtre, Lady Croft et ses sœurs discutaient tranquillement. Lord et Lady Montgomery était installés près du feu, devant un plateau chargé de sandwiches, de pâtisseries, de roulés fraîchement sortis du four, de thé et de café.

Elle nota que le cendrier que Lord Montgomery utilisait pour ses cigares était plein, et la tasse de Lady Montgomery vide. Elle entra, remplit la tasse de sa belle-mère et sonna les domestiques.

Lord Montgomery jeta une bûche dans l'âtre et frissonna. L'air soucieuse, Jane se tourna brièvement vers la porte avant de se reconcentrer sur lui.

Au bout d'un moment, sans qu'aucun domestique ne soit apparu, elle prit la direction de la porte pour lui chercher un châle quand un cri de terreur lui fit faire volte-face.

Lord Montgomery était en train de récupérer des morceaux de braise à l'aide du tisonnier pour les poser sur le tapis. À tout instant, celui-ci pouvait prendre feu.

Angelica et ses sœurs se levèrent précipitamment, l'air aussi horrifiées que Lady Montgomery, que le choc avait figée sur place.

Un bout de braise roula tout près de la robe de Lady

Montgomery, ce qui sortit Jane de sa transe. Elle bondit sur le tapis et se mit à ramasser les morceaux de braise les uns après les autres pour les rejeter dans l'âtre. Ses gants étaient fins et ne protégeaient que très peu ses mains, mais elle poursuivait sa tâche tandis qu'Angelica arrachait le tisonnier des mains de Lord Montgomery.

Lord Montgomery regarda sa fille avec une expression étrangement vide. Il frissonna et s'approcha du feu. Son écharpe pendait au-dessus des flammes, et le bout du tissu ne tarda pas à prendre feu.

Quelqu'un cria, et Jane lui arracha l'écharpe du cou avant de taper des pieds dessus.

Ses sœurs bondirent à leur tour pour verser thé, café et chocolat chaud sur les braises pendant que Lady Montgomery appelait à l'aide et sonnait frénétiquement la cloche.

La porte s'ouvrit en grand, et le majordome apparut, suivi de Lord Savill. Il comprit aussitôt la situation et attrapa Jane par la taille pour l'éloigner de l'écharpe toujours en feu. Ses grandes bottes eurent rapidement raison des flammes. Les domestiques surgirent à leur tour et se mirent à aider. Bella, la femme de chambre, emmena Lady Montgomery dans sa chambre tandis que le valet de pied tentait de convaincre Lord Montgomery de se rendre dans la bibliothèque. Le reste des domestiques entreprirent de nettoyer.

Bientôt, il ne restait qu'une tache sombre sur le tapis pour leur rappeler l'incident. Jane s'effondra dans un fauteuil, tremblant de tous ses membres.

Celine, sa sœur, qui s'avérait merveilleuse dans les moments de crise, avait rapidement pris le contrôle de la situation. Elle prépara du thé sucré et insista pour que chacun en boive une tasse. Ensuite, elle rappela à Lord Savill de faire venir le médecin.

Lord Savill, qui était resté silencieux jusqu'ici, dressa la tête, une expression furieuse au visage. Il ordonna au majordome de faire venir immédiatement le docteur Johnson, puis se tourna vers Jane.

Il la fusilla du regard, et elle déglutit péniblement, le choc commençant tout doucement à s'estomper, grâce à la résilience de la jeunesse.

— Ce n'était pas ma faute, dit-elle nerveusement. Je n'ai rien fait pour l'encourager. Je vous en prie, il faut me croire…

— Vous vous sentez coupable ? la coupa-t-il.

— Non.

Il inclina la tête sur le côté, le regard en feu.

— Dites-moi, votre Grâce, est-elle tombée sur la tête, enfant ?

Penelope dressa un regard surpris.

— Il ne me semble pas, non. Pourquoi ?

— Parce qu'il lui manque de toute évidence certaines cases dans le cerveau. (Il se leva et se mit à avancer vers Jane.) Qu'est-ce qui vous a pris de ramasser ces braises à mains nues ?

— Oh…, souffla-t-elle, perplexe. Je n'ai pas réfléchi.

— Vous n'avez pas réfléchi ? Mais vous vous rendez compte de votre bêtise ?!

Ses mots, si durs, contrastaient totalement avec son attitude. Il s'accroupit devant elle et lui prit délicatement les mains pour mieux les examiner.

— Rien ne doit leur arriver. Comment peindriez-vous ?

Jane se hérissa.

— Mais votre père aurait pu se blesser, ou blesser votre mère ! Les braises étaient juste à côté de sa robe… Je ne pouvais pas rien faire !

— Servez-vous d'une fichue tasse vide, la prochaine fois.

Elle détourna les yeux d'un air penaud.

— Ça s'est passé tellement vite… Je n'ai pas pris le temps de réfléchir.

Il baissa la tête pour cacher son expression.

— Père doit partir, déclara-t-il alors d'une voix brisée par le chagrin.

— Non ! s'écria Jane.

— Il doit partir, tonna Lord Savill. Il vous a fait du mal, Jane. Et si je n'étais pas arrivé à temps ? Et si vous aviez été seule avec lui ?

Une larme glissa sur la joue rougie de Jane.

Lord Savill la chassa d'une main douce, les yeux chargés de

regret.

Après un long silence assourdissant, Penelope prit la parole.

— J'imagine que nous n'avons plus de raisons de douter de son amour pour elle.

Jane dévisagea Lord Savill, qui semblait aussi choqué qu'elle. Il baissa aussitôt la main et se releva.

— Quoi ?

— Faire partir son propre père pour le bien de sa femme, appuya Dorothy. C'est remarquable.

Jane voulut aussitôt les corriger, mais elle ravala ses paroles. N'était-ce pas ce qu'ils avaient désiré ? Faire croire à ses sœurs qu'ils étaient follement amoureux ? Et pourtant, la manière dont tout cela s'était passé… la troublait.

Lord Savill gagna le bar à porte-tambour, l'air déconcerté. Il versa du whisky dans un verre, mais avant qu'il ne puisse le porter à ses lèvres, Jane le lui arracha des mains et le vida d'un trait.

Pendant qu'elle crachait ses poumons, ses sœurs échangèrent sur la suite des événements.

— Je vais demander le transfert de propriété, déclara Penelope.

— Moi, je vais faire mes valises, dit Celine, visiblement soulagée. Mon mari commençait à me manquer.

— Moi aussi, commenta timidement Dorothy.

Plus tard dans la journée, le médecin arriva pour examiner les mains de Jane. Il laissa un pot d'onguent et l'informa qu'il ne s'agissait que de brûlures superficielles. Ses sœurs partirent peu après, mais elle était trop perplexe pour ressentir autre chose qu'une légère pointe de tristesse, et elle les laissa partir sans grande effusion.

Après le thé, elle alla voir Lady Montgomery dans sa chambre.

Sa belle-mère était allongée sur son lit, un plateau de nourriture encore intacte à ses côtés. Angelica et Lord Savill étaient là, eux aussi.

Lord Savill lui faisait la lecture, assis dans un fauteuil, tandis qu'Angelica était installée sur le canapé de brocart vert, les traits tirés.

Jane entra discrètement et rejoignit Angelica. Puis elle se pencha en avant au moment où Lord Savill tournait la page.

Il lui jeta un bref regard avant de reprendre sa lecture. Sa voix était chargée d'incrédulité ; de toute évidence, il n'était pas à ce qu'il faisait.

— « Alors il sourit et tua le fou d'une balle dans la tête. Les autres fous sortirent des arcs et des flèches et les dressèrent vers lui. Il lança seize dagues, les tuant instantanément.

» Il restait un fou, qui pendait au ventilateur de plafond comme un orang-outan qui n'aurait pas toute sa tête, et il le braquait avec un fusil de chasse chargé. Un coup résonna, mais cette fois, sa femme avait tiré la première. Elle avait surgi telle une apparition, vêtue d'un magnifique peignoir de mousseline rose brodé de petits tourbillons dorés. Ses mains pâles, fragiles et tremblantes tenaient un pistolet encore fumant. Le fou tomba et atterrit dans un bruit sec, et la femme s'évanouit dans les bras de son mari en poussant un soupir. »

Il ferma brusquement le livre.

— Honnêtement, Mère, quelle sorte de débilité est-ce donc ? Ça n'a aucun sens.

— La bonne sorte. Ils auraient pu rendre tout cela un peu plus sanguinolent, et ils ont oublié de décrire ses chaussures, répondit sa mère. Jane, je pensais à vous, justement. Comment vont vos mains ?

— Bien, souffla Jane en s'asseyant au pied du lit. Et vous, comment allez-vous ?

— Aussi bien que je puisse l'être à mon âge, soupira Lady Montgomery. Je suis navrée de ne pas avoir pu dire au revoir à vos sœurs. J'imagine que ce sera bientôt notre tour, à mon mari et moi, de partir. Je devrais commencer à faire mes valises.

Lord Savill baissa les yeux et hocha la tête.

En un rien de temps, Jane était agenouillée à côté de lui. Elle lui prit les mains et l'implora du regard.

— Ne pouvons-nous vraiment pas le garder ici ? Je vous en prie… Nous pourrions convertir l'une des plus grandes chambres rien que pour lui, dans l'aile réservée aux invités ? Embaucher une personne, ou dix s'il le faut, pour veiller sur lui ? Vous avez suffisamment d'argent pour payer des gens qui puissent s'en occuper jour et nuit. Ne leur demandez pas de partir, je vous en supplie…

Quand il se tourna vers elle, son regard était un véritable cocktail d'émotions.

— Vous voulez qu'il reste, après ce qu'il s'est passé ?

— Nous n'étions pas préparés, répliqua-t-elle. La prochaine fois, nous le serons. Je m'engage à recruter les bonnes personnes pour veiller sur lui, tenir les rumeurs à distance et m'assurer de son bien-être. Faites-moi confiance.

Lady Croft et Lady Montgomery attendirent la réponse de Lord Savill dans un silence tendu.

Jane lui prit délicatement la joue et se mit à battre des cils.

— S'il vous plaît ?

<h1 style="text-align:center">Chapitre 30</h1>

Lord Savill se releva et se mit à arpenter la pièce. Les paroles de Jane semblaient l'avoir touché, mais son regard était à nouveau dur, et ses lèvres serrées.

— Garder Père ici ? Ce serait absurde.

— S'il vous plaît, le supplia Jane.

— Elle a raison, la soutint Angelica. Il nous faut prendre quelqu'un pour veiller sur lui. Cela lui briserait le cœur de quitter tout ce qu'il connaît.

— Et si son chaperon s'endort ? argumenta-t-il.

— Il en aura toujours deux, rebondit aussitôt Jane.

— Et où trouverons-nous des hommes de confiance pour veiller sur lui ?

C'est Angelica qui lui répondit.

— Le médecin saura nous conseiller. Ou l'université de médecine saura nous proposer des étudiants prêts à travailler, si nous les payons décemment.

Il prit un cigare et l'alluma. Il fuma un peu, soufflant des cercles de fumée nerveux.

— De jeunes célibataires dans la maison… Je ne suis pas sûr de pouvoir le tolérer.

— Je m'assurerai que personne ne touche à vos bouteilles, s'agaça Jane.

— C'est à vous que je pensais, répliqua-t-il en dressant un sourcil.

— Oh. (Ses joues s'empourprèrent, et elle détourna les yeux.) Je vous donne ma parole que je ne flirterai pas avec eux.

— Peut-être, mais ça ne les empêchera pas, eux, de flirter avec vous, gronda-t-il sourdement.

Elle sentit tout son corps rougir à ces mots.

— Vous surestimez mes charmes, monsieur. Je suis tout à fait banale.

— Si c'est ce que vous pensez, votre miroir a besoin d'être réparé. Ou vos yeux, peut-être.

Lady Croft éclata de rire, leur rappelant qu'ils n'étaient pas seuls. Lord Savill s'efforça de détacher son regard de Jane.

— Je ne suis pas sûr que le garder ici soit une bonne idée. Nous avons récupéré sa maison d'enfance. Il y serait heureux.

Lady Montgomery prit alors la parole pour la première fois.

— Je serai heureuse, quelle que soit la décision que tu prendras, Richard.

Jane n'avait pas envie de voir partir Lady Montgomery. Cette idée lui était intolérable. Bellmore Hall serait vide, sans sa présence.

— Peut-être pourrions-nous essayer durant un mois et voir comment cela se passe ? suggéra timidement Lady Croft. De toute façon, sa maison ne sera pas prête tout de suite.

— J'imagine, oui, céda Lord Savill. Vous avez un mois pour me prouver que ce projet est viable.

Lady Croft parut surprise que ses paroles aient été prises au sérieux.

Jane le gratifia d'un sourire profondément heureux qui transforma son visage en quelque chose de magnifique.

Lord Savill l'observa quelques instants en clignant des yeux, il balança sur ses talons puis quitta la pièce à grands pas.

Lord Montgomery fut transféré dans l'aile nord, une partie de la maison restée fermée jusqu'ici tout simplement parce qu'ils n'avaient pas besoin de cet espace supplémentaire.

Lord Savill n'autorisa pas Jane à interroger les jeunes étudiants envoyés par le docteur Johnson, préférant les rencontrer lui-même. Il engagea très rapidement cinq hommes compétents qui lui rendaient directement des comptes et s'occupaient de Lord Montgomery tour à tour. Cette situation leur convenait parfaitement, car elle leur permettait de poursuivre leurs études tout en amassant une coquette somme d'argent.

Lady Montgomery demeura dans l'aile familiale, sur l'insistance de Jane et Lord Savill. Jane n'aimait pas l'idée qu'elle dorme loin d'eux, auprès de parfaits inconnus qu'ils venaient tout juste d'engager. Quant à Lord Savill, il lui avait confié être terrifié à l'idée que son père mette le feu à l'aile nord.

La journée, Lord Montgomery se joignait à eux pour les repas puis passait deux heures au salon, comme il l'avait toujours fait, sauf que désormais, il y avait toujours un homme derrière lui. Mr Williams refusait de quitter son maître et allait partout avec lui.

Jane constatait avec plaisir l'affection dont débordait le regard de Lord Montgomery quand il caressait son animal. Si elle lui avait demandé de partir, Mr Williams aurait été malheureux. Le guépard veillait également au comportement des chaperons. Ils traitaient le vieil homme avec respect et ne faisaient pas un seul pas de travers, craignant probablement que l'animal ne leur bondisse dessus s'ils osaient.

Il fallut plusieurs semaines avant que tous les arrangements ne soient faits, et la maison avait retrouvé son rythme tranquille. La peinture grise, sur son dernier tableau, avait bien sûr séché, depuis le temps, et Jane fut ravie du résultat, quand elle le retrouva.

— Quel charmant portrait, commenta Lord Savill en entrant dans le kiosque.

Jane laissa tomber son pinceau et tenta de cacher son travail.

Lord Savill posa alors les mains sur la taille de sa femme.

Le vent, les oiseaux et les insectes se turent instantanément, et tout son corps se contracta.

Elle sentait la chaleur de ses mains à travers la mousseline fine de sa robe, et son cœur se mit à marteler sa poitrine.

Il la regardait d'un air étrange.

— Je…, déglutit-elle. Vous avez faim ?

— En quelque sorte, oui.

Jane lâcha un hoquet en sentant ses mains se resserrer sur sa taille. Alors, les yeux brillants, il la souleva sans aucun effort et la reposa à côté de lui.

Elle lâcha un couinement agacé en le voyant observer le tableau de plus près.

— Lord Posenby.

— Désolée, souffla-t-elle en se tordant les mains. Je le jetterai, si vous voulez.

— Au contraire. Le voir nu, tenant de manière stratégique ces marguerites, m'amuse beaucoup. Ses jambes ressemblent à des bougies, et son nez est si pointu qu'il brille. Quant à son expression, il semble à la fois confus et étrangement terrorisé. Je vais devoir vous supplier de me le vendre, une fois terminé.

— Vous le vendre ? Vous pouvez l'avoir gratuitement. Après tout, vous êtes mon…

Il se tourna vers elle pour la gratifier d'un regard intense.

— Votre ?

— Soutien financier, se reprit-elle.

— Je suis votre soutien financier ? Je vous croyais indépendante ?

Elle baissa les yeux.

— Un carnet de croquis ? lança-t-il en récupérant le carnet posé sur le banc.

Jane tenta de le lui prendre de force.

— Vous voulez bien me laisser regarder ?

— Bon, d'accord, allez-y…

Elle se mordit la lèvre, cherchant à se rappeler si elle avait dessiné quoi que ce soit qui puisse l'offenser. Il se mit à tourner les pages, et elle jeta un coup d'œil par-dessus son épaule.

— Des dessins humoristiques ! s'écria-t-il d'un air euphorique. Là, c'est moi avec une tête en forme de navet, assis sur un tas de bijoux, dit-il en ricanant. C'est très ressemblant. C'est incroyable, ce que peuvent donner quelques coups de crayon.

Il poursuivit pour tomber sur une série de dessins au fusain représentant l'excentricité de Lord Montgomery.

Sur le premier, Lord Montgomery riait devant l'air effaré d'une domestique, qui venait de découvrir Mr Williams en train de boire du thé. Sur le prochain, il poursuivait Lady Montgomery dans la pièce en lui réclamant un baiser.

La série suivante illustrait ce qu'il se passait dans les cuisines. Elle avait dessiné une trayeuse en train de flirter avec le majordome, ainsi qu'une scène touchante représentant les domestiques aux petits soins avec un chiot que le valet de pied avait trouvé seul dehors et ramené à la maison.

Enfin, il s'arrêta devant un grand dessin particulièrement détaillé sur lequel les domestiques, affublés de têtes de poules, hurlaient « Il arrive ! ». Les gâteaux et les tasses volaient dans les airs, la gouvernante tremblait de peur, Lady Montgomery et Lady Croft aboyaient des ordres, et Lord Savill se tenait à l'entrée, l'air magnifique et grave, un chapeau à la main et un pied dans la porte.

Il referma le carnet et le posa.

— Vous m'avez permis de regarder derrière les rideaux pour voir le chaos, souffla-t-il en se tournant vers elle. J'ignorais à quel point ma famille et les domestiques se souciaient de mon bien-être. C'est un plaisir, de voir ma maison comme je ne l'avais jamais vue.

— Ils vous aiment beaucoup, dit-elle en baissant piteusement la tête.

— Je vois ça.

Puis il lui saisit le menton et lui fit redresser la tête.

Refusant de le regarder, Jane gardait les yeux fixés sur le bouton doré de son manteau.

Son visage sombre se baissa lentement vers elle, et il arrêta ses lèvres à quelques millimètres seulement des siennes.

Son parfum profond et terreux enveloppait ses sens comme un opiacé, et un léger cri quitta sa bouche malgré elle. Il était si proche, et pourtant, il refusait de franchir l'espace qui les séparait.

Elle se dressa sur la pointe des pieds, comme tirée par un fil invisible, et balança vers lui telle une ballerine. Elle souleva les paupières et le regarda enfin droit dans les yeux.

Le regard sombre de Lord Savill avait perdu toute trace d'humour, et une émotion inédite semblait rugir à la surface de sa peau. Jane sentait sa puissance, et il luttait pour la contrôler.

Son intensité, sa force et sa virilité la submergeaient, lui faisant prendre conscience de sa propre fragilité.

Une brindille craqua dehors, mais elle l'entendit à peine, car au même instant, Lord Savill plongea vers elle pour l'embrasser.

Ce fut un baiser ardent et passionné qui la fit chavirer. L'instant d'après, il avait disparu.

Elle se renfrogna. Elle aurait voulu plus, et comme à son habitude, il l'avait abandonnée trop tôt.

Chapitre 31

Jane s'observa dans le miroir. Elle portait une robe de soie bleue toute simple, une demi-queue de cheval haute, et de délicats diamants autour du cou et aux oreilles.

Son visage lui semblait différent. Elle inclina la tête et plissa les yeux. Ses joues avaient perdu de leur rondeur, ce qui avait pour effet d'agrandir ses yeux. Elle avait toujours été mince, mais désormais, ses traits s'accordaient à sa fragilité.

Le résultat lui plaisait assez.

Elle sourit, ravie de ce changement, et descendit avec un peu plus de confiance pour rencontrer de parfaits inconnus.

Lord et Lady Pekham venaient dîner chez eux, ce soir-là. Il s'agissait d'amis de Lord Savill et d'Angelica. Lord et Lady Montgomery avaient décidé de manger dans leurs chambres respectives afin de laisser les jeunes s'amuser tranquillement, pour une fois.

Elle s'arrêta devant la salle à manger et inspira un bon coup. Elle s'était efforcée de garder l'esprit occupé et de se concentrer sur toutes sortes de choses futiles, comme son apparence physique, tout simplement parce qu'elle ne voulait pas penser à lui.

Lui… Lord Savill. La simple mention de son nom faisait battre son cœur plus vite. Elle s'était mise à le suivre des yeux et devait désormais se forcer à détourner le regard quand il était dans la même pièce qu'elle.

Elle inspira à nouveau. Elle devrait passer toute une soirée avec lui. Son ventre se nouait à cette idée, et pourtant, elle n'avait pas d'autre choix que d'intimer à ses pieds d'entrer dans cette fichue pièce.

Il était assis tout au bout de la table.

Elle se crispa, et son souffle s'arrêta dans sa gorge. Il était d'une beauté stupéfiante, aujourd'hui. L'espace d'un instant, elle le dévisagea en clignant frénétiquement des yeux. Le simple fait de marcher lui semblait soudain tout à fait étranger.

Il lui sourit.

Elle se prit les pieds dans sa robe, et Belcher la retint à temps.

— Tu es resplendissante, commenta Lady Croft, les yeux brillant d'amusement.

— Je suis d'accord, confirma Lord Savill tout en se levant pour lui tendre une coupe de champagne.

Lord et Lady Pekham arrivèrent au même instant, lui accordant un petit moment pour reprendre ses esprits. Ils avaient l'air de deux grandes plumes, avec leurs têtes pointues aux cheveux rebelles, leurs corps tout fins et leurs hanches carrées.

Jane s'en voulut aussitôt d'une telle petitesse. Lady Pekham était en réalité incroyablement séduisante. Certes, elle avait l'air d'une plume, mais d'une jolie plume, et Lord Savill semblait l'avoir remarqué. Son regard s'était illuminé quand il l'avait vue apparaître. Jane posa sa flûte en cristal de peur de la briser, tellement elle la serrait fort.

Ils s'installèrent à table, et Jane, assise aux côtés de Lord Savill, le fusilla du regard.

— Vous souriez trop, grogna-t-elle à voix basse.

— Quoi ? souffla-t-il en se tournant vers elle, l'air surpris.

— Vous allez finir par gêner Lady Pekham. Arrêtez de lui montrer vos dents.

Avant qu'il ne puisse répondre, Lord Pekham prit la parole.

— Alors, très chère, dit-il à Jane de sa grosse voix. Parlez-nous un peu de vous.

Jane se mit à tordre sa serviette, sur ses genoux.

— Eh bien...

— C'est une merveilleuse peintre, sourit Lady Croft.

— Ah, ricana Lord Pekham d'un air méprisant. Des aquarelles ? Mon épouse en fait aussi. C'est bien de laisser les femmes avoir des hobbies. Cela tient leurs petites têtes occupées.

Lord Savill fit signe au majordome de servir la soupe.

— C'est une artiste brillante. Les intellectuels s'arrachent ses tableaux partout dans le monde.

Cette fois, Lord Pekham éclata de rire.

— Tu es encore dans la phase du mariage où tout ce que fait ta femme est admirable. Je m'en souviens bien.

Une veine se mit à palpiter sur la tempe de Lord Savill.

— Elle gagne énormément d'argent, grâce à ses toiles. Elle a d'ailleurs intégré la Royal Society of Arts.

Lord Pekham plissa le front.

— Tu ne devrais pas la laisser vendre ses toiles. Ça risque de lui monter à la tête. Quant à la Society, elle ferait mieux d'y renoncer. Comment peux-tu laisser une femme être membre de la Royal Society ? Qu'est-ce que ce sera, ensuite ? Des chiens et des chats ?

— Son intelligence, répondit calmement Lord Savill, est égale, si ce n'est supérieure à celle de la plupart des hommes, toi y compris, Gilbert.

Jane attrapa la main de Lord Savill sous la table. Il lui adressa un bref coup d'œil, et elle inclina imperceptiblement la tête.

Elle était touchée par le fait qu'il cherche à la défendre, mais elle était habituée à de telles railleries. Sa propre mère l'avait souvent attaquée de la même manière. Elle ne voulait pas qu'il gâche son amitié pour cela.

Lord Savill comprit ce qu'elle attendait de lui, luttant de toute évidence pour se contrôler. Lady Croft se mit à parler du dernier opéra, préférant orienter la discussion sur un sujet moins risqué, et très vite, Lord et Lady Pekham oublièrent ce petit accroc.

L'ambiance se fit joviale, et le majordome apparut avec le deuxième plat. Il souleva la cloche qui couvrait le plateau qui attendait déjà au milieu de la table.

Mais au lieu du chevreuil, ils découvrirent le visage souriant et graisseux de Lord Posenby.

Quelqu'un poussa un cri, et tout le monde se leva d'un bond. Lady Croft, le majordome, trois domestiques et les Pekham s'évanouirent.

— Comment avez-vous pu faire une chose pareille ? tonna Jane à l'intention de Lord Savill.

— Que voulez-vous dire ? répliqua-t-il d'une voix irritée. Je l'ai chassé à la campagne. M'accuseriez-vous de l'avoir décapité ?

— Que pourrais-je penser d'autre ?

— Pourquoi aurais-je fait quelque chose d'aussi stupide ?

Quelqu'un s'éclaircit la gorge, et une voix d'homme lança :

— Peut-être est-il simplement jaloux ?

— Pas maintenant, Posenby ! cracha Lord Savill avant de se figer sur place.

— Il parle ! s'écria Jane en se tournant vers la tête.

Lord Posenby leur adressa un sourire huileux.

— En effet. Et avant que vous me posiez la question, je vais très bien. Juste un peu nauséeux, vu que j'ai mangé le plus gros du chevreuil.

Lady Croft, les domestiques et les Pekham reprirent connaissance. Ils se relevèrent péniblement, soulagés de découvrir que l'homme était finalement bien vivant.

— Je ne comprends pas, couina faiblement Lady Pekham. Que fait cet homme ici ? Bonté divine, sommes-nous censés le manger ?

Puis elle défaillit à nouveau.

— Si je suis ici, déclara Lord Posenby en souriant à Jane, c'est qu'une fois sur le bateau, j'ai réalisé que j'étais amoureux de vous. Je me suis faufilé dans la maison tout à l'heure, ai découpé un trou dans la table, ai retiré le plat et ai coincé ma tête sous la cloche.

— Je vais vraiment vous la couper ! le menaça Lord Savill en avançant vers lui, mais Jane le retint en lui agrippant le bras.

— Je vous ai assommé, attaché et vous ai fait chasser du pays, lança-t-elle froidement. Je n'aurais pas pu rendre mes intentions plus claires.

— Exactement, répondit l'autre avec un sourire rêveur. Il m'a dit que le véritable amour n'était pas facile. Aucune autre femme ne m'a rejeté ainsi. Mes charmes ont conquis toutes celles sur qui j'ai jeté mon dévolu, sauf vous. Il m'a dit de ne jamais abandonner, de me battre jusqu'à mon dernier souffle. Que c'était là la magie des Fairweather.

— Qui donc a pu vous remplir la tête de telles âneries ? gronda Lord Savill.

Lord Posenby lécha la graisse qui luisait au coin de ses lèvres.

— Le plus grand poète de tous les temps, Philbert Woodbead !

— Non ! hoqueta Jane.

— Si, répondit Posenby. Il a instillé tellement de passion en moi que même votre satanée poule, qui est actuellement en train de me picorer le corps, ne peut me faire dévier de mes intentions.

— Mrs Williams, souffla Jane en plaquant une main sur sa bouche. Sors d'ici tout de suite !

Posenby gloussa avant d'entamer une chanson.

Je danse avec le poulet,
Les côtelettes d'agneau et le bœuf bouilli.
Je vous aime, ma chère, le matin
Et la nuit.

— Sortez-le d'ici ! rugit Lord Savill à l'intention du majordome. Immédiatement !

Le valet de pied surgit pour aider le majordome, et Posenby fut tiré de sous la table et soulevé par les deux hommes.

— Je vous aime, Jane ! s'époumona-t-il tandis qu'on l'évacuait. Je n'abandonnerai jamais ! C'est lui qui m'a appris cette chanson. Je la chanterai jusqu'à ma mort ! Je danserai avec le poulet, les côtelettes d'agneau et le bœuf bouilli…

Sa voix s'éteignit alors qu'on le sortait de la maison, le jetait dans une voiture et l'emmenait au chantier naval, une fois de plus.

À Bellmore Hall, les Pekham, qui avaient naturellement perdu leur appétit, partirent peu de temps après. Lady Croft se retira également dans sa chambre, laissant Lord et Lady Savill se dévisager au-dessus des restes du repas, avant d'éclater de rire.

Cette journée serait décidément mémorable.

Plus tard ce soir-là, quand Jane entra sur la pointe des pieds dans la chambre de Lord Savill, elle se rendit compte qu'elle n'avait plus besoin de dormir avec lui. Ses sœurs étaient parties, et plus personne ne les épiait.

Elle observa son dos endormi et hésita un instant. Le lit était agréable, et chaud, avec lui dedans. Sa chambre lui paraissait froide, en comparaison. Et puis, il n'avait pas dit qu'elle ne pouvait pas partager son lit.

Elle bâilla, trop fatiguée pour réfléchir davantage. Elle se glissa sous les couvertures et ferma les yeux. Un instant plus tard, il passa un bras autour d'elle, et son poids rassurant eut très vite raison d'elle.

Chapitre 32

Le soleil dardait ses rayons dans la pièce, tapant Jane directement dans l'œil. Elle se réveilla pour découvrir que Lord Savill était déjà parti. Elle avala le thé désormais tiède posé sur sa table de chevet et regarda par la fenêtre.

Le lac était surplombé d'un voile brumeux, froid et gris, et le ciel était envahi de nuages menaçants. Elle sentait la fraîcheur malgré les trois cheminées qui ronronnaient dans la pièce.

Tout se déroulait si bien, jusqu'à ce que ses satanées sœurs ne viennent tout gâcher. Il allait falloir qu'elle cesse de dormir dans cette chambre. La situation commençait sérieusement à lui échapper.

Cet étrange sentiment qui la saisissait, chaque fois qu'elle le regardait, devait être tué dans l'œuf. Son corps se transformait en gelée, son cerveau en marmelade, et son cœur se mettait à s'affoler comme un papillon en cage.

Elle repoussa le drap et s'habilla. Ses doigts souffraient d'une agitation douloureuse qu'elle ne pourrait calmer qu'en peignant. Son esprit fourmillait d'une urgence qu'elle avait déjà connue. Elle ne pourrait pas attendre l'après-midi, aujourd'hui. Elle devait s'y mettre tout de suite.

Sa mère avait un jour appelé cela « une crise ».

Cela lui prenait soudainement, et elle travaillait sans relâche jusqu'à ce que l'épuisement la force à arrêter.

Après avoir rapidement informé les domestiques de ne pas venir la déranger, elle courut jusqu'au kiosque.

Quelques instants plus tard, elle était déjà plongée dans les odeurs de peinture et d'huile de lin. L'air saisissant du matin était délicieux, sur sa peau, et elle travaillait avec une joie pure et une concentration sans faille.

Sans même qu'elle ne s'en rende compte, un sourire étirait ses lèvres. Son corps élancé drapé d'une mousseline couleur crème était toujours plus séduisant chaque fois qu'elle attrapait une peinture, un chiffon ou un nouveau pinceau.

La matinée était bien avancée quand elle sentit sa nuque la picoter. Elle se tourna et découvrit Lord Savill, en train de l'observer.

Il portait un pardessus bleu à la coupe très élégante et était adossé au montant de la porte. Sa main gantée tenait un chapeau noir, et son regard intense était fixé sur son visage.

Il la regardait comme si elle lui appartenait.

Cette idée la terrifia autant qu'elle l'énerva. Elle savait qu'il ne lui ferait jamais de mal, et pourtant, cette étrange peur lui nouait le ventre.

Un coup de tonnerre traversa le ciel, suivi d'un éclair qui la fit sursauter.

— Arrêtez de me regarder comme ça, souffla-t-elle d'une voix tremblante.

Il esquissa un léger sourire.

— Vous n'avez pas pris de petit-déjeuner.

Puis il avança vers elle, et elle se mit à reculer d'un pas nerveux. Il lui saisit le bras pour l'arrêter.

— Attention. Vous allez faire tomber votre travail.

Il fallut quelques instants à Jane pour retrouver sa voix.

— J'avais envie de peindre.

— Mère craignait que vous ne vous sentiez pas bien. Elle m'a demandé de venir vérifier, dit-il en sortant une orange de sa poche.

— Je vais bien. Très bien, même. Je n'ai jamais été aussi bien.

— Je peux regarder ? demanda-t-il en désignant la toile.

Elle feignit l'indifférence d'un haussement d'épaules.

— Ça m'est égal. Vous voulez vous asseoir sur le banc ?

— Je préfère rester debout. (Puis il s'installa derrière elle, le regard braqué sur la toile.) Quel curieux sujet.

Elle s'efforça de détacher les yeux de lui et refit face à sa toile.

— C'est Sémélé, la tête baissée.

— Faisant face à Zeus, sous sa forme divine, compléta-t-il en hochant la tête. J'avais deviné.

— Comment ?

— Le contour du bébé Dionysos dans sa cuisse.

— Je viens juste de commencer à travailler dessus. Je suis surprise que vous ayez déjà compris.

Elle mâcha puis déglutit. Il lui avait donné à manger un quartier d'orange sans même qu'elle ne s'en rende compte.

— Allez-y, faites comme si je n'étais pas là.

Elle prit son pinceau et réalisa que ses doigts tremblaient trop pour continuer. Elle plissa le front, agacée. Tout un tas de gens l'avaient regardée peindre. C'était le seul endroit où elle se sentait parfaitement en sécurité et où elle parvenait à se couper de ce qui l'entourait. Jamais, jusqu'ici, n'avait-elle été troublée par une présence extérieure.

Elle s'efforça d'ignorer sa chaleur et approcha le pinceau de la toile. Elle se concentra sur le lac scintillant derrière Zeus et y ajouta une touche de bleu.

Elle s'arrêta et jeta un coup d'œil à Lord Savill. Il lui donna un autre quartier d'orange et fit un coup de menton en direction du tableau, comme pour lui intimer de continuer.

Elle hocha la tête et tenta une fois de plus de se concentrer, en vain. Son pinceau restait en suspens devant la toile, soudain perdu.

Il lui tapota l'épaule du bout du doigt.

— Vous êtes aussi longue, d'habitude ? Je vous ai donné trois oranges entières à manger, et vous n'avez fait qu'un point.

Elle le dévisagea.

— Trois oranges ?

— Vous avez sauté le petit-déjeuner. Il semblerait que ma présence vous distrait de votre travail. Je ferais mieux de vous laisser.

Elle se raidit.

— Pas du tout !

Il s'éclaircit la gorge.

— Jane ?

— Hmm ?

— Il faut mettre de la peinture sur la toile.

— Je sais.

— Mais vos yeux sont sur moi. Depuis un petit bout de temps, déjà.

Elle sentit ses joues s'empourprer et détacha le regard de Lord Savill.

— Ce n'est pas vrai. Je peins. J'ai fait ce point. Vous voyez !

Il éclata de rire et la refit pivoter vers lui.

— Je pense savoir quel est le problème, dit-il en lui caressant la joue.

Puis ses yeux s'attardèrent sur son cou. Elle souleva une épaule dans une tentative de nonchalance.

— Quel est… Quel est le problème, alors ?

Il approcha son visage jusqu'à ce que ses lèvres ne soient plus qu'à un souffle des siennes, le regard plongé dans le sien.

Le cœur de Jane s'emballa si fort qu'elle en avait mal. Sa poitrine se soulevait frénétiquement tandis qu'elle luttait pour respirer.

Il esquissa alors un lent sourire entendu et dévastateur.

— Je le vois dans vos yeux. Vous pensez à cela.

Puis il frôla le coin de sa bouche du bout des lèvres. Ce fut un contact délicat, presque imperceptible, simplement destiné à la titiller.

Il ne lui en fallut pas davantage pour s'embraser. Elle pivota le visage pour lui prendre pleinement la bouche et se fondit en lui comme la neige au soleil.

Après un gémissement de surprise, il l'attira contre lui et moula son corps tout svelte à sa musculature puissante.

La main délicate de Jane monta pour agripper son manteau, refusant de le laisser s'échapper. La foudre s'abattait sur elle, autour d'elle ; elle aurait été incapable de savoir où, précisément.

La pluie se mit à marteler violemment les murs de verre du

kiosque, faisant écho au sang qui battait dans ses tempes. La chaleur qu'il dégageait était si puissante que Jane craignait de fondre bientôt comme de la cire. Ses vêtements râpaient sa peau sensible ; ses doigts dénichèrent un bout de peau nue sous la chemise de Richard, et elle lui caressa le torse.

Il dressa la tête et la secoua.

— Stop.

— Je…, hoqueta-t-elle, perplexe. Quoi ?

Il lui caressa la joue, une expression soudain distante au visage.

— Je crois que je n'ai fait qu'empirer les choses, dit-il en reculant de quelques pas. Je ne fais jamais rien à moitié, très chère. Ni les affaires, ni l'amour.

Elle le regarda s'éloigner, les doigts posés sur ses lèvres frissonnantes. Une partie d'elle aurait voulu l'appeler, une grosse partie, même. À vrai dire, presque tout son être voulait qu'il revienne, mais la brume disparut aussi vite qu'elle était tombée, et son esprit sortit de son engourdissement.

Quelques secondes plus tard, elle jetait ses pinceaux au sol avec un cri de frustration. Ce sale type avait réussi à lui faire tourner la tête !

Elle n'arrivait pas à croire qu'elle aurait aimé, l'espace d'un instant, être un pirate sans scrupule pour le jeter par-dessus son épaule et l'emmener dans sa chambre.

Bonté divine ! Elle toucha ses joues brûlantes avec horreur. Quelle folie l'avait donc prise ? Pourquoi son esprit se ramollissait-il en sa présence ?

Et le pire, dans tout cela, c'est que c'était elle qui voulait lui sauter dessus. Le pauvre n'avait fait qu'essayer de garder ses distances.

Il allait falloir trouver une solution. Elle supplierait Georgiana Berry de venir passer quelque temps avec elle et de lui faire office de chaperon.

— Je ne comprends pas.

Georgie était allongée sur le banc du kiosque, à manger du raisin tandis que le soleil de fin d'après-midi faisait ressortir les fils d'or sur sa robe couleur lavande. Autour d'elle, la lumière filtrait à travers les vitraux, créant des ombres tachetées partout sur le sol.

Jane secoua la tête pour se concentrer sur le sujet qui la préoccupait. L'heure n'était pas à l'étude des jeux de lumière.

— J'ai besoin que tu me serves de chaperon.

— Et je suis censée préserver ta vertu de qui ?

— Mon mari ?

— Ton mari ?

— Oui. Tu comprends, maintenant ?

— Toujours pas.

— Sois mon chaperon.

— Mais c'est ton mari. Les chaperons servent aux vierges célibataires !

— Empêche-moi simplement de dormir avec lui.

— Ah.

— Tu comprends, maintenant ?

— Non.

— Je ne veux pas mourir en couche.

— Nos mères ont survécu.

— Mais ce ne sera peut-être pas mon cas.

— Tu pourrais aussi mourir de la tuberculose.

— Tu m'aideras, ou pas ?

— Oui, mais je ne peux pas rester indéfiniment.

Jane soupira.

— Je sais. Je trouverai autre chose au moment où tu devras partir.

Lady Croft entra à cet instant.

Jane signifia rapidement à Georgie de tenir leur discussion secrète. Elle n'était pas prête à partager son problème avec qui que ce soit d'autre.

— En plein travail ? demanda Lady Croft en se dirigeant vers la toile.

Jane secoua la tête.

— Non, je n'arrive pas à me concentrer.

Lady Croft sortit une feuille à dessin.

— Je vais dessiner un peu. Il fait chaud, pour une journée d'hiver.

Le visage pointu, les cheveux dorés et la robe raide et noire de Lady Croft contrastaient totalement avec les boucles rousses et les rondeurs de Georgie. Jane se demanda si elle parviendrait un jour à les faire poser ensemble pour elle.

— Et si nous parlions de l'école, plutôt ? suggéra Georgie en prenant le fusain des mains de Lady Croft.

Elles passèrent donc le reste de l'après-midi à discuter de leur projet en vidant des théières entières et en mangeant des gâteaux. Elles apportèrent des couvertures quand il se mit à faire trop froid et posèrent des briques chauffées sous leurs pieds.

Jane balaya du regard les statues, les toiles et les plantes éclairées par la lumière hivernale tout en s'enivrant du rire délicat de ses amies.

Elle roula les orteils sur la brique chaude et tira ses jambes pour poser la tête sur ses genoux. La journée aurait été idéale, s'il ne lui avait pas à nouveau manqué.

Bisque !

Chapitre 33

L e lendemain, les bagages de Georgiana arrivèrent peu de
temps après elle.

Jane était euphorique. Elle avait réussi à dormir dans
sa chambre la veille, mais elle avait dû lutter contre l'envie d'aller
le rejoindre. Elle avait à peine fermé l'œil de la nuit et s'en voulait
de s'être autant habituée à sa présence.

Elle s'habilla et fonça tout droit vers la chambre d'amis, où
Georgiana faisait les cent pas en se mordillant la lèvre.

Mr Williams entra au même moment et alla se rouler en boule
sur le lit de Georgiana.

— Il est vraiment adorable, commenta Jane en lui caressant la
tête. Il y a des fois où j'oublie que c'est un guépard, et non un chat.

Georgiana lui caressa le dos, et Mr Williams s'étira en
ronronnant de plaisir.

— Oui, je l'adore. Je vais finir par aimer davantage ta maison
que la mienne, dit-elle avec un rire creux avant de se lever
brusquement. Allons marcher, annonça-t-elle alors en mettant
son chapeau. Je suis restée assise pendant une demi-heure, dans
la voiture, et même si celle-ci est de bonne facture, je peux te dire
que le chemin était cahoteux.

— Tout ce que tu veux, lui sourit Jane. Merci d'avoir accepté de
rester.

— Je m'amuse, ici.

Elles gagnèrent la porte alors que des nuages noirs
envahissaient le ciel. Le vent glacial chatouilla aussitôt le nez et
les oreilles de Jane.

— Une promenade rapide ? suggéra-t-elle nerveusement.

Georgiana ne répondit pas. Elle semblait d'étrange humeur.

— Que se passe-t-il ? l'interrogea Jane en lui prenant le bras.

— Je n'arrive pas à comprendre pourquoi je suis plus heureuse ici que chez moi.

— Parce que tu m'aimes plus que toute ta famille, voilà pourquoi !

Georgiana accéléra le pas, si bien que Jane dut presque se mettre à courir pour tenir le rythme.

— Ralentis. Tu as de longues jambes, Georgie !

Puis il se mit à pleuvoir à grosses gouttes, mais Georgie poursuivit sa route.

Le soleil se mua en bougie fragile derrière un voile de nuages noirs. La pluie froide et mordante avait imbibé les jupons de Jane, ce qui les rendait difficiles à traîner.

Elle s'essuya les yeux et hurla à son amie de s'arrêter. Elle alla se planter devant elle et lui secoua les épaules.

— Ça suffit, il faut rentrer, maintenant.

Georgiana la gratifia d'un regard surpris, comme si elle ne comprenait pas ce qu'elle faisait là, trempée jusqu'aux os.

— La première arrivée ! lança-t-elle alors en riant.

Jane souleva ses jupons et détala avant même que son amie ait fini de parler.

Ce soir-là, elles se calèrent devant la cheminée de la chambre de Jane, un verre de brandy chaud à la main.

Lady Croft les observait d'un air inquiet.

— Vous avez l'air aussi malades l'une que l'autre.

— On s'en remettra, répondit Georgiana avant d'éternuer.

— Je vais mourir…, gémit Jane, puis elle toussa et lécha ses lèvres fiévreuses.

Elle se sentait affreusement mal et n'avait aucune envie de se montrer courageuse.

— J'appelle le médecin, déclara Lady Croft en se levant. Vous deux, au lit. Immédiatement.

Le docteur Foster arriva plus tard dans la soirée et examina les filles. Il leur sourit et leur conseilla de se reposer.

Jane s'était levée pour aller chercher un verre d'eau quand elle entendit la voix du médecin derrière la porte.

Elle se retint à la coiffeuse, sa tête se mit à tourner, et des milliers de petites étoiles envahirent sa vision. Une fois le vertige passé, elle se concentra sur la conversation.

— Combien de temps va-t-il leur falloir pour se rétablir ? demanda Lord Savill.

— Je ne peux le dire. Elles sont brûlantes, répondit le médecin.

— Dois-je m'inquiéter ?

— Vous devriez être vigilant.

À bout de forces, Jane retourna se glisser sous les couvertures. Elle but un peu d'eau et ferma les yeux.

Jane insista pour que Georgie partage sa chambre. Elle était assez grande pour deux, et elle ne voulait pas que son amie reste seule dans son état.

Jane se réveilla plusieurs fois cette nuit-là pour découvrir Lord Savill assis près d'elle, dans un fauteuil. Il la faisait boire quand elle en avait besoin et s'assurait de remettre des bûches dans la cheminée, et que la courtepointe lui recouvre les épaules toute la nuit.

L'autre personne qui resta à leur chevet fut Lady Croft. Elle s'occupait de Georgiana comme si elle faisait partie de la famille. Jane était touchée par les soins que le frère et la sœur leur apportaient.

Le matin, les domestiques aidèrent les filles à retirer leurs vêtements de nuit trempés de sueur et à enfiler des jupes plus légères.

Le simple fait de se brosser les cheveux représentait un effort. Jane posa sa tête qui la martelait sur l'oreiller, savourant son thé bien chaud. Elle ne parvint qu'à adresser un faible sourire à Lord et Lady Montgomery, qui vinrent lui rendre visite.

Plus tard dans l'après-midi, ses sœurs surgirent dans la pièce, armées de paniers de fleurs et de fruits. Penelope était décidée à ramener Jane chez elle, et seule l'intervention du médecin et de Lord Savill l'en empêcha.

L'état des deux amies s'était empiré, le soir venu. Jane divaguait de plus en plus. Quand elle reprit enfin connaissance, elle fut choquée d'apprendre qu'elle avait dormi pendant deux jours.

Elle se réveilla pour découvrir ses sœurs, accompagnées de leurs maris. Un seul coup d'œil au visage marqué de larmes de Penelope lui fit comprendre qu'elle leur avait fait peur. Ils discutèrent avec elle comme s'il s'agissait d'une simple visite de courtoisie, mais à leur façon d'être à ses petits soins, elle devina qu'elle avait frôlé la mort.

Sa mère et sa plus jeune sœur, Elizabeth, avaient fait le voyage depuis Finnshire pour la voir. Sa sœur demeurait assise, muette, de la peur plein les yeux chaque fois qu'elle regardait Jane. Cela lui permit de voir que malgré leurs disputes, sa sœur l'aimait profondément.

Jane prit la main d'Elizabeth et la fit s'asseoir à côté d'elle.

— Je t'ai apporté des tourtes, annonça sa mère.

Jane sourit, incapable de parler. Elle avait la gorge irritée, après avoir toussé pendant des jours. Sa mère posa sur elle un regard tendre.

— Je suis heureuse de t'avoir mariée. Ne trouves-tu pas ce plan génial, avec du recul ? Regarde comme tu es heureuse !

Jane la fusilla du regard. Elle était pâle, incapable de parler, luttant pour sa survie, et sa mère trouvait qu'elle avait l'air heureuse ? De la pure folie.

— Comme Lord Savill s'occupe bien de toi ! reprit sa mère en battant des mains.

Jane grimaça ; tout ce bruit lui donnait mal à la tête.

Sa mère se tourna vers Georgiana, qui était assise dans le lit, pâle comme un linge. Georgiana lui montra les broderies sur lesquelles elle travaillait.

— Celle-ci est pour ma mère, celle-ci pour mon frère et l'autre pour ma sœur, dit-elle avec un sourire timide.

Elle avait la voix rauque et semblait toute chétive.

Elle a l'air tellement fragile, songea Jane, soudain inquiète. Son amie avait toujours fait bonne figure, et pourtant, elle voyait la souffrance dans son regard.

Mrs Fairweather plissa les yeux d'un air sévère.

— Tu ferais mieux de te reposer, la gronda-t-elle. Tu feras des petits cadeaux à ta famille quand tu iras mieux. Où est Lady Berry ? Séjourne-t-elle ici ?

Georgiana s'égaya aussitôt.

— Je suis sûre que Mère ne devrait plus tarder. Elle a été informée.

Sa mère partit prendre le thé avec Lady Montgomery et, sur l'insistance de Jane, Elizabeth resta. Une fois seules, Jane la prit dans ses bras.

— Je vais bien.

— Es-tu heureuse, Janey ? murmura alors Elizabeth d'une voix tremblante.

— Oui.

Elizabeth fouilla son expression du regard.

— Tu es si pâle que je n'arrive pas à deviner si tu es sincère. Est-ce que tu l'aimes ?

Jane détourna les yeux.

— Je ne peux pas parler. J'ai mal à la gorge.

— Tu peux hocher la tête.

Jane fourra un biscuit dans la bouche de sa sœur.

— Tiens, mange.

— 'ui, i'aime, mâchonna Elizabeth avant de répéter. Lui, il t'aime.

Jane s'empourpra aussitôt.

— Il est gentil.

Elizabeth observa sa sœur d'un air songeur.

— Penny a dit que vous étiez fous amoureux l'un de l'autre. Mais je vois bien qu'il manque quelque chose, moi. Et je compte mettre le doigt dessus avant de partir.

— Lizzy ! siffla Jane. Ne t'avise pas de t'en mêler ! Tout va bien.

Elizabeth sourit, son joli visage s'illuminant de malice.

— Je vais arranger tout ça, ma sœur. Ne t'inquiète pas.

Jane fut heureuse d'entendre la cloche du dîner sonner, et de voir sa mère et sa sœur partir. Elle aimait sa mère, mais elle ne la supportait qu'à petites doses, un peu comme un dessert trop sucré. Une bouchée de trop et la nausée menaçait.

Quant à Elizabeth, un instant de plus dans cette maison et elle aurait découvert tous ses secrets pour mieux les détricoter.

∞ ∞ ∞

Deux lettres arrivèrent le lendemain matin pour Georgiana.

— Oh, elles sont de Mère et de Lord Plaskett !

— Ouvre-les, la pressa Jane en se redressant, le visage tourné vers son amie.

Georgiana parcourut les deux lettres et se figea, muette.

— Georgie ?

Il lui fallut un moment pour répondre.

— Oh, ils vont bien, ce qui est un grand soulagement. Je pensais que quelqu'un était tombé malade dans la famille, ce qui aurait expliqué qu'ils ne soient pas encore venus.

— Et pourquoi ne sont-ils pas venus, alors ? se sentit obligée de demander Jane.

— Mère pense que je suis entre de bonnes mains et espérais que je puisse rentrer bientôt. Mon frère a quelques jours de congé, qu'il passe à la maison. Il ne quitte que si rarement la Marine que Mère voulait passer ce temps auprès de lui. Oh, et ma sœur a un admirateur, et Mère est convaincue que le mariage est pour bientôt.

Jane repoussa sa soupe, l'appétit gâché.

— Et l'autre lettre ? Était-ce ton père ou tes frère et sœur ?

Georgie se pencha pour récupérer son panier de couture et y fourra les lettres.

— C'était lui. Lord Plaskett. Il dit être navré de ma condition et se demande si c'est contagieux.

— Mais c'est ton fiancé ! s'emporta Jane. Il devrait être ici, à tes côtés !

— Si ma propre famille n'a pas trouvé utile de venir, comment pourrais-je lui en vouloir à lui ? Après tout, il vient tout juste d'arriver dans ma vie, alors qu'eux m'accompagnent depuis ma naissance, répondit-elle d'une voix douce. Je vais dormir un peu.

Jane posa un regard impuissant sur son amie, le cœur serré face à tant de tristesse.

Quand ses sœurs revinrent les voir, elles dorlotèrent autant Jane que Georgie. Personne ne mentionna Lady Berry ou Lord Plaskett, bien que ces noms planent dans les airs tels des fantômes indésirables.

Jane savait que ses sœurs ne pensaient pas à mal, mais la pitié qui se lisait dans leurs yeux chaque fois qu'elles regardaient Georgiana ne faisait qu'empirer la situation. Pour la première fois cette nuit-là, elle entendit Georgie pleurer et lutter pour étouffer les bruits.

Jane fit semblant de dormir, sachant pertinemment que Georgie ne voulait pas de sa pitié.

Lord Savill fut auprès d'elle, un peu plus tard ce jour-là. Il lui tenait la main quand elle se réveilla en plein milieu de la nuit.

— Vous êtes tout pâle, dit-elle en l'observant. Vous allez bien ?

Il hocha la tête.

— Vous semblez aller mieux.

— Je me sens affreusement mal, se plaignit-elle. J'ai mal à la tête.

— Je vais vous faire porter du thé.

— Et j'ai mal à la gorge.

— Du brandy ?

— Et au corps.

— Des baisers ?

Elle rit, avant de gémir à nouveau.

— Allez-vous-en. Vous ne faites qu'accentuer mes migraines.

Il se leva avec un grand sourire. Elle lui prit la main et le força à se rasseoir.

— Je ne le pensais pas. Restez.

Il lâcha un petit rire et lui tint docilement la main.

Georgiana parla alors d'une voix affreusement faible.

— Tu as fait bonne figure devant ta mère, mais devant lui, tu n'as aucun filtre.

Jane plissa le front d'un air songeur. Georgie avait raison. En ce moment, elle se sentait étrangement à l'aise, avec Lord Savill. Il avait veillé auprès d'elle, avait répondu à chacun de ses besoins et avait fait preuve de patience, si bien qu'elle lui faisait plus confiance qu'à n'importe qui. Elle n'avait pas besoin de se cacher et de faire semblant, devant lui.

C'était étrange. Elle lui jeta un bref regard et se rendit compte qu'il l'observait. Son cœur accéléra. Son cœur le considérait-il désormais comme plus important que sa propre famille ?

Chapitre 34

Le lendemain matin, Jane se réveilla sous les odeurs de lavande et de rose. Elle sourit, s'étira et se redressa. Elle était entourée de magnifiques cadeaux, des fleurs, des sucreries et, plus important encore, elle pouvait enfin apprécier leur parfum. Ses fosses nasales étaient dégagées, sa toux était beaucoup moins forte, et sa fièvre avait officiellement disparu.

Son sourire s'évanouit lorsqu'elle posa les yeux sur Georgie, qui essayait de tricoter, assise dans le lit. Elle n'avait reçu ni fleurs, ni messages ni cadeaux de son fiancé ou de sa famille. Jane avait mal au cœur pour son amie, et l'espace d'un instant, elle eut envie de récupérer toutes les fleurs pour les jeter.

— Les journées semblent interminables, se plaignit Georgiana. Chaque minute paraît durer une heure. J'ai l'impression d'être alitée depuis un an. Je n'ai pas pu fermer l'œil de la nuit. J'espère que je ne t'ai pas embêtée ?

— Non, Georgie, tu ne m'embêtes jamais.

Puis elle récupéra sa tasse de thé bien chaud et en but une gorgée. Elle avait compris ce que voulait dire Georgie. Elle voulait sortir de cette chambre. Chaque jour qui passait, Georgie témoignait, sans avoir le choix, des attentions dont la famille de Jane la comblait, des gestes d'amour et d'affection qui arrivaient par brassées alors qu'elle-même n'avait reçu aucune visite, et à peine une lettre pour savoir comment elle se portait.

Comme cela devait être horrible de découvrir que vous signifiez si peu aux yeux de ceux que vous aimiez qu'ils n'étaient pas présents pour vous en cas de maladie, ni même n'envoyaient une preuve de leur affection…

Lord Savill et Lady Croft arrivèrent à cet instant, et l'épaisse couverture de chagrin qui dominait la pièce se souleva légèrement.

Jane agrippa la main de Lord Savill.

— Je veux sortir.

— D'accord, je pense que vous avez assez récupéré pour cela. Un peu d'air frais et de soleil ne vous feraient pas de mal. Miss Berry ?

— J'ai mal à la tête, répondit Georgie en mâchouillant sa tartine.

Jane sentit ses yeux s'embuer. Son amie avait arrêté de se battre. Elle ne put s'y attarder bien longtemps, car Lord Savill lui flanquait déjà un châle sur les épaules et un chapeau sur la tête pour mieux la soulever du lit.

— Je me fais du souci pour elle, lui confessa Jane lorsqu'il l'eut posée sur les marches de la cour.

Elle mit la tête sur son épaule, et il inclina la sienne pour déposer un baiser dans ses cheveux.

— Tout va s'arranger, la rassura-t-il.

— J'empeste, non ? souffla Jane après quelques secondes.

— Quoi ? dit-il en ricanant.

— J'ai transpiré toute la nuit.

— Vous êtes vraiment bizarre.

Puis il lui prit la main et glissa une bague à son doigt. Elle se redressa tout en contemplant le saphir étincelant.

— Qu'est-ce que c'est ?

— Un cadeau.

— Elle est magnifique. Elle a dû vous coûter cher.

— Elle m'a coûté une fortune, mais votre bonheur a plus de valeur à mes yeux que de vulgaires bouts de papier.

— Merci.

Elle réalisa alors qu'il avait des cernes sous les yeux, et qu'il avait également perdu un peu de poids. Elle plissa le front, inquiète, mais il lui sourit.

— Plus vite vous serez rétablie, plus nombreux seront vos

cadeaux.

— Vous ne seriez pas en train de m'acheter ?

— C'est le seul langage que je comprenne, répliqua-t-il avec un haussement d'épaules. (Puis il dégagea les cheveux de son visage et caressa sa joue du dos de la main.) J'étais inquiet, Jane. Très inquiet. Ne me faites plus jamais pareille frayeur. Ça ne va pas avec ma constitution.

— Comment ça ?

— J'ai mal au ventre quand vous vous sentez mal.

Jane éclata de rire.

— C'est la chose la plus adorable et la plus étrange qu'on m'ait jamais dite !

— Deux drôles d'oiseaux, opina-t-il. Nous sommes assortis.

Plus tard, quand Jane retourna dans sa chambre, elle trouva Georgie profondément endormie. Elle alla s'asseoir sur le fauteuil à côté d'elle et posa la main sur son front. Elle était bouillante.

Les longs cils sombres de son amie contrastaient avec sa peau pâle. Elle avait perdu beaucoup de poids et était presque squelettique, désormais.

Sentant la mort rôder au-dessus de son amie, Jane détourna les yeux. Son regard tomba sur le petit panier, par terre, rempli des mouchoirs que Georgiana avait brodés pour sa famille ainsi que du petit livre de recettes qu'elle avait composé pour sa mère.

Elle fut incapable de contenir un sanglot. Toute sa vie durant, Georgie avait pensé aux autres, faisant toutes sortes de petites choses pour donner le sourire à sa famille, et en retour, ils l'avaient traitée avec cruauté quand elle avait eu le plus besoin d'eux. Jane ne parvenait pas à comprendre. Comment son propre sang, ainsi que l'homme qui prétendait l'aimer, pouvaient la traiter avec autant d'insensibilité ?

Georgiana ouvrit les yeux et sourit.

— Tu vas mieux.

Jane hocha la tête sans toutefois se départir de ce profond sentiment d'injustice. Georgiana aurait dû se sentir mieux avant elle. Chaque jour où elle était alitée lui rappelait à quel point elle était seule au monde.

— Tu as de la chance d'être aimée ainsi, commenta Georgiana, comme si elle avait lu dans ses pensées. Quand tu étais malade, ta famille et ton mari ont fait en sorte de combler de bonheur tes journées. Ils ont fait tout leur possible pour t'apporter du réconfort et te tenir occupée. Tout le monde n'a pas cela, Jane.

Les yeux de Jane s'embuèrent, et elle enlaça son amie. Elle comprenait ce que Georgiana cherchait à lui dire, et elle était touchée que son amie pense à elle dans ses heures les plus sombres.

Plus tard ce jour-là, l'état de Georgie s'empira, et elle sombra dans une espèce de stupeur délirante. Jane et Lady Croft s'efforcèrent de la faire manger et boire quelque chose, sans succès. C'était comme si elle avait abandonné tout désir de se rétablir.

Sa fièvre s'aggrava, sa peau vira au gris et ses quintes de toux redoublèrent. Le médecin arriva et l'examina rapidement. Puis il baissa la tête, la mine déconfite.

— Qu'est-ce donc ? l'implora Jane.

Le médecin lui adressa un bref regard avant d'annoncer :

— J'ai bien peur que ce soit fini. Soit elle survit à cette nuit, soit…

Lady Croft tituba en arrière, une main plaquée sur le cœur. Lord Savill s'empressa de la retenir tandis que Jane serrait les draps dans son poing, sous le choc de la nouvelle.

On envoya une fois de plus des messages à la famille.

Quelques heures plus tard, Jane se trouvait dans la chambre de Lord Savill quand Lady Berry leur fit parvenir une missive annonçant qu'elle les rejoindrait bientôt.

Jane la lut, froissa le papier en boule et le jeta par terre. Elle se mit alors à arpenter la pièce, pleine de rage. Lord Savill vint poser les mains sur ses épaules pour la calmer.

— Vous allez vous fatiguer. Asseyez-vous.

Mais elle dégagea ses mains d'un geste brusque.

— Lord Plaskett et Lady Berry vivent à Londres, à moins d'une heure de route. Ils auraient pu sauter dans une voiture et être déjà ici. Ma mère, aussi particulière soit-elle, a accouru de Finnshire dès l'instant où elle a appris que j'étais souffrante. Que peut-il y avoir de plus important que de rendre visite à son enfant malade ?

— Jane, reposez-vous, lui ordonna-t-il en la poussant dans un fauteuil. Georgie s'en sortira, je vous le promets.

Elle rebondit aussitôt sur ses pieds.

— Je vais passer la nuit à son chevet.

Lord Savill la fusilla d'un regard chargé de colère.

— Ça suffit ! Vous allez m'obéir, maintenant. Angelica veillera sur Georgiana. Vous, vous allez vous reposer.

— Mais je ne peux pas dormir !

— Ne discutez pas, répliqua-t-il, le visage dur. Ce n'est pas parce que vous vous sentez un peu mieux que vous devez vous épuiser en veillant sur votre amie et risquer de rechuter.

— Je vous en prie…

— Non. Vous dînez avec moi, et ensuite, vous allez vous coucher.

— Dans mon lit. J'irai dormir dans mon lit, aux côtés de Georgie.

Il semblait prêt à argumenter.

— Je vous en prie, le supplia-t-elle une fois de plus. Je pourrais la perdre ce soir.

Il détourna les yeux et finit par céder.

Elle poussa un soupir de soulagement, se força à avaler quelques cuillerées de soupe puis se précipita jusqu'à sa chambre. Georgie dormait à nouveau profondément, et Lady Croft était assise sur son fauteuil, comme à son habitude, à lui faire la lecture.

Sa voix douce et la main chaude et rassurante de Lord Savill la plongèrent très vite dans le sommeil, malgré sa détermination à rester éveillée toute la nuit. Et à sa grande surprise, malgré la peur de la mort qui planait dans la pièce, elle dormit profondément.

Le lendemain matin, elle se réveilla l'esprit embrumé et comprit qu'on avait mis un opiacé dans sa soupe. Elle était folle de rage contre Lord Savill, mais quand elle découvrit le visage souriant de Georgiana, sa colère s'évapora.

Elle était en vie !

— Je me sens mieux, confirma Georgiana.

Lady Croft, qui semblait épuisée, se leva d'un bond et quitta la pièce à la hâte.

Tout en contemplant le visage de son amie, Jane réalisa à quel point elles avaient frôlé la mort, toutes les deux. Et elle comprit également autre chose. Elle ne pouvait pas mener sa vie en craignant constamment la mort. Celle-ci pouvait venir de bien des façons. Elle était véritablement bénie, et elle agissait comme une idiote, en repoussant ceux qui l'aimaient.

Elle avait agi n'importe comment, à tenir Lord Savill à distance. Et si elle se devait d'être honnête, elle ne le voulait plus.

Lady Croft réapparut très vite, visiblement plus calme. Elle déposa un énorme sac d'ananas confit sur le lit et se laissa tomber dans le fauteuil, à côté de Georgiana.

En regardant ses deux amies échanger un sourire, Jane réalisa que quelqu'un aimait Georgiana, même si cet amour était infortuné. L'école leur permettrait de rester ensemble, une fois les fonds réunis. L'argent qu'elles avaient collecté en vendant portraits et paysages ne suffisait pas, mais un jour, elles y arriveraient.

Il fallut quelques semaines encore à Jane pour se sentir pleinement remise. Le givre recouvrait le sol, et elle se sentait à nouveau pleine de vie et d'énergie. Elle sortit la tête de la courtepointe avec un sourire. Elle venait de faire un rêve merveilleux dans lequel elle embrassait une petite fille qui avait les yeux de Lord Savill. Elle voulait que ce rêve se réalise, et pour cela, il allait lui falloir séduire son mari.

Elle plissa le front. Le souci, c'est qu'elle ignorait comment s'y prendre.

Elle sauta du lit et partit dans la chambre de Lord Savill. Il était assis près du feu.

Elle s'éclaircit la gorge.

— Vous êtes déjà habillé ?

— Maintenant que vous êtes rétablie, je dois partir un moment.

— Je ne comprends pas, dit-elle en le dévisageant.

— La propriété que j'ai obtenue de votre sœur, la maison d'enfance de mon père, est en très mauvais état. Un plafond s'est effondré, hier. L'homme que j'ai engagé m'a annoncé que les réparations pourraient prendre des années, et je veux m'assurer qu'il ne m'embobine pas. Je veux également emmener Père pour voir s'il réagit bien en la revoyant.

— Je viens avec vous.

Elle pivota aussitôt vers sa chambre pour préparer ses bagages, mais il était déjà debout, une main sur son épaule.

— Vous êtes tout juste sur pied. Vous ne pouvez pas entreprendre un si long voyage, pour le moment. Je serai parti pour un mois, voire plus.

Elle se figea un instant. Son regard s'arrêta sur les pieds nus de Lord Savill, puis les bottes posées sur le lit.

Elle attrapa les bottes et prit la fuite.

— Vous ne pouvez pas y aller sans chaussures !

— Cessez de vous comporter comme une enfant, la réprimanda-t-il en lui courant après. Revenez ici, Jane ! Ça suffit !

Jane lui tira la langue et sauta par-dessus un canapé, dans le bureau. Il la suivait lentement.

— Vous êtes piégée, commenta-t-il avec un grand sourire.

— Et non !

Elle tenta de se faufiler sous son bras, mais il l'attrapa par la taille pour l'immobiliser.

— Vous n'irez nulle part, siffla-t-elle en le fusillant du regard.

— Je n'ai pas le choix.

Il essaya de récupérer ses bottes, mais elle lui mordit le bras ; il lâcha un cri, et elle détala à nouveau.

— Je prendrai mes autres bottes ! déclara-t-il. Vous pouvez garder celles-ci. Et si vous voulez me dire au revoir, rendez-vous dans l'entrée.

Les épaules de Jane s'affaissèrent. Il avait d'autres bottes. Bien sûr. C'était l'homme le plus riche du pays. Évidemment qu'il avait d'autres bottes !

Elle traîna des pieds jusqu'à l'entrée.

Lady Croft et Lady Montgomery étaient en train de dire au revoir à Lord Savill et Lord Montgomery.

Lord Savill la rejoignit et lui prit délicatement ses bottes des mains, sans qu'elle ne cherche à les garder, cette fois.

— Ce sont les plus confortables.

— Vous ne pouvez pas partir.

Il croisa les bras et inclina la tête.

— Pourquoi cela ?

— Vous ne pouvez pas partir sans moi.

— Je le dois, pourtant.

Jane sentit la peur faire tambouriner son cœur. Elle leva vers lui des yeux humides.

— Et si votre voiture se retournait ?

Un sourire étira le coin de la bouche de Lord Savill.

— Je demanderai aux chevaux de faire attention.

Elle lui agrippa le bras.

— Ne vous moquez pas, s'énerva-t-elle. Et si un bandit de grand chemin vous tuait ? Et s'il se mettait tellement à neiger que vous vous retrouviez coincé là-bas à tout jamais ? Ce givre a l'air traître... Ou... Ou une tempête géante pourrait menacer !

Il posa les mains sur ses épaules et la regarda droit dans les yeux.

— Je reviendrai, c'est promis.

— Et si vous vous trompez ? répliqua-t-elle, les lèvres tremblantes.

— Je reviendrai. (Puis il essuya la larme qui avait fini par tomber sur sa joue. Il se pencha alors contre son oreille et lui murmura :) Voilà bien du souci pour un mari dont vous ne vouliez pas.

Elle se raidit.

— Je me ferais du souci pour n'importe qui.

— Je ne vous vois pas supplier mon père de rester.

— Parce que c'est vous qui prenez les décisions.

Il éclata de rire.

— Vous devez être sacrément malheureuse, dans ce cas. Cela fait des mois que vous vivez loin de votre famille. Avez-vous supplié votre mère et vos sœurs de rester quand elles sont venues vous rendre visite ? Vous avez dû hurler de chagrin, après leur départ. Comment ai-je pu rater cela ?

Elle tituba en arrière, ce qui fit retomber les mains du comte. Sa remarque lui avait fait un choc. Elle ne comprenait pas. Ses proches lui avaient à peine manqué durant tous ces mois d'éloignement, et pourtant, quelques semaines de séparation avec Lord Savill lui tordaient le cœur de douleur.

Elle le dévisagea, son regard reflétant sa confusion.

Le regard de Lord Savill s'adoucit, comme s'il comprenait l'orage qui se tramait en elle. Il ne la railla pas. Au lieu de cela, il déposa un baiser sur son front.

Elle ferma les yeux et se laissa envahir par son odeur, puis elle se pencha en avant et dressa la tête, désirant plus de lui.

— Prenez soin de vous, murmura-t-il en lui caressant la joue du dos de la main.

Puis il s'écarta, et Jane sentit chacun de ses membres pleurer cette séparation soudaine.

Il se tourna vers sa mère et sa sœur, mais alors qu'il échangeait en riant avec elles, Jane surprit à plusieurs reprises son regard posé sur elle.

Elle le suivit à l'extérieur, faisant à peine attention au vent glacial. Il grimpa dans la voiture, et le cœur de Jane sembla s'arracher de sa poitrine pour aller se faufiler dans la poche de Lord Savill.

— Prenez soin de vous, souffla-t-elle en répétant ses mots, tandis que les chevaux s'éloignaient en hennissant.

Chapitre 35

Jane, Georgiana et Lady Croft étaient installées dans la bibliothèque, près d'un bon feu de cheminée, après un splendide dîner.

Lady Montgomery s'était retirée tôt, ce soir.

— Arrête un peu de te morfondre comme une pauvre fille en mal d'amour, gronda Lady Croft. Cela fait des semaines que mon frère est parti ; il serait temps de retrouver la vraie Jane.

— Je ne suis pas en mal d'amour, répliqua Jane en se raidissant. Quelle idée terrifiante.

Georgiana éclata de rire. Après sa maladie, elle n'avait pas retrouvé ses formes, mais son sourire était à nouveau plein de joie et contagieux.

— As-tu donc oublié que Jane aimait ses peintures et rien d'autre ?

— C'est pour ça qu'elle n'a pas touché un pinceau depuis que mon frère a quitté Bellmore Hall..., commenta Lady Croft avec un air blasé. Honnêtement, Jane, qu'est-ce que tu lui trouves ? Je n'arrive pas à m'imaginer être aussi perturbée par un homme.

— Je ne suis pas perturbée, et il ne me manque pas, se défendit Jane en se levant.

Le majordome frappa à la porte.

— Madame, Sir Fairfax est venu vous rendre visite.

Jane le dévisagea, bouche bée. Sir Fairfax était un homme charmant, grand, brun et intense. La rumeur disait que sa mère n'était pas Lady Fairfax, blonde comme les blés, mais quelqu'un de bien plus exotique. Son père était un coureur de jupons invétéré, et le grain de peau sombre ainsi que les yeux en amande de Sir Fairfax allaient en effet dans ce sens.

— T'a-t-il prévenue de sa visite ? s'enquit Lady Croft.

— Oui, répondit Jane en se frappant le front. Il m'avait demandé s'il pouvait venir discuter de la Royal Society avec moi. Il voulait également voir mon travail.

— Comment as-tu pu oublier de nous prévenir ? couina Lady Croft. Nous sommes affreuses.

— Ma robe est tachée, ajouta Georgiana d'un air énervé.

— Faites-le entrer, dit Jane au majordome.

— Ici ? gémit Lady Croft.

— Il n'y a pas de feu, au salon, répondit Jane.

— Je vais me changer ! s'exclama Lady Croft en s'éloignant à la hâte.

Georgiana examina sa robe tachée et haussa les épaules.

— Je ne pense pas qu'il ait d'yeux pour autre chose que les tableaux de Jane. Il est lui-même un artiste renommé.

Le majordome frappa à nouveau, et les filles se levèrent.

— Lord Plaskett est ici, dit-il d'un air navré. Il a refusé d'attendre.

— Lord Plaskett ? répéta Georgiana en portant une main à sa poitrine.

Le majordome s'écarta pour laisser entrer les deux hommes.

Les filles les saluèrent.

Jane n'avait pas quitté des yeux Georgiana, qui était livide. Que se passait-il ? Son amie ne semblait pas heureuse de voir son fiancé, et maintenant qu'elle y pensait, depuis sa maladie, Georgiana avait cessé de parler de lui. Elle était restée à Bellmore Hall, Jane le lui ayant proposé, mais désormais, elle se demandait s'il n'y avait pas une autre raison qui poussait Georgiana à refuser de retourner chez elle.

Elle jeta un regard au visage crispé de Lord Plaskett et décida de quitter la pièce. Ce serait risqué, mais ils avaient de toute évidence besoin de se retrouver seuls.

— Voulez-vous que je vous montre mon travail ? proposa-t-elle à Sir Fairfax en lui désignant le couloir.

Après un bref instant d'hésitation, celui-ci la laissa le conduire hors de la pièce. Jane laissa la porte entrouverte et adressa un sourire rassurant à Georgiana, qui semblait complètement paniquée.

Georgiana s'était suffisamment morfondue comme cela. La manière dont Lord Plaskett l'avait traitée durant sa maladie ne présageait rien de bon pour l'avenir. Si Georgiana ne rompait pas leurs fiançailles aujourd'hui, elle le ferait pour son amie. Comment pourrait-elle faire confiance à un homme qui n'avait pas été capable de venir la consoler, sans parler d'envoyer une simple fleur ? Une lettre cordiale lui souhaitant un prompt rétablissement, c'était digne d'une connaissance, pas d'un amoureux.

— Où sont vos tableaux ? demanda Sir Fairfax en s'éclaircissant la gorge.

— Certains se trouvent dans la galerie de Lord Savill, d'autres dans le kiosque, mais la lumière n'est pas idéale, à cette heure. Lord Savill m'a promis de me faire installer des lampes à huile.

— Je vois, commenta Sir Fairfax. Où est votre mari ?

— Il est parti en Écosse. Il rentre bientôt, dit-elle en accélérant le pas.

Sir Fairfax n'eut aucun mal à la rattraper.

— Le prochain rassemblement de la Royal Society aura lieu dans quinze jours. L'initiation consiste simplement en un serment…

Jane le laissa poursuivre, ses propres pensées concentrées sur Georgiana. Les doutes se succédaient, dans sa tête. Lord Plaskett prendrait-il bien la nouvelle ? Et s'il tentait d'enlever Georgiana ? Non, il n'oserait tout de même pas… Pas sous le toit de Lord Savill.

Ils gagnèrent la galerie, et Sir Fairfax s'arrêta devant l'un de ses tableaux.

— Les couleurs sont claires et vives. Je vois que votre situation vous a permis de vous procurer les meilleurs pigments.

— J'ai en effet de la chance, monsieur.

— Remarquable, lui sourit-il. Les lignes sont propres, les

couleurs pures, mais je trouve que certaines parties de ce paysage sont légèrement bâclées. Ici, dit-il en caressant la toile. Et ici.

Elle inclina la tête.

— Prise la main dans le sac. Je suis de nature impatiente.

— Je suis convaincu que votre travail se verra amélioré, lorsque vous aurez grandi.

— Je ne suis pas si jeune, se renfrogna-t-elle.

— Pardonnez-moi, je me suis mal exprimé, dit-il en riant. Je voulais dire, lorsque vous aurez gagné en sagesse et comprendrez mieux les émotions humaines.

— Je ne saisis pas.

— Vous saisirez un jour. Je devine pourquoi la Royal Society vous a accueillie en son sein. Dans quelques années, votre travail sera brillant. J'avoue avoir craint que ce titre ait été acheté, au vu de la position de votre mari, mais je suis ravi de voir que ce n'est pas le cas.

Jane le dévisagea, surprise.

— Ah, c'est donc pour cela que vous désiriez me voir.

Il hocha la tête.

— Je suis navré. Je me suis trompé.

Elle lui sourit. Un instant plus tard, elle sentit sa nuque picoter et pivota pour découvrir des yeux noirs familiers en train de l'observer. Lord Savill était de retour, et à en juger par son expression orageuse, il semblait croire qu'elle avait une liaison.

Tout en discutant, Sir Fairfax avait posé une main sur son épaule, et le sourire dont elle l'avait gratifié n'avait certainement pas amélioré les choses, ni l'heure tardive ou encore le fait qu'ils soient seuls.

Elle regarda Lord Savill pivoter sur ses talons et s'éloigner. Son cœur se serra, et les larmes lui montèrent aux yeux.

— Je dois y aller, dit-elle à Sir Fairfax avant de courir après son mari.

Elle se fichait bien que la Royal Society of Arts la prenne pour une folle, lorsque ses membres apprendraient qu'elle avait congédié sans aucune cérémonie un homme aussi important.

— Lord Savill, ce n'est pas ce que vous pensez ! s'écria-t-elle en surgissant dans sa chambre.

Il jeta ses gants sur son lit, droit comme un i.

Elle réalisa alors que Lord Savill comptait plus pour elle que son art. Il comptait plus pour elle que n'importe qui d'autre au monde. Et le fait qu'il ait pu l'imaginer le trahir la rendait malade.

Elle lui saisit le bras et le fit tourner vers elle.

— Regardez-moi. Sir Fairfax est venu ce soir pour voir mes tableaux et me parler du prochain rassemblement de la Royal Society. Lord Plaskett est arrivé au même moment, et j'ai préféré le laisser parler seul avec Georgiana.

Il la fixait avec une expression impassible. Il était épuisé, réalisa-t-elle, et il avait besoin de dormir. Il n'avait pas les idées claires. Dans le cas contraire, il n'aurait jamais cru une chose pareille.

D'un autre côté, il s'était imaginé qu'elle l'avait piégé dans ce mariage, lui avait demandé de se tenir à distance et de ne pas attendre un quelconque amour de sa part.

— Je vous le jure. Cet homme n'est rien pour moi.

Il haussa les épaules, geste signifiant que toute cette histoire lui était bien égale, et pourtant, ses yeux jetaient des éclairs.

Jane sentit son cœur s'emballer. Elle avait l'impression qu'il lui glissait entre les doigts. Comme si elle était en train de le perdre définitivement.

— Le voyage a été long. J'aimerais me reposer, dit-il d'un ton froid, si froid qu'elle en frissonna.

Elle ne pouvait pas en supporter davantage. Elle se dressa sur la pointe des pieds, le saisit par le col et l'attira jusqu'à ce que leurs lèvres se rencontrent.

Quelque chose se déchira alors en elle, ouvrant le barrage à un raz-de-marée de sentiments. Vague après vague, le désir et la douleur déferlaient à travers tout son corps.

La façon dont il lui rendit son baiser laissa croire qu'il partageait ses sentiments, puis soudain, il s'écarta, visiblement secoué.

— Le voyage a été long, répéta-t-il. Nous parlerons demain

matin.

Elle opina du chef, trop bouleversée pour argumenter. Elle dormit dans sa propre chambre cette nuit-là, et ses rêves furent chaotiques, sensuels et terrifiants.

∞ ∞ ∞

Il avait dit qu'ils parleraient le lendemain matin, mais quand celui-ci arriva, Jane n'avait plus le courage d'aborder le sujet, et Lord Savill se comporta comme si rien ne s'était passé.

Sauf que quelque chose avait changé. Il faisait preuve de sa gentillesse habituelle, mais cette réserve était inédite, et Jane s'en trouvait blessée.

Le sourire qu'il lui adressa par-dessus la table du petit-déjeuner était poli, mais ses paroles étaient sèches et détachées.

Elle détestait cela ; elle le détestait lui, de rendre la situation si pénible. Elle attrapa un œuf dur et le lui jeta à la figure, ce qui surprit évidemment tout le monde.

—Je vais marcher, déclara-t-elle alors à l'assemblée stupéfaite.

Il neigeait, et dans sa rage, elle n'avait pas pensé à prendre un manteau. Elle se mit à frissonner, et les souvenirs de son combat contre la maladie lui revinrent de plein fouet. Elle ne voulait pas tomber à nouveau malade, mais affronter ce sale bonhomme la tuerait.

Quelqu'un déposa un châle sur ses épaules, et elle découvrit Georgiana et sa sœur Dorothy, qui l'observaient d'un air amusé.

— Quelle bonne surprise, marmonna Jane. Je ne t'attendais pas.

— Je n'ai jamais vu ma douce petite Jane si mal en point, commenta Dorothy avec un sourire.

—Je ne suis pas mal en point. Il fait froid, c'est tout.

Dorothy passa son bras sous celui de sa sœur.

— Johnny, mon benjamin, était malade. Il venait de rentrer d'Afrique, et nous supposions qu'il s'agissait d'une maladie tropicale qu'aucun médecin anglais n'était capable de diagnostiquer. J'ai préféré ne rien t'en dire, étant donné que tu te remettais toi-même tout juste. Lord Savill nous a trouvé un excellent médecin qui avait récemment séjourné en Inde. Il a su quoi faire, et Johnny est enfin hors de danger. Je suis venue le remercier.

— Elle lui a jeté un œuf dur à la figure, ce matin, intervint Georgiana en étouffant un rire.

Jane sentit son cœur se réchauffer. Il avait aidé sa famille, sans rien lui dire.

— Je vais le voir, dit Dorothy en déposant un baiser sur sa joue. Reste au chaud et excuse-toi. Il est bien trop gentil pour recevoir des œufs durs dans la figure.

Une fois Dorothy partie, Jane dénicha un banc qui faisait face au lac et se laissa tomber dessus. Georgiana se joignit à elle.

Jane soupira.

— Tu as rompu avec Lord Plaskett ?

— Oui.

— Il l'a bien pris ?

— Non.

— Dois-je le tuer et l'enterrer sous mes herbes aromatiques ?

Georgiana sourit.

— Il a tenté de m'enlever. Mais Angelica a surgi dans la pièce avec un tisonnier et l'a flanqué dehors. Il ne viendra plus me déranger.

— Tu es déçue ?

— Non, soulagée.

— Tant mieux. Ce type était un abruti. Dis-moi, Georgie ?

— Oui, Janey ?

— Quand es-tu devenue si sage ?

— Quand je suis tombée amoureuse.

— Tu penses que je suis sage, moi ?

— Pas encore, mais tu y es presque. Il n'y a plus qu'à te pousser, et tu tomberas du bon côté.

— C'est terrifiant.

— Ça l'est.

Chapitre 36

Jane roula les épaules et fit craquer ses doigts ; elle était prête pour peindre. Elle tendit le bras vers son pinceau et étudia son huile à moitié terminée d'un air critique. Elle travaillait sur une scène de bal.

Cette fois, elle ne se concentra pas sur les rideaux et ne vérifia pas que la lueur dorée des lampes à gaz était réaliste. Elle ignora le délicat ourlet en dentelle du jupon de la danseuse, tout autant que les nuances des bottes de cuir de son partenaire. La technique était bonne, les couleurs vibrantes, les lignes parfaites, et pourtant, il manquait quelque chose.

Elle inclina la tête, plongée dans ses réflexions. Sa peinture semblait plate – ce n'était un problème ni de couches ni de composition, mais la scène entière représentait quelques couples en train de danser, rien de plus.

Elle comprit soudain qu'elle ne voulait plus se focaliser sur la manière dont elle peignait, mais la raison pour laquelle elle choisissait tel ou tel sujet. Maintenant qu'elle connaissait les émotions plus profondes telles que la passion, le désir, le désespoir et la douleur, elle voulait capturer ces bouts de vérité sur la toile.

Elle envoya valser son tableau et prit une toile vierge. Elle voulait peindre pour évoquer des sentiments, pour montrer la vérité crue, pour déranger le spectateur lorsqu'il poserait les yeux sur les émotions pures qu'elle aurait dépeintes.

Elle prit son fusain et se mit à dessiner. Une vague d'euphorie s'empara d'elle, la faisant trembler de tous ses membres. Oui, c'était ça. Voilà quelle était la différence entre un bon artiste et un maître. Quand vous aviez compris l'art dans sa totalité, vous pouviez rompre la tradition et franchir la ligne interdite.

Elle sortit ses aquarelles et travailla avec une énergie bouillonnante, concentrée non pas sur la composition, l'ombrage ou le choix des couleurs, mais sur les émotions brutes qu'elle voulait dépeindre. Elle avait l'impression de s'être fondue à la fille qu'elle dessinait, une charmante jeune femme vêtue d'une robe blanche toute simple qui fixait le spectateur en tenant une pêche mûre à point. Ses yeux reflétaient une myriade d'émotions. Sa peau faisait écho à celle d'une pêche rougissante, et ses cheveux formaient une masse de boucles libres autour de son visage.

Il n'y avait besoin de rien d'autre.

Pas d'arrière-plan détaillé, de peintures ou de pinceaux onéreux. La beauté était dans sa simplicité.

Quand elle eut terminé, elle recula d'un pas et observa son travail. Son cœur s'emballa, devinant qu'il s'agissait là de l'une de ses meilleures œuvres.

— Une fille amoureuse d'un homme, commenta Lady Croft en entrant dans le kiosque. C'est merveilleux.

— Qu'as-tu dit ? souffla Jane, la bouche soudain sèche.

— Cette fille est amoureuse. Cela saute aux yeux. Ce n'est pas une émotion facile à capturer, et pourtant, tu y es parvenue avec quelques coups de crayon seulement.

Jane reposa les yeux sur son travail, choquée. Elle ne pouvait pas avoir dépeint une émotion qu'elle n'avait jamais ressentie.

Lady Croft poursuivit, inconsciente de la tempête qui faisait rage en Jane.

— Il fait plus chaud, ici. Je suis contente que Richard ait fait installer des cheminées. Aucune autre pièce n'aurait pu te procurer autant de lumière naturelle…

Jane se laissa tomber sur le banc et détourna les yeux de son amie. Elle avait essayé de montrer au monde la vérité nue, aussi dérangeante soit-elle, en peignant la tourmente qui la dévorait. Mais au lieu de cela, elle avait dépeint son secret le plus profond et le plus terrifiant. Elle était amoureuse, et elle ne pouvait plus le nier, désormais.

En y repensant, c'étaient les petites choses qui auraient dû lui montrer la vérité de ses sentiments. La façon dont elle avait dépendu de Lord Savill durant toute sa maladie ; ses yeux cherchant les siens, dès l'instant où elle se réveillait, le matin ; son inquiétude lorsqu'il était parti pour l'Écosse.

La manière dont il avait pris soin de sa famille, et dont elle s'était occupée de la sienne en retour. Le fait qu'elle soit habituée au poids de son bras autour d'elle quand elle dormait, et ce besoin qu'il avait de lui caresser la joue du dos de la main chaque fois qu'il la voyait.

Même la jalousie dévorante dans ses yeux quand il l'avait vue avec Sir Fairfax, et le besoin urgent qu'elle avait eu de se justifier, avaient été des signes plus qu'évidents, cherchant à lui montrer comme ils prenaient leurs vœux au sérieux, à quel point leur lien avait évolué.

Georgiana entra à cet instant, la sortant brusquement de sa rêverie en tapant des mains.

— Oh, c'est magnifique ! s'exclama-t-elle en découvrant le tableau.

Jane se tourna vers elle, les yeux brillants.

— Vous ne pouvez pas demander à un médecin de vérifier votre pouls afin de voir si vous aimez quelqu'un ou non. C'est sa bienveillance à votre égard qui vous montre à quel point il vous aime.

Georgiana l'observa d'un air curieux.

— Le manque d'intérêt de Lord Plaskett à mon égard m'a en effet prouvé qu'il ne m'aimait pas du tout. Et il ne m'a jamais aimée. Tous ces mots fleuris, ces cadeaux banals et ces gestes superficiels lorsqu'il m'a courtisée n'avaient aucune valeur, parce qu'au final, quand le moment est venu de me montrer qu'il m'aimait, il a échoué. Comme ma famille, d'ailleurs.

Jane la serra dans ses bras.

— Je suis ta famille. Nous le sommes tous. Nous t'adorons, et tu peux rester ici pour toujours, si tu le désires. Tu n'es peut-être pas ma sœur de sang, mais tu es ma sœur d'âme.

Georgiana sourit.

— Parfois, les amis et la famille que la vie met sur votre chemin ont beaucoup plus de valeur que ceux qu'elle vous impose à la naissance.

— Une petite promenade ? suggéra Lady Croft en coinçant son bras sous celui de Georgiana.

Jane opina du chef, la tête remplie de tellement de pensées qu'elle en avait mal. Elle enfila son manteau et quitta le kiosque d'un pas rapide. Elle voulait être seule pour le moment.

Elle gagna le lac et ramassa une pierre qu'elle tenta de faire ricocher sur la surface de l'eau. Elle sombra aussi sec.

Elle en prit une autre et la frotta avec le pouce. Elle était amoureuse de Lord Savill.

Elle l'aimait plus que tout au monde. Et si son art en avait pâti, ce n'était pas simplement parce qu'elle était tombée amoureuse, mais parce qu'elle avait été électrisée par l'intensité de ses sentiments.

Quand elle avait dessiné cette fille, l'excitation, la joie et la puissance de ses sentiments lui avaient fait regretter que le processus de création ne dure pas plus longtemps. Pour la première fois de sa vie, elle avait tellement aimé créer qu'elle aurait voulu que cela ne se termine jamais. Chaque coup de pinceau avait fait battre son cœur plus vite, et elle avait été envahie de vagues continues d'émotions toutes plus intenses que les autres.

Elle serra les poings et ferma les yeux, l'image de Lord Savill s'imposant une fois de plus à elle.

Elle se revit attendre que les huiles sèchent, que les couches de gesso imprègnent la toile, se rappela ces longues heures passées à écraser et mélanger les pigments. Et soudain, elle s'imagina faire toutes ces choses aux côtés de son mari.

Le rouge lui monta aux joues tandis qu'elle l'imaginait lui embrasser la nuque pendant qu'elle broyait des fleurs séchées.

C'était merveilleux d'être ambitieuse, mais c'était encore plus exaltant de tomber amoureuse.

Georgiana lui toucha l'épaule.

— Tout va bien ?

Jane éclata d'un rire presque terrifiant.

— Le but est d'être heureuse, et non célèbre. Le but est de manier le pinceau comme un maître, et non de penser au nombre de tableaux finis et en cours.

Cette fois, quand elle jeta la pierre, celle-ci frôla la surface avec légèreté et ricocha huit fois avant de sombrer.

La voix de Lord Savill les fit toutes sursauter.

— Votre mère est là, Lady Berry. Il va falloir vous préparer à l'affronter.

Il adressa à peine un regard à Jane, et elle sentit un immense océan s'ouvrir entre eux. Il lui avait dit ne pas vouloir qu'elle l'aime. Il avait dit qu'il ne s'agissait d'un mariage que sur le papier. Peut-être n'était-il qu'un homme bon qui considérait comme son devoir de veiller sur sa femme malade.

Peut-être ne l'aimait-il pas.

Ce serait mortifiant d'avouer qu'elle était tombée amoureuse pour se voir repousser, puis de devoir le côtoyer chaque jour de sa vie en se rappelant son humiliation.

Ils entrèrent dans la maison et entreprirent d'ôter manteaux et chapeaux.

— Je me demande ce qu'elle veut, commenta Georgiana en sortant une fois de plus Jane de sa rêverie.

— Te ramener à la maison, très chère. Les gens commencent à parler, intervint Lady Berry en apparaissant.

Les filles la suivirent au salon et s'assirent. Un plateau d'argent, posé sur la table devant elles, était chargé de thé, de café et de biscuits. Les lys, sur la charlotte de Lady Berry, semblaient vibrer de colère, et ses diamants rutiler de dégoût.

— Je vous sers ? suggéra Jane.

— Je ne rentre pas, Mère, déclara alors Georgiana d'une voix tremblante.

— Mais cela fait des mois que tu es ici ! répliqua Lady Berry.

Ses joues rondes se flétrirent, et sa bouche tomba.

— Je suis plus heureuse ici, insista Georgie d'une voix ferme.

— Nous prenons bien soin d'elle, lui assura Lady Croft.

— Tu dois rentrer, tonna Lady Berry en se levant et en plantant son ombrelle dans le tapis. Inutile de discuter. Tu as rompu ton engagement et n'as même pas pris la peine de nous en informer. Je reçois toutes sortes de lettres et de visiteurs me demandant si notre fille s'est enfuie...

Georgiana se leva alors lentement.

— Vous n'avez pas daigné venir me voir quand j'étais malade, mais vous avez surgi dès l'instant où les gens ont commencé à parler. Il est évident que votre image et votre place dans la société comptent plus que le bonheur et la santé de votre fille. J'ai toujours été bonne, mais vous, vous avez été une mère affreuse. Tante Agatha m'avait laissé un peu d'argent. Cela fait deux mois que je vis avec, et je suis parfaitement heureuse. Vous pouvez rentrer.

— Nous sommes ta famille.

— Non, ce sont eux, ma famille, répliqua Georgiana en liant son bras à celui de Lady Croft.

Lady Berry l'observa d'un regard noir.

— Qu'est-ce qui te prend ? Cela ne te ressemble pas !

— Je suis plus courageuse, et heureuse, c'est tout. Je n'ai plus peur de dire ce que je pense.

— Je t'emmènerai de force, la prévint Lady Berry.

— Dans ce cas, dès que j'en aurai l'occasion, je partirai épouser un majordome ou un valet de pied.

Lady Berry tituba en arrière.

— Tu n'oserais pas ? souffla-t-elle, une main sur le cœur.

— Vous voulez voir ? lança Georgiana avec un haussement d'épaules.

— Cette nouvelle indépendance finira par te lasser.

— Dans ce cas, je rentrerai à la maison.

Lady Berry dut se satisfaire de cette réponse, car elle quitta la pièce avec à peine un au revoir.

— Ouah, quelle tension, souffla Jane en s'essuyant le front.

— Je me sens heureuse, dit Georgiana, les yeux pétillants. Complètement libre, et heureuse.

Lady Croft la serra dans ses bras.

— Il faut parfois savoir s'écouter, au lieu des règles imposées par la société.

Georgiana se rassit.

— Penelope m'a parlé d'un charmant cottage, à Bath. Il n'est pas loin d'ici, dispose d'une vue splendide et est dans mes moyens. Je pourrais y vivre le restant de l'année et passer la saison à Londres.

— On dirait que tu y as bien réfléchi, commenta Jane, surprise.

— Je viens vivre avec toi ! déclara Lady Croft. J'ai suffisamment d'argent personnel pour ne pas dépendre de mon frère. Je ne peux tout de même pas passer toute ma vie dans cette maison. Je veux la mienne.

— Oh, comme on va s'amuser ! s'enthousiasma Georgiana.

Jane observa ses amies avec une vague de tristesse. Elles allaient l'abandonner, mais elle s'arracha un sourire et les encouragea dans leur projet.

— Nous passerons te voir, la rassura Georgiana, que le sourire de Jane n'avait pas réussi à convaincre.

— Souvent, confirma Lady Croft.

Jane essuya une larme.

— Je vous aime fort, les filles.

Georgiana lui pressa la main.

— Nous avons une école à ouvrir. Il nous faudra correspondre tout le temps.

Ce soir-là, quand Jane se retira dans sa chambre, elle ouvrit la fenêtre en grand et s'assit derrière son bureau.

La flamme de la bougie vacillait, mais elle avait besoin de cette brise hivernale pour se rafraîchir la peau. Elle était amoureuse, et elle allait devoir y faire quelque chose. Regarder Georgiana faire preuve de courage et prendre de telles initiatives pour être heureuse l'avait poussée à l'imiter. Elle ne supportait plus cette situation. Elle ne pouvait plus vivre sous le même toit que lui sans savoir ce qu'il ressentait. Un instant, elle était convaincue qu'il l'aimait ; l'autre, elle prenait son attitude pour de la simple gentillesse.

Sa peur de mourir en couche lui paraissait soudain ridicule. Elle s'imagina serrer dans ses bras un petit garçon avec le nez de Lord Savill et sourit. L'amour avait triomphé de ses peurs. Le bonheur de son mari comptait plus que tout au monde pour elle, et elle savait qu'un enfant le rendrait incommensurablement heureux.

Le souci, c'est qu'il l'évitait, depuis la visite de Sir Fairfax. Il quittait la pièce dès qu'elle y entrait, et si elle tentait de lui parler, il la décourageait poliment.

Elle étouffa un sanglot, sortit une feuille, trempa sa plume dans l'encre et se mit à écrire.

Mes chères sœurs,

J'ai besoin de votre aide. J'aimerais séduire mon mari et avoir quatorze enfants avec lui. Voici le plan…

Chapitre 37

Il était minuit passé. Jane arpentait sa chambre, les mains enfoncées dans un manchon à fourrure.

— Chut, Dimbercove !

Le cœur de Jane se mit à galoper, et elle courut ouvrir la porte.

Deux individus se tenaient dans l'ombre, un capuchon sur la tête.

— Jimmy, l'honorable bandit de grand chemin, nous envoie, déclara un jeune homme. Je suis son fils, Dimbercove.

— Où est Jimmy ? l'interrogea Jane, surprise.

— Son genou fait des bruits secs, comme des coups de feu. Apparemment, c'est plutôt douloureux. C'est le froid qui fait ça à P'pa. Les marches lui ont fait peur, alors il nous a envoyés. (Celui qui se tenait à ses côtés lui flanqua un coup dans les côtes.) Il attend en bas, se reprit alors Dimbercove.

Jane jeta un coup d'œil à l'autre inconnu, se demandant bien de qui il pouvait s'agir, mais un grognement et un cri strident lui donnèrent des ailes.

Les bougies n'étaient pas encore éteintes, et les lampes à huile projetaient une lumière tamisée dans la maison. Elle regarda entre les barreaux de la balustrade et découvrit une créature obscure drapée d'un châle noir, détalant devant un Mr Williams qui lui courait après et une Mrs Williams qui lui picorait les chevilles.

Mr Williams parvint à saisir le châle de la créature et le lui retira.

— Ça suffit, Mr Williams ! cria Jane en dévalant les marches.

C'est Jimmy, un ami.

Le guépard la regarda en inclinant la tête, comme pour lui demander si elle était sûre. Jane posa une main sur l'épaule de Jimmy.

— Oui, c'est un bandit, mais il est honorable. Du balai, maintenant. Je dois lui parler.

Mrs Williams abandonna à contrecœur les chevilles de Jimmy et s'éloigna en trottant tandis que Mr Williams s'asseyait tout près en les observant d'un air méfiant.

— Je suis désolé d'avoir été complice de ce mariage forcé, soupira Jimmy en inclinant la tête. L'idée de t'avoir trahie n'a pas cessé de me torturer depuis. Je ne dors plus, je ne mange plus, je ne bois plus. Regarde mes yeux, dit-il en soulevant ses paupières du bout des doigts.

Jane tressaillit.

— Désolé, ma petite, gémit-il. Je ne voulais pas faire ça, mais Penny m'a forcé la main.

— Je comprends. Je ne vous en veux pas.

— Mais moi, je m'en veux ! J'aurais dû te poser la question, j'aurais dû te parler et essayer de te convaincre. Pas t'enlever pour te jeter aux loups !

— C'est ma famille. Ils voulaient ce qu'il y a de mieux pour moi.

— Hélas, j'ai péché. Je vais m'allonger ici, et tu pourras dire à cette bête féroce de me dévorer, en partant des orteils jusqu'au sommet du crâne. La poule pourra me picorer les yeux.

— Arrêtez un peu vos jérémiades. Vous allez réveiller la famille. J'ai dit que je vous pardonnais. Ce n'est pas le moment, Jimmy. Passez prendre le thé un autre jour, et nous pourrons en discuter.

— J'avais oublié que je pouvais venir en journée, gémit-il de plus belle. Moi, un criminel, un voleur, que d'amour et de respect m'accorde-t-on ! Je ne le mérite pas. Demande à cette créature, à cet étrange chat sauvage, de me manger. Dis-lui que je suis une souris bien grasse. Un petit en-cas.

— Levez-vous, lui ordonna Jane.

Il se leva, et baissa la tête.

Elle lui prit le bras et le tira à l'extérieur.

— Où est votre voiture ?

— Un peu plus haut.

Elle frissonna sous les flocons de neige. La lune éclatante illuminait la voiture qui se tenait dans l'ombre d'un immense chêne. Elle l'escorta d'une main ferme.

— Je suis désolé, souffla Jimmy.

— Je vous ai dit que je vous pardonnais. Maintenant, j'aimerais savoir où vous avez mis mon mari.

— Penelope a préparé la maison. Elle n'est pas loin.

— J'espère que vous n'avez pas été trop dur avec lui ?

— Je l'ai traité comme j'aurais traité un vilain petit agneau.

— Les agneaux, vous les mangez, je vous rappelle.

Jimmy leva les yeux au ciel.

— Je suis un professionnel. Je sais comment attacher un homme sans le blesser. Allons-y. Dimbercove ! Elizabeth ! En voiture !

Tout le monde se figea.

Jane pivota lentement pour dévisager les deux individus cagoulés.

— Vous avez dit Elizabeth ?

Jimmy déglutit.

— C'est vrai ? Oh, je suis vieux, tu sais. Ma mémoire n'est plus ce qu'elle était. Je dis n'importe quoi. Ne fais pas attention à moi. Je ne voulais pas dire Elizabeth, mais Gizabith.

— Ce n'est pas un nom.

Jimmy haussa les épaules.

— Dimbercove non plus, et pourtant. Les femmes aiment donner des prénoms étranges à leurs enfants. Je connais un ramoneur qui s'appelle Tin Pot.

Jane bondit sur la silhouette menue et lui arracha sa cagoule.

— Elizabeth Fairweather ! Je le savais !

— Tudieu de mes fesses ! grommela Elizabeth.

— Elle a dit fesses ! s'écria Jimmy en écarquillant les yeux, puis il défaillit, imité par son fils.

Jane regarda les hommes atterrir sur l'épais tapis de neige en soupirant.

— Tu n'es pas contente que je sois venue t'aider ? lança Elizabeth avec un grand sourire. Bon, moi je lui tiens les poignets, toi les jambes, et à dix, on le balance dans la carriole.

Jane plissa les yeux et tapa des mains. Le chauffeur arriva.

— Ou alors, on le laisse faire.

— Ne m'en veux pas, commenta Elizabeth avec un haussement d'épaules. J'ai raté les meilleurs moments, le dernier coup. Je ne pouvais pas rater ça deux fois de suite.

— Mais te faire passer pour une voleuse ? Tu devrais avoir honte, Lizzy.

Elizabeth fit une moue boudeuse.

— Jimmy, c'est comme la famille. Il n'aurait jamais laissé quelqu'un me faire du mal.

Jane soupira.

— Entre. Mon pauvre mari, il faut que j'aille le sauver.

— Pauvre ? C'est l'homme le plus riche d'Angleterre ! Au fait, Jane, je peux savoir pourquoi tu portes une robe de bal ? Qui s'habille comme ça après avoir fait enlever son propre mari ?

Jane souleva sa robe de soie couleur crème et se glissa sur la douce assise de velours rouge. Elizabeth s'installa face à elle, et le chauffeur posa les hommes à leurs pieds. Les filles grattèrent l'habitacle, et la voiture s'ébranla.

Jimmy et Dimbercove ne tardèrent pas à reprendre connaissance. Ils se redressèrent et fusillèrent Elizabeth du regard. La jeune fille leur sourit en battant innocemment des cils.

Jane s'éclaircit la gorge.

— J'entrerai seule dans la maison. Jimmy, vous pourrez vous assurer que ma sœur retourne chez elle en toute sécurité ?

— Je la considère comme ma fille, répondit Jimmy en hochant la tête.

— On devrait la donner à manger aux loups, grommela Dimbercove en même temps, ce qui lui valut une claque d'Elizabeth sur le coin de la tête.

— C'est toi qu'on devrait jeter aux loups, espèce de crétin.

— Aïeeee ! cria Dimbercove.

Jane fut soulagée de bientôt sentir la voiture s'arrêter. Elle n'en pouvait plus de ces deux adolescents geignards et crapuleux.

La maison devant elle était magnifique. Elle quitta la carriole à la hâte et fit signe au chauffeur de partir.

La neige tapissait le sol, les branches et les feuilles, rendant la maison et son environnement encore plus pittoresques.

Elle ouvrit la porte et entra à pas prudents.

— Il y a quelqu'un ?

Sa voix résonna comme si la maison était déserte, mais bientôt, Lord Savill apparut devant elle. Il la dévisagea d'un air perplexe.

— Qu'est-ce que vous faites ici ? demanda-t-il.

— Qu'est-ce que vous faites détaché ?

— Comment savez-vous que j'étais attaché ?

— Euh…

— Jane ?

— Jimmy m'a enlevée, bredouilla-t-elle. Et il m'a dit qu'il vous avait enlevé aussi et attaché.

— Puis il vous a relâchée ?

— Oui, plus ou moins.

Il la scruta d'un air méfiant.

Jane se frotta les bras, terrassée par la nervosité. Elle ignorait comment lui dire toutes les choses qu'elle avait prévues. Son cerveau paraissait étrangement vide, d'un coup.

Il lui fit alors signe de le suivre.

— Vous devez avoir froid. Venez, j'ai préparé un feu dans la chambre. À mon avis, cette maison est inoccupée depuis longtemps. Il n'y a pas un domestique en vue, pas même un gardien.

Jane le suivit d'un pas nerveux, sans savoir que faire. Ils étaient dans une maison vide, seuls, loin de tous ceux qu'ils connaissaient. La voiture reviendrait le lendemain, mais jusque-là, ils étaient coincés ensemble.

Elle était ravie, mais son sentiment ne semblait pas partagé.

La chambre dans laquelle il l'escorta était magnifique. Le papier peint à fleurs arborait des teintes sublimes bleu et crème. Quant aux meubles de bois sombre, au linge de lit à la dentelle délicate et aux vases débordant de longues roses tombantes, c'était de toute évidence l'œuvre de ses sœurs.

Cet endroit n'avait rien d'un repaire de kidnappeurs, et elle avait la sensation que Lord Savill s'était rendu compte que quelque chose clochait.

— Comment vous êtes-vous détaché ? lui redemanda Jane en se précipitant vers la fenêtre.

La vue lui arracha un hoquet. La mer n'était qu'à quelques pas de là. Elle entendait les vagues agitées s'écraser contre la rive et posa le front contre la vitre glaciale.

— Jimmy n'avait pas serré le nœud.

— Jimmy ? Qui est Jimmy ?

— L'ami de votre famille, Jimmy, le bandit de grand chemin.

— Vous êtes certain que c'était lui ? Pourquoi ferait-il une chose aussi étrange ?

Jane aurait voulu se gifler. Après s'être félicitée d'une mission rondement menée, voilà qu'elle s'empêtrait dans ses mensonges.

— Vous venez juste de me dire que c'était Jimmy qui vous avait enlevée et amenée ici. Vous avez déjà oublié ? (Lord Savill s'approcha d'elle, un sourire jouant sur ses lèvres.) Peut-être est-ce votre sœur qui a arrangé tout cela ?

Jane décida de s'accrocher à cette perche.

— Oh, oui ! C'est ça ! Elle a dû programmer mon enlèvement également et m'envoyer ici. Je me demande pourquoi.

— Vous avez vu ? dit-il en lui saisissant l'épaule pour la faire pivoter. Je crois que c'est l'un de vos tableaux.

Elle se tourna vers l'œuvre qu'il désignait et découvrit Le

Lampiste, accroché au mur.

— Quand l'avez-vous fait ? demanda-t-il.

— Avant de vous rencontrer.

Il écarquilla les yeux.

— Vous m'aviez déjà vu avant ?

— Jamais.

— Je vois.

Elle aurait voulu dire qu'ils étaient destinés à être ensemble mais préféra se mordre la langue.

Il la fixait d'un air songeur.

Elle déglutit et détourna les yeux.

— Je dois être affreuse à regarder. Ils m'ont enlevée alors que je m'apprêtais à me coucher.

Il inclina la tête et examina ses cheveux impeccablement coiffés, sa robe de soie et ses lèvres rouges.

— Votre beauté réside dans votre naturel, sans cosmétique ni artifice. Lorsque votre peau est propre et rouge d'excitation, et non poudrée, quand vos yeux pétillent de joie, sans trait de crayon... Oh, parbleu ! Ce matin, Angelica m'a conseillé de vous courtiser avec de la poésie, mais je me suis fait enlever, et voilà que ce qui sort de ma bouche est plus repoussant qu'autre chose...

Jane sentit son cœur s'affoler.

— Me courtiser ?

— Vous êtes furieuse ?

— Je suis très heureuse.

— Je vois.

Jane déglutit.

— Bien, je crois qu'il est temps que je me confesse.

— Oui ?

— C'est moi qui vous ai fait enlever. Vous refusiez de m'écouter, quittiez la pièce dès que j'apparaissais... Je n'avais pas d'autre choix. Je voulais vous expliquer pour Fairfax...

— Chut. Je vous ai dit que j'avais confiance en vous, dit-il en posant un doigt sur ses lèvres. Ne parlons pas de lui. Je sais que c'est l'unique fois où vous l'avez rencontré.

— Oh. Alors cet enlèvement était inutile.

— Je ne dirais pas cela.

— Vous m'en voulez ?

— Non. Je commence juste à avoir un peu peur des sœurs Fairweather. Vous avez une bien étrange manière d'obtenir ce que vous voulez.

Son regard s'attarda sur ses lèvres, puis glissa sur le lit.

— Je devrais vous laisser vous reposer.

— Et vous ?

— Je n'ai pas sommeil. Je vais aller marcher.

— En pleine nuit ?

— La lune est claire. J'ai besoin d'un peu de temps pour moi.

Puis il serra les poings, et son regard s'assombrit de désir. Elle comprit aussitôt.

— Vous abandonnerez votre rêve d'avoir un jour un héritier ?

— Pour votre bonheur. (Il recula d'un pas.) Vous ne voulez pas d'enfant, je le comprends.

— J'ai décidé que j'en voulais quatorze, pas plus.

Il la dévisagea, sous le choc.

— Comment ? Vous voulez dire que… Je suis… Quoi ?

— Je suis prête à prendre le risque, si vous l'êtes aussi. Je ne peux pas continuer à vivre dans la peur. J'ai été affreusement égoïste, jusqu'ici.

— Vous n'êtes ni affreuse ni égoïste. Votre contribution au monde artistique, votre admission à la Royal Society en sont la preuve. Jamais un homme ne serait remis en question pour faire passer le travail avant la famille, bien au contraire.

Elle le regarda avec émerveillement.

— Je pense que vous devriez ouvrir une école d'art destinée aux femmes, dit-il alors avec tout le sérieux du monde. Vous avez la place, vous avez le temps, et vous…

Elle l'embrassa sur la bouche.

— Je vous aime.

Il écarquilla les yeux et recula d'un pas.

— Vous… Vous m'avez dit « Je vous aime », ou j'ai mal entendu ?

Elle éclata en sanglots.

— Quoi ? Désolé, je n'étais pas censé le dire ? Vous ne m'aimez pas ?

— Si, je vous aime ! gargouilla-t-elle.

— Oh, moi aussi, alors. Enfin, je veux dire, je vous aime aussi. (Il posa à nouveau les yeux sur le lit.) Mais vous n'auriez peut-être pas dû dire cela.

Elle s'essuya les yeux et se moucha.

— Pourquoi ?

— Je vais avoir du mal à garder mes mains pour moi, maintenant que vous m'avez dit ça.

— Que je vous aimais ? dit-elle avec un sourire. Et pourquoi voudriez-vous garder vos mains pour vous ?

— Vous avez peur de mourir en couche.

Elle lui prit la main et le guida vers le lit.

— Toutes les femmes ont cette peur. J'ai également failli mourir d'un rhume. Est-ce que pour autant, j'arrête de sortir en plein hiver ?

— Dans ce cas, dit-il en ouvrant grand les bras, il n'y a plus de temps à perdre. Il va falloir se mettre à faire le premier !

Elle éclata de rire et lui sauta dessus.

Épilogue

Penny s'adossa aux coussins tout en sirotant son thé dans le petit salon du manoir Blackthorne. Elle observa Celine, assise en face d'elle, et déclara :

— Je n'aurais pas dû autant me mêler des affaires de notre sœur, mais regarde où elle en est aujourd'hui. Elle a trois petits et un quatrième en route. Je suis douée, au final.

Celine opina du chef.

— C'est dommage qu'il ne nous reste qu'une sœur.

— Elizabeth ! s'écria Dorothy en surgissant dans la pièce.

— Oui, Elizabeth, sourit Penelope. Il va nous falloir ruser pour lui trouver un mari.

— Elizabeth s'est fait prendre en train de cambrioler la voiture de Lord Snyder ! Oh, Penny, je ne suis pas sûre que même toi puisses la sauver, cette fois, se lamenta Dorothy.

Penelope se redressa.

— Cambrioler, tu as dit ?

— Oui. Elle était habillée en bandit, et avec Dimbercove, ils se sont fait prendre la main dans le sac dans la voiture de Lord Snyder. Malheureusement pour eux, il avait une arme et deux valets de pied plutôt costauds.

— Où est-ce qu'elle est ? s'écria Celine, horrifiée.

— À la maison, répondit Dorothy. Quand Lord Snyder a réalisé qui c'était, il l'a laissée partir, mais il menace de le répéter, à moins que...

Penelope se pencha en avant.

— À moins que ?

— Il veut épouser Elizabeth.

Celine lâcha un hoquet de stupeur.

— Mais il pourrait être son grand-père !

— Qu'est-ce qu'on va faire ? demanda Dorothy en se tordant les mains.

Penelope se mit à frotter ses tempes.

— Terminé, les enlèvements. Il va nous falloir penser à autre chose.

— La marier à quelqu'un d'autre ? suggéra Celine. Il ne pourra plus rien faire, après cela.

Dorothy secoua la tête.

— Jane a eu de la chance. Je n'ai pas envie de prendre à nouveau un tel pari.

Penelope releva alors la tête.

— J'ai un plan. Un peu de chantage, beaucoup de menaces et quelques os brisés arrangeront tout ça.

— Non, pas d'os brisés, la reprit Celine. Mais le reste me paraît tentant. Mais Elizabeth, dans tout ça ? Il va falloir la tempérer, à un moment donné.

Jane s'éclaircit la gorge, du seuil de la pièce. Elle avait les joues rouges et le ventre tout rond.

— Je connais l'endroit parfait où l'envoyer jusqu'à ce que toute cette histoire se tarisse. Et je connais l'homme qui saura la calmer.

— Qui ? demanda Penny, curieuse.

Jane regarda ses sœurs avec un grand sourire.

— Lord William Edmond Darby.

— Cet intellectuel grincheux ? s'étonna Celine.

— Le nouveau beau-frère de sa meilleure amie, dit Jane en grimaçant. Oups, je viens de perdre les eaux. Quoi qu'il en soit, c'est l'homme qu'il lui faut. Faites-moi confiance. Elle ne le supporte pas, et il ne sera pas du genre à tolérer ses enfantillages.

— Ça ne coûte rien d'essayer, commenta Penelope en se levant.

Puis elle guida doucement Jane vers la chambre d'amis tandis que Dorothy et Celine réclamaient de l'eau chaude et des serviettes.

Lord Savill surgit dans la pièce.

— C'est l'heure ?

— Oui, répondit Jane avant de pousser un cri.

Il s'évanouit, et Celine, qui s'y était attendue, le rattrapa avant de le coucher sur le canapé.

— On aurait pu croire qu'il finirait par s'y habituer…

— C'est un homme, commenta Penelope. Que veux-tu…

Les sœurs levèrent les yeux au ciel à l'unisson puis entreprirent de mettre au monde le tout dernier bébé de la famille.

Ce fut une petite fille en pleine santé dotée du nez et des cils de Lord Savill. Son bébé dans les bras, Jane la dévorait du regard. Elle se languissait du moment où elle pourrait prendre ses pinceaux à poils de martre et la peindre.

Fin

Si vous avez aimé ce livre et souhaitez recevoir gratuitement le prochain tome d'Anya dès sa parution, envoyez-lui un message à anyawylde@gmail.com

Vous pouvez également vous inscrire à la newsletter d'Anya Wylde pour être les premiers informés de ses nouvelles parutions.

* Exemplaires limités, alors dépêchez-vous !

À propos de l'auteure

Anya Wylde vit en Irlande avec son mari et un gros caniche (aujourd'hui au régime). Sa spécialité est un curry délicieux, et en guise de sport elle se contente d'étirer ses orteils. Elle est diplômée en littérature anglaise et adore lire et écrire. Contactez Anya Wylde sur Facebook, Twitter, , ou Instagram pour être informés de ses prochaines parutions. Site web : www.anyawylde.com

---

[1] À Gretna Green, premier village écossais quand on quittait l'Angleterre, les jeunes Anglais pouvaient se marier sans le consentement des parents au 18e siècle. C'était alors le forgeron local qui faisait office de prêtre.